# 周作人散文集

周作人 著

北方文艺出版社

图书在版编目（CIP）数据

周作人散文集 / 周作人著 . —— 哈尔滨 : 北方文艺

出版社 , 2018.1（2020.8 重印）

ISBN 978-7-5317-4096-4

Ⅰ . ①周… Ⅱ . ①周… Ⅲ . ①散文集 – 中国 – 现代

Ⅳ . ① I266

中国版本图书馆 CIP 数据核字（2017）第 281307 号

**周作人散文集**
Zhouzuoren Sanwenji

作　者 / 周作人

责任编辑 / 赵　平　　　　　　　　封面设计 / 锦色书装

出版发行 / 北方文艺出版社　　　　网　址 / www.bfwy.com
邮　编 / 150080　　　　　　　　经　销 / 新华书店
地　址 / 黑龙江现代文化艺术产业园 D 栋 526 室

印　刷 / 三河市嵩川印刷有限公司　　开　本 / 880×1230　1/32
字　数 / 217 千　　　　　　　　　印　张 / 9
版　次 / 2018 年 1 月第 1 版　　　　印　次 / 2020 年 8 月第 3 次印刷

书　号 / ISBN 978-7-5317-4096-4　　定　价 / 39.00 元

# 目 录 | Contents

## 第一辑　花前月下

## 第二辑 浮生得闲

## 第三辑　青丝白发

## 第四辑　草木虫鱼

# 第一辑　花前月下

喝茶当于瓦屋纸窗之下，清泉绿茶，用素雅的陶瓷茶具，同二三人共饮，得半日之闲，可抵十年的尘梦。

# 喝　茶

　　前回徐志摩先生在平民中学讲"吃茶"——并不是胡适之先生所说的"吃讲茶"——我没有工夫去听，又可惜没有见到他精心结构的讲稿，但我推想他是在讲日本的"茶道"（英文译作 Teaism），而且一定说得很好。茶道的意思，用平凡的话来说，可以称作"忙里偷闲，苦中作乐"，在不完全的现世享乐一点美与和谐，在刹那间体会永久，是日本之"象征的文化"里的一种代表艺术。关于这一件事，徐先生一定已有透彻巧妙的解说，不必再来多嘴，我现在所想说的，只是我个人的很平常的喝茶罢了。

　　喝茶以绿茶为正宗。红茶已经没有什么意味，何况又加糖——与牛奶。葛辛（George Gissing）的《草堂随笔》（Private Papers of Henry Ryecroft）确是很有趣味的书，但冬之卷里说及饮茶，以为英国家庭里下午的红茶与黄油面包是一日中最大的乐事，支那饮茶已历千百年，未必能领略此种乐趣与实益的万分之一，则我殊不以为然。红茶带"土斯"未始不可吃，但这只是当饭，在肚饥时食之而已；我的所谓喝茶，却是在喝清茶，在赏鉴其色与香与味，意未必在止渴，自然更不在果腹了。中国古昔曾吃过煎茶及抹茶，现在所用的都是泡茶，冈仓觉三在《茶之书》（Book of Tea, 1919）里很巧妙的称之曰"自然主义的茶"，所以我们所重的即在这自然之妙味。中国人上茶馆去，左一碗右一碗的喝了半天，好像是刚从沙漠里回来的样子，颇合于我的喝茶的意思（听说闽粤有所谓吃工夫茶者自然也有道理），只可惜近来太是洋场化，失了本意，其结果成为饭馆子之流，只在乡村间还保存一点古风，唯是屋宇器具简陋万分，或者但可称为颇有喝茶之意，而未可许为已得喝茶之道也。

喝茶当于瓦屋纸窗之下，清泉绿茶，用素雅的陶瓷茶具，同二三人共饮，得半日之闲，可抵十年的尘梦。喝茶之后，再去继续修各人的胜业，无论为名为利，都无不可，但偶然的片刻优游乃正亦断不可少，中国喝茶时多吃瓜子，我觉得不很适宜，喝茶时可吃的东西应当是轻淡的"茶食"。中国的茶食却变了"满汉饽饽"，其性质与"阿阿兜"相差无几，不是喝茶时所吃的东西了。日本的点心虽是豆米的成品，但那优雅的形色，朴素的味道，很合于茶食的资格，如各色的"羊羹"（据上田恭辅氏考据，说是出于中国唐时的羊肝饼），尤有特殊的风味。江南茶馆中有一种"干丝"，用豆腐干切成细丝，加姜丝酱油，重汤炖热，上浇麻油，出以供客，其利益为"堂倌"所独有。豆腐干中本有一种"茶干"，今变而为丝，亦颇与茶相宜。在南京时常食此品，据云有某寺方丈所制为最，虽也曾尝试，却已忘记，所记得者乃只是下关的江天阁而已。学生们的习惯，平常"干丝"既出，大抵不即食，等到麻油再加，开水重换之后，始行举箸，最为合式，因为一到即罄，次碗继至，不遑应酬，否则麻油三浇，旋即撤去，怒形于色，未免使客不欢而散，茶意都消了。

吾乡昌安门外有一处地方，名三脚桥（实在并无三脚，乃是三出，园以一桥而跨三叉的河上也），其地有豆腐店曰周德和者，制茶干最有名。寻常的豆腐干方约寸半，厚三分，值钱二文，周德和的价值相同，小而且薄，几及一半，黝黑坚实，如紫檀片。我家距三脚桥有步行两小时的路程，故殊不易得，但能吃到油炸者而已。每天有人挑担设炉镬，沿街叫卖，其词曰：

"辣酱辣，

麻油炸，

红酱搽，辣酱拓：

周德和格五香油炸豆腐干。"

其制法如上所述，以竹丝插其末端，每枚值三文。豆腐干大小如周德和，而甚柔软，大约系常品，唯经过这样烹调，虽然不是茶食之一，却也不失为一种好豆食——豆腐的确也是极好的佳妙的食品，可以有种种的变化，唯在西洋不会被领解，正如茶一般。

日本用茶淘饭，名曰"茶渍"，以腌菜及"泽庵"（即福建的黄土萝卜，日本泽庵法师始传此法，盖从中国传去）等为佐，很有清淡而甘香的风味。中国人未尝不这样吃，唯其原因，非由穷困即为节省，殆少有故意往清茶淡饭中寻其固有之味者，此所以为可惜也。

十三年十二月

（《雨天的书》）

# 谈　酒

　　这个年头儿，喝酒倒是很有意思的。我虽是京兆人，却生长在东南的海边，是出产酒的有名地方。我的舅父和姑父家里时常做几缸自用的酒，但我终于不知道酒是怎么做法，只觉得所用的大约是糯米，因为儿歌里说，"老酒糯米做，吃得变Nionio末一字是本地叫猪的俗语。做酒的方法与器具似乎都很简单，只有煮的时候的手法极不容易，非有经验的工人不办，平常做酒的人家大抵聘请一个人来，俗称"酒头工"，以自己不能喝酒者为最上，叫他专管鉴定煮酒的时节。有一个远房亲戚，我们叫他"七斤公公"——他是我舅父的族叔，但是在他家里做短工，所以舅母只叫他作"七斤老"，有时也听见她叫"老七斤"，是这样的酒头工，每年去帮人家做酒；他喜吸旱烟，说玩话，打马将，但是不大喝酒（海边的人喝一两碗是不算能喝，照市价计算也不值十文钱的酒），所以生意很好，时常跑一二百里路被招到诸暨嵊县去。据他说这实在并不难，只须走到缸边屈着身听，听见里边起泡的声音切切察察的，好像是螃蟹吐沫（儿童称为蟹煮饭）的样子，便拿来煮就得了；早一点酒还未成，迟一点酒就变酸了。但是怎么是恰好的时期，别人仍不能知道，只有听熟的耳朵才能够断定，正如骨董家的眼睛辨别古物一样。

　　大人家饮酒多用酒钟，以表示其斯文，实在是不对的。正当的喝法是用一种酒碗，浅而大，底有高足，可以说是古已有之的香槟杯。平常起码总是两碗，合一"串筒"，价值似是六文一碗。串筒略如倒写的凸字，上下部如一与三之比，以洋铁为之，无盖无嘴，可倒而不可筛，据好酒家说酒以倒为正宗，筛出来的不大好吃。唯酒保好于量酒之前先"荡"（置水于器内，摇荡而洗涤之谓）串筒，荡后往往将清水之一部分留在筒内，客嫌酒淡，常起争执，故喝酒老手必先戒堂倌以勿荡串筒，并监视其量好放在温酒架上。能饮者多索竹叶青，通称曰"本色"，"元红"系状元红之略，则著色者，唯外行人喜饮之。在外省有所谓花雕者，唯本地酒店中却没有这样东西。相传昔时人家生女，则酿酒贮花雕（一种有花纹的酒坛）中，至女儿出嫁时用以饷客，但此风今已不存，嫁女时偶用花雕，也只临时买元红充数，饮者不以为珍品。有些喝酒的人预备家酿，却有极好的，每年做醇酒若干坛，按次第埋园中，二十年后掘取，即每岁皆得饮二十年陈的老酒了。此种陈酒例不发售，故无处可买，我只有一回在旧日业师家里喝过这样好酒，至今还不曾忘记。

　　我既是酒乡的一个土著，又这样的喜欢谈酒，好像一定是个与"三酉"结不解缘的酒徒了。其实却大不然。我的父亲是很能喝酒的，我不知道他可以喝多少，只记得他每晚用花生米、水果等下酒，且喝且谈天，至少要花费两点钟，恐怕所喝的酒一定很不少了。但我却是不肖，不，或者可以说有志未逮，因为我很喜欢喝酒而不会喝，所以每逢酒宴我总是第一个醉与脸红的。自从辛酉患病后，医生叫我喝酒以代药饵，定量是勃阑地每回二十格阑姆，蒲陶酒与老酒等倍之，六年以后酒量一点没有进步，到现在只要喝下一百格阑姆的花雕，便立刻变成关夫子了（以前大家笑谈称作"赤化"，此刻自然应当谨慎，虽然是说笑话）。有些有不醉之量的，愈饮愈是脸白的朋友，我觉得非常可以欣羡，只可惜他们愈能喝酒便愈不肯喝酒，好像是美人之不肯显示她的颜色，这实在是太不应该了。

黄酒比较的便宜一点，所以觉得时常可以买喝，其实别的酒也未尝不好。白干于我未免过凶一点，我喝了常怕口腔内要起泡，山西的汾酒与北京的莲花白虽然可喝少许，也总觉得不很和善。日本的清酒我颇喜欢，只是仿佛新酒模样，味道不很静定。蒲陶酒与橙皮酒都很可口，但我以为最好的还是勃阑地。我觉得西洋人不很能够了解茶的趣味，至于酒则很有工夫，决不下于中国。天天喝洋酒当然是一个大的漏卮，正如吸烟卷一般，但不必一定进国货党，咬定牙根要抽净丝，随便喝一点什么酒其实都是无所不可的，至少是我个人这样的想。

喝酒的趣味在什么地方？这个我恐怕有点说不明白。有人说，酒的乐趣是在醉后的陶然的境界，但我不很了解这个境界是怎样的，因为我自饮酒以来似乎不大陶然过，不知怎的我的醉大抵都只是生理的，而不是精神的陶醉。所以照我说来，酒的趣味只是在饮的时候，我想悦乐大抵在做的这一刹那，倘若说是陶然那也当是杯在口的一刻罢。醉了，困倦了，或者应当休息一会儿，也是很安舒的，却未必能说酒的真趣是在此间。昏迷、梦魇、呓语，或是忘却现世忧患之一法门；其实这也是有限的，倒还不如把宇宙性命都投在一口美酒里的耽溺之力还要强大。我喝着酒，一面也怀着"杞天之虑"，生恐强硬的礼教反动之后将引起颓废的风气，结果是借醇酒妇人以避礼教的迫害，沙宁（Sanin）时代的出现不是不可能的。但是，或者在中国什么运动都未必彻底成功，青年的反拨力也未必怎么强盛，那么杞天终于只是杞天，仍旧能够让我们喝一口非耽溺的酒也未可知。倘若如此，那时喝酒又一定另外觉得很有意思了罢？

民国十五年六月二十日，于北京

（《泽泻集》）

# 乌篷船

子荣君：

接到手书，知道你要到我的故乡去，叫我给你一点什么指导。老实说，我的故乡，真正觉得可怀恋的地方，并不是那里；但是因为在那里生长，住过十多年，究竟知道一点情形，所以写这一封信告诉你。

我所要告诉你的，并不是那里的风土人情，那是写不尽的，但是你到那里一看也就会明白的，不必罗唆的多讲。我要说的是一种很有趣的东西，这便是船。你在家乡平常总坐人力车、电车或是汽车，但在我的故乡那里这些都没有，除了在城内或山上是用轿子以外，普通代步都是用船。船有两种，普通坐的都是"乌篷船"，白篷的大抵作航船用，坐夜航船到西陵去也有特别的风趣，但是你总不便坐，所以我也就可以不说了。乌篷船大的为"四明瓦"（Sy-menngoa），小的为脚划船（划读 uoa）亦称小船。但是最适用的还是在这中间的"三道"，亦即三明瓦。篷是半圆形的，用竹片编成，中夹竹箬，上涂黑油；在两扇"定篷"之间放着一扇遮阳，也是半圆的，木作格子，嵌着一片片的小鱼鳞，径约一寸，颇有点透明，略似玻璃而坚韧耐用，这就称为明瓦。三明瓦者，谓其中舱有两道，后舱有一道明瓦也。船尾用橹，大抵两支，船首有竹篙，用以定船。船头著眉目，状如老虎，但似在微笑，颇滑稽而不可怕，唯白篷船则无之。三道船篷之高大约可以使你直立，舱宽可放下一顶方桌，四个人坐着打马将——这个恐怕你也已学会了罢？小船则真是一叶扁舟，你坐在船底席上，篷顶离你的头有两三寸，你的两手可以搁在左右的舷上，还把手都露出在外边。在这种船里仿佛是在水面上坐，靠近田岸去时泥土便和你的眼鼻接近，而且遇着风浪，或是坐得少不小心，就会船底朝天，发生危险，但是也颇有趣味，是水乡的一种特色。不过你总可以不必去坐，最好还是坐那三道船罢。

你如坐船出去，可是不能像电车的那样性急，立刻盼望走到。倘若出城，走三四十里路（我们那里的里程是很短，一里才及英哩三分之一），来回总要预备一天。你坐在船上，应该是游山的态度，看看四周物色，随处可见的山，岸旁的乌桕，河边的红寥和白蘋，渔舍，各式各样的桥，困倦的时候睡在舱中拿出随笔来看，或者冲一碗清茶喝喝。偏门外的鉴湖一带，贺家池，壶觞左近，我都是喜欢的，或者往娄公埠骑驴去游兰亭（但我劝你还是步行，骑驴或者于你不很相宜），到得暮色苍然的时候进城上都挂着薜荔的东门来，倒是颇有趣味的事。倘若路上不平静，你往杭州去时可下午开船，黄昏时候的景色正最好看，只可惜这一带地方的名字我都忘记了。夜间睡在舱中，听水声橹声，来往船只的招呼声，以及乡间的犬吠鸡鸣，也都很有意思。雇一只船到乡下去看庙戏，可以了解中国旧戏的真趣味，而且在船上行动自如，要看就看，要睡就睡，要喝酒就喝酒，我觉得也可以算是理想的行乐法。只可惜讲维新以来这些演剧与迎会都已禁止，中产阶级的低能人别在"布业会馆"等处建起"海式"的戏场来，请大家买票看上海的猫儿戏。这些地方你千万不要去。你到我那故乡，恐怕没有一个人认得，我又因为在教书不能陪你去玩，坐夜船，谈闲天，实在抱歉而且惆怅。

川岛君夫妇现在偶山下，本来可以给你介绍，但是你到那里的时候他们恐怕已经离开故乡了。初寒，善自珍重，不尽。

十五年一月十八日夜，于北京

（《泽泻集》）

# 夏夜梦

## 序　言

　　乡间以季候定梦的价值，俗语云春梦如狗屁，其言毫无价值也。冬天的梦较为确实，但以"冬夜"（冬至的前夜）的为最可靠，夏秋梦的价值，大约只在有若无之间罢了。佛书里说，"梦有四种，一四大不和梦，二先见梦，三天人梦，四想梦。"后两种真实，前两种虚而不实。我现在所记的，既然不是天人示现的天人梦或豫告福德罪障的想梦，却又并非"或昼日见夜则梦见"的先见梦，当然只是四大不和梦的一种，俗语所谓"乱梦颠倒"。大凡一切颠倒的事，都足以引人注意，有纪录的价值，譬如中国现在报纸上所记的政治或社会的要闻，那一件不是颠倒而又颠倒的么？所以我也援例，将夏夜的乱梦随便记了下来。但既然是颠倒了，虚而不实了，其中自然不会含着什么奥义，不劳再请"太人"去占；反正是占不出什么来的——其实要占呢，也总胡乱的可以做出一种解说，不过这占出来的休咎如何，我是不负责任的罢了。

## 一　统一局

　　仿佛是地安门外模样。西边墙上贴着一张告示，拥挤着许多人，都仰着头在那里细心的看，有几个还各自高声念着。我心里迷惑，这些人都是车夫么？其中夹着老人和女子，当然不是车夫了；但大家一样的在衣服上罩着一件背心，正中缀了一个圆图，写着中西两种的号码。正纳闷间，听得旁边一个人喃喃的念道，

"……目下收入充足，人民军等应该加餐，自出示之日起，不问女男幼老，应每日领米二斤，麦二斤，猪羊肉各一斤，马铃薯三斤，油盐准此，不得折减，违者依例治罪。饮食统一局长三九二七鞠躬"

这个办法，写的很是清楚，但既不是平粜，又不是赈饥，心里觉得非常胡涂。只听得一个女人对着一个老头子说着：

"三六八（仿佛是这样的一个数目）叔，你老人家胃口倒还好么？"

"六八二——不，六八八二妹，那里还行呢！以前已经很勉强了，现今又添了两斤肉，和些什么，实在再也吃不下，只好拼出治罪罢了。"

"是啊，我怕的是吃土豆，每天吃这个，心里很腻的，但是又怎么好不吃呢。"

"有一回，还是只发一斤米的时候，定规凡六十岁以上的人应该安坐，无故不得直立，以示优待。我坐得不耐烦了，暂时立起。恰巧被稽查看见了，拉到平等厅去判了三天的禁锢。"

"那么，你今天怎么能够走出来的呢？"

"我有执照在这里呢。这是从行坐统一到局里领来的，许可一日间不必遵照安坐条律办理。"

我听了这些莫名其妙的话，心想上前去打听一个仔细，那老人却已经看见了我，慌忙走来，向我的背上一看，叫道：

"爱克司兄，你为什么还没有注册呢？"

我不知道什么要注册，刚待反问的时候，突然有人在耳边叫道：

"干么不注册！"一个大汉手中拿着一张名片，上面写道"姓名

统一局长一二三"，正立在我的面前。我大吃一惊，回过身来撒腿就跑，不到一刻便跑的很远了。

## 二 长毛

我站在故乡老屋的小院子里。院子的地是用长方的石板铺成的；坐北朝南是两间"蓝门"的屋，子京叔公常常在这里抄《子史辑要》——也在这里发疯；西首一间侧屋，屋后是杨家的园，长着许多淡竹和一棵棕榈。

这是"长毛时候"。大家有已逃走了，但我却并不逃，只是立在蓝门前面的小院子里，腰间仿佛挂着一把很长的长剑。当初以为只有自己一个人，随后却见在院子里还有一个别人，便是在我们家里做过长年的得法——或者叫作得寿也未可知。他同平常夏天一样，赤着身子，只穿了一条短裤，那猪八戒似的脸微微向下。我不曾问他，他也不说什么，只是忧郁的却很从容自在的站着。

大约是下午六七点钟的光景。他并不抬起头来，只喃喃的说道：

"来了。"

我也觉得似乎来了，便见一个长毛走进来了。所谓长毛是怎样的人我并不看见，不过直觉他是个长毛，大约是一个穿短衣的而拿一把板刀的人。这时候，我不自觉的已经在侧屋里边了；从花墙后望出去，却见得法（或得寿）已经恭恭敬敬的跪在地上，反背着手，专等着长毛去杀他了。以后的景致有点模糊了，仿佛是影戏的中断了一下，推想起来似乎是我赶出去，把长毛杀了。得法听得噗通的一颗头落地的声音，慢慢的抬起头来一看，才知道杀掉的不是自己，却是那个长毛，于是从容的立起，从容的走出去了。在他的迟钝的眼睛里并不表示感谢，也没有什么惊诧，但是因了我的多事，使他多要麻烦，这一种烦厌的神情却很明显的可以看出来了。

# 三 诗人

我觉得自己是一个诗人（当然是在梦中），在街上走着搜寻诗料。

我在护国寺街向东走去，看见从对面来了一口棺材。这是一口白皮的空棺，装在人力车上面，一个人拉着，慢慢的走。车的右边跟着一个女人，手里抱着一个一岁以内的孩子。她穿着重孝，但是身上的白衣和头上的白布都是很旧而且脏，似乎已经穿了一个多月。她一面走，一面和车夫说着话，一点都看不出悲哀的样子 ——她的悲哀大约被苦辛所冻住，所遮盖了罢。我想象死者是什么人，生者是什么人，以及死者和生者的过去，正抽出铅笔想写下来，他们却已经完全不见了。

这回是在西四北大街的马路上。夜里骤雨初过，大路洗的很是清洁，石子都一颗颗的突出，两边的泥路却烂得像泥塘一般。东边路旁有三四个人立着呆看，我也近前一望，原来是一匹死马躺在那里。大车早已走了，撇下这马，头朝着南脚向着东的摊在路旁。这大约也只是一匹平常的马，但躺在那里，看去似乎很是瘦小，从泥路中间拖开的时候又翻了转面，所以它上边的面孔肚子和前后腿都是湿而且黑的沾着一面的污泥。它那胸腹已经不再掀动了，但是喉间还是咻咻的一声声的作响，不过这已经不是活物的声音，只是如风过破纸窗似的一种无生的音响而已。我忽然想到俄国息契特林的讲马的一生的故事《柯虐伽》，拿出笔来在笔记簿上刚写下去，一切又都不见了。

有了诗料，却做不成诗，觉得非常懊恼，但也徽倖因此便从梦中惊醒过来了。

# 四 狒狒之出笼

在著名的杂志《宇宙之心》上，发现了一篇惊人的议论。篇名叫作《狒狒之出笼》。大意说在毛人的时代，人类依恃了暴力，捕捉了许多同族的狒狒猩猩和大小猿猴，锁上铁链，关在铁笼里，强迫去作苦工。这些狒狒们当初也曾反抗过，但是终抵不过皮鞭和饥饿的力量，归结只得听从，做了毛人的奴隶。过了不知多少千年，彼此的毛都已脱去，看不出什么分别，铁链与笼也不用了，但是奴隶根性已经养成，便永远的成了一种精神的奴隶。其实在血统上早已混合，不能分出阶级来了，不过他们心里有一种运命的阶级观，譬如见了人己的不平等，便安慰自己道："他一定是毛人。我当然是一个狒狒，那是应该安分一点的。"因为这个缘故，彼此相安无事，据他们评论，道德之高足为世界的模范……但是不幸据专门学者的考察，这个理想的制度已经渐就破坏，狒狒将要扭开习惯的锁索，出笼来了。出笼来的结果怎样，那学者不曾说明，他不过对于大家先给一个警告罢了。

这个警告出来以后，社会上顿时大起惊慌。大家——凡自以为不是狒狒的人们——两个一堆，三个一攒的在那里讨论，想找出一个万全的对付策。他们的意见大约可以分作这三大派。

一是反动派。他们主张恢复毛人时代的制度，命令各工厂"漏夜赶造"铁链铁笼，把所有的狒狒阶级拘禁起来，其正在赶造铁链等者准与最后拘禁。

二是开明派。他们主张教育狒狒阶级，帮助他们去求解放，即使不幸而至于决裂，他们既然有了教育，也可以不会有什么大恐怖出现了。

三是经验派。他们以为反动派与开明派都是庸人自扰，狒狒是不会出笼的。加在身上的锁索，一经拿去，人便可得自由；加在心上的无形的锁索的拘系，至今是终身的了，其解放之难与加上的时间之久为正比例。他们以经验为本，所以得这个名称，若从反动派的观点看去可以说是乐观派，在开明派的这边又是悲观派了。

以上三派的意见，各有信徒，在新闻杂志上大加鼓吹，将来结果如何，还不能知道。反动派的主张固然太是横暴，而且在实际上也来不及；开明派的意见原要高明得多，但是在这一点上，也是一样的来不及了。因为那些自承为狒狒阶级的人虽没有阶级斗争的意思，却很有一种阶级意识；他们自认是一个狒狒，觉得是卑贱的，却同时仿佛又颇尊贵。所以他们不能忍受别人说话，提起他们的不幸和委屈，即使是十分同情的说，他们也必然暴怒，对于说话的人漫骂或匿名的揭帖，以为这人是侵犯了他们的威严了。而且他们又不大懂得说话的意思，尤其是讽刺的话，他们认真的相信，得到相反的结果，气轰轰的争闹。从这些地方看来，那开明派的想借文字言语企图心的革命的运动，一时也就没有把握了。

狒狒倘若真是出笼，这两种计划都是来不及的——那么经验派的不出笼说是唯一的正确的意见么？我不能知道，须等去问"时间"先生才能分解。

这是那一国的事情，我醒来已经忘了，不过总不是出在我们震旦，特地声明一句。

## 五　汤饼会

是大户人家的厅堂里，正在开汤饼会哩。

厅堂两旁，男左女右的坐满盛装的宾客。中间仿佛是公堂模样，放着一顶公案桌，正面坐着少年夫妻，正是小儿的双亲。案旁有十六个人分作两班相对站着，衣冠整肃，状貌威严，胸前各挂一条黄绸，上写两个大字道："证人"。左边上首一个人从桌上拿起一张文凭似的金边的白纸，高声念道：

"维一四天下，南瞻部洲，礼义之邦，摩诃荜罗利达国，大道德主某家降生男子某者，本属游魂，分为异物。披罗带荔，足御风寒；饮露餐霞，无须烟火。友螳蚰而长啸，赏心无异于闻歌；附萤火以夜游，行乐岂殊于秉烛。幽冥幸福，亦云至矣。尔乃罔知满足，肆意贪求，却夜台之幽静而慕尘世之纷纭，舍金刚之永生而就石火之暂寄。即此颛愚，已足怜悯；况复缘兹一念，祸及无辜，累尔双亲，铸成大错，岂不更堪叹恨哉。原夫大道德主某者，华年月貌，群称神仙中人，而古井秋霜，实受圣贤之戒：以故双飞蛱蝶，既未足喻其和谐，一片冰心，亦未能比其高洁也。乃缘某刻意受生，亡肆蛊惑，以致清芬犹在，白莲已失其花光，绿叶已繁，红杏倏成为母树。十月之危惧，三年之苦辛；一身濒于死亡，百乐悉以捐弃。所牺牲者既大，所耗费者尤多：就傅取妻，饮食衣被，初无储积，而擅自取携；猥云人子，实唯马蛭，言念及此，能不慨然。呜呼，使生汝而为父母之意志，则尔应感罔极之恩；使生汝而非父母之意志，则尔应负弥天之罪矣。今尔知恩乎，尔知罪乎？尔知罪矣，则当自觉悟，勉图报称，冀能忏除无尽之罪于万一。尔应自知，自尔受生以至复归夜台，尽此一生，尔实为父母之所有，以尔为父母之罪人，即为父母之俘囚，此尔应得之罪也。尔其谨守下方之律令，勉为孝子，余等实有厚望焉。

计开

一、承认子女降生纯系个人意志，应由自己负完全责任，与父母无涉。

二、承认子女对于父母应负完全责任，并赔偿损失。

三、准第二条，承认子女为父母之所有物。

四、承认父母对于子女可以自由处置：

　　甲、随意处刑。

　　乙、随时变卖或赠与。

　　丙、制造成谬种及低能者。

五、承认本人之妻子等附属物间接为父母的所有物。

六、以感谢与满足承认上列律令。"

那人将这篇桐选合璧的文章念了，接着便是年月和那"游魂"——现在已经投胎为小儿了——的名字，于是右边上首的人恭恭敬敬的走下去，捉住抱在乳母怀里的小儿的两手，将他的大拇指揲在印色盒里，再把他们按在纸上署名的下面。以后是那十六个证人各着花押，有一两个写的是"一片中心"和"一本万利"的符咒似的文字，其余大半只押一个十字，也有画圆圈的，却画得很圆，并没有什么规角。末一人画圈才了，院子里便惊天动地的放起大小炮竹来，在这声响中间，听得有人大声叫道："礼——毕！"于是这礼就毕了。

这天晚上，我正看着英国巴特勒的小说《虚无乡游记》，或者因此引起我这个妖梦，也未可知。

## 六 初恋

那时我十四岁，她大约是十三岁罢。我跟着祖父的姜宋姨太太寄寓在杭州的花牌楼，间壁住着一家姚姓，她便是那家的女儿。伊本姓杨，住在清波门头，大约因为行三，人家都称她作三姑娘。姚家老夫妇没有子女，便认她做干女儿，一个月里有二十多天住在他们家里，宋姨太太和远邻的羊肉店石家的媳妇虽然很说得来，与姚宅的老妇却感情很坏，彼此都不交口，但是三姑娘并不管这些事，仍旧推进门来游嬉。她大抵先到楼上去，同宋姨太太搭赸一回，随后走下楼来，站在我同仆人阮升公用的一张板棹旁边，抱着名叫"三花"的一只大猫，看我映写陆润庠的木刻的字帖。

我不曾和她谈过一句话，也不曾仔细的看过她的面貌与姿态。大约我在那时已经很是近视，但是还有一层缘故，虽然非意识的对于她很是感到亲近，一面却似乎为她的光辉所掩，开不起眼来去端详她了。在此刻回想起来，仿佛是一个尖面庞，乌眼睛，瘦小身材，而且有尖小的脚的少女，并没有什么殊胜的地方，但在我的性的生活里总是第一个人，使我于自己以外感到对于别人的爱着，引起我没有明了的性的概念的对于异性的恋慕的第一个人了。

我在那时候当然是"丑小鸭"，自己也是知道的，但是终不以此而减灭我的热情。每逢她抱着猫来看我写字，我便不自觉的振作起来，用了平常所无的努力去映写，感着一种无所希求的迷漾的喜乐。并不问她是否爱我，或者也还不知道自己是爱着她，总之对于她的存在感到亲近喜悦，并且愿为她有所尽力，这是当时实在的心情，也是她所给我的赐物了。在她是怎样不能知道，自己的情绪大约只是淡淡的一种恋慕，始终没有想到男女夫妇的问题。有一天晚上，宋姨太太忽然又发表对于姚姓的憎恨，末了说道：

"阿三那小东西，也不是好东西，将来总要流落到拱辰桥去做婊子的。"

我不很明白做婊子这些是什么事情，但当时听了心里想道：

"她如果真是流落做了婊子，我必定去救她出来。"

大半年的光阴这样的消费过去了。到了七八月里因为母亲生病，我便离开杭州回家去了。一个月以后，阮升告假回去，顺便到我家里，说起花牌楼的事情，说道：

"杨家的三姑娘患霍乱死了。"

我那时也很觉得不快，想象她的悲惨的死相，但同时却又似乎很是安静，仿佛心里有一块大石头已经放下了。

十年九月

（《自己的园地》，北京晨报社初版）

# 七　夕

　　杭堇浦著《订讹类编》卷五天文讹中，有七夕牛女相会不足信一条，引《学林新编》所论，历举《淮南子》《荆楚岁时记》周处《风土记》各说，皆怪诞不足信，子美诗曰，万古永相望，七夕谁见同，亦不取世俗说也。杭氏加案云："案《齐谐记》亦载渡河事，《艺苑雌黄》辨其无此事 亦引杜诗正之。杜公瞻注晋傅玄《拟天问》，亦谓此出流俗小说，寻之经史，未有典据。又《岁时记》引纬书云，牵牛婺织女，取天帝二万钱下礼，久不还，被驱在营室，此说更属无稽。"查陈元靓《岁时广记》，七夕一项至占三卷，《学林》《艺苑雌黄》《拟天问》注各条均在，略阅所征引杂书，似七夕之祭以唐宋时为最盛，以后则行事渐微而以传说为主矣。吾乡无七夕之称，只云七月七，是日妇女取木槿叶揉汁洗发，儿童汲井水置露天，次日投针水面，映日视其影以为占卜，曰丢巧针。市上卖巧果为寻常茶食之一，《越谚》卷中云："七夕油炸粉果，样巧味脆，即乞巧遗意。"此种传说，如以理智批判，多有说诳分子，学者凭唯理主义加以辨正，古今中外常有之，唯若以诗论，则亦自有其佳趣。谭仲修《复堂日记补录》，同治二年七月下云："初七日晚内子陈瓜果以祀天孙，千古有此一种传闻旧说，亦复佳耳。"此意甚好，其实不信牛女相会实有其事，原与董浦诸公一样，但他不过于认真，即是能把诗与真分别得清，故知七夕传说之趣味，若或牵涉现实而又不能祸世，即同一类型的故事如河伯娶妇，谭君亦必不能忍耐矣。

（《药堂语录》）

# 中秋的月亮

敦礼臣著《燕京岁时记》云："京师之曰八月节者，即中秋也。每届中秋，府第朱门皆以月饼果品相馈赠，至十五月圆时，陈瓜果于庭以供月，并祀以毛豆鸡冠花。是时也，皓魄当空，彩云初散，传杯洗盏，儿女喧哗，真所谓佳节也。唯供月时，男子多不叩拜，故京师谚曰，男不拜月，女不祭灶。"此记作于四十年前，至今风俗似无甚变更，虽民生凋敝，百物较二年前超过五倍，但中秋吃月饼恐怕还不肯放弃，至于赏月则未必有此兴趣了罢。本来举杯邀月这只是文人的雅兴，秋高气爽，月色分外光明，更觉得有意思，特别定这日为佳节，若在民间不见得有多大兴味，大抵就是算账要紧，月饼尚在其次。其回想乡间一般对于月亮的意见，觉得这与文人学者的颇不相同。普通称月曰月亮婆婆，中秋供素月饼水果及老南瓜，又凉水一碗，妇孺拜毕，以指蘸水涂目，祝曰眼目清凉。相信月中有婆婆树，中秋夜有一枝落下人间，此亦似即所谓月华，但不幸如落在人身上，必成奇疾，或头大如斗，必须斲开，乃能取出宝物也。月亮在天文中本是一种怪物，忽圆忽缺，诸多变异，潮水受他的呼唤，古人又相信其与女人生活有关。更奇的是与精神病者也有微妙的关系，拉丁文便称此病曰月光病，仿佛与日射病可以对比似的。这说法现代医药当然是不承认了，但是我还有点相信，不是说其间隔发作的类似，实在觉得月亮有其可怕的一面，患怔忡的人见了会生影响，正是可能的事罢。好多年前夜间从东城回家来，路上望见在昏黑的天上挂着一钩深黄的残月，看去很是凄惨，我想我们现代都市人尚且如此感觉，古时原始生活的人当更如何？住在岩窟之下，遇见这种情景，听着豺狼嗥叫，夜鸟飞鸣，大约没有什么好的心情——不，即使并无这些禽兽骚扰，单是那月亮的威吓也就够了，它简直是一个妖怪，别的种种异物喜欢在月夜出现，这也只是风云之会，不过跑龙套罢了。等到月亮渐渐的圆了起来，它的形相也渐和善了，望前后的三天光景几乎是一位富翁的脸，难怪能够得到许多人的喜悦，可是总有一股冷气，无论如何还是去不掉的。只恐"琼楼玉宇，高处不胜寒"，东坡这句词很能写出明月的精神来，向来传说的忠爱之意究竟是否寄托在内，现在不关重要，可以姑且不谈。总之我于赏月无甚趣味，赏雪赏雨也是一样，因为对于自然还是畏过于爱，自己不敢相信已能克服了自然，所以有些文明人的享乐是于我颇少缘分的。中秋的意义，在我个人看来，吃月饼之重要殆过于看月亮，而还账又过于吃月饼，然则我诚犹未免为乡人也。

（《药堂语录》）

# 鸟 声

古人有言："以鸟鸣春。"现在已过了春分，正是鸟声的时节了，但我觉得不大能够听到，虽然京城的西北隅已经近于乡村。这所谓鸟当然是指那飞鸣自在的东西，不必说鸡鸣咿咿鸭鸣呷呷的家奴，便是熟番似的鸽子之类也算不得数，因为他们都是忘记了四时八节的了。我所听见的鸟鸣只有檐头麻雀的啾啁，以及槐树上每天早来的啄木的干笑——这似乎都不能报春，麻雀的太琐碎了，而啄木又不免多一点干枯的气味。

英国诗人那许（Nash）有一首诗，被录在所谓《名诗选》（Golden Tressury）的卷首。他说，春天来了，百花开放，姑娘们跳着舞，天气温和，好鸟都歌唱起来，他列举四样鸟声：

Cuekco, jug-jug, pee-wee, to-witta-woo！

这九行的诗实在有趣，我却总不敢译，因为怕一则译不好，二则要译错。现在只抄出一行来，看那四样是什么鸟。第一种是勃姑，书名鹁鸠，它是自呼其名的，可以无疑了。第二种是夜莺，就是那林间的"发痴的鸟"，古希腊女诗人称之曰"春之使者，美音的夜莺"，它的名贵可想而知，只是我不知道它到底是什么东西。我们乡间的黄莺也会"翻叫"，被捕后常因想念妻子而急死，与它西方的表兄弟相同，但它要吃小鸟，而且又不发痴地唱上一夜以至于呕血。第四种虽似异怪乃是猫头鹰。第三种则不大明了，有人说是蚊母鸟，或云是田凫，但据斯密士的《鸟的生活与故事》第一章所说系小猫头鹰。倘若是真的，那么四种好鸟之中猫头鹰一家已占其二了。斯密士说这二者都是褐色猫头鹰，与别的怪声怪相的不同，他的书中虽有图像，我也认不得这是鸱是鸮还是流离之子，不过总是猫头鹰之类罢了。儿时曾听见它们的呼声，有的声如货郎的摇鼓，有的恍若连呼"掘洼"（dzhuehuoang），俗云不祥主有死丧。所以闻者多极懊恼，大约此风古已有之。查检观颏道人的《小演雅》，所录古今禽言中不见有猫头鹰的话。然而仔细回想，觉得那些叫声实在并不错，比任何风声箫声鸟声更为有趣，如诗人谢勒（Shelley）所说。

现在，就北京来说，这几样鸣声都没有，所有的还只是麻雀和啄木鸟。老鸹，乡间称云乌老鸦，在北京是每天可以听到的，但是一点风雅气也没有，而且是通年噪聒，不知道它是那一季的鸟。麻雀和啄木鸟虽然唱不出好的歌来，在那琐碎和干枯之中到底还含一些春气：唉唉，听那不讨人欢喜的乌老鸦叫也已够了，且让我们欢迎这些鸣春的小鸟，倾听它们的谈笑吧。

"啾晰，啾晰！"

"嘎嘎！"

十四年四月

（《雨天的书》）

# 苦　雨

伏园兄：

　　北京近日多雨，你在长安道上不知也遇到否，想必能增你旅行的许多佳趣。雨中旅行不一定是很愉快的，我以前在杭沪车上时常遇雨，每感困难，所以我于火车的雨不能感到什么兴味，但卧在乌篷船里，静听打篷的雨声，加上欸乃的橹声，以及"靠塘来，靠下去"的呼声，却是一种梦似的诗境。倘若更大胆一点，仰卧在脚划小船内，冒雨夜行，更显出水乡住民的风趣，虽然较为危险，一不小心，拙劣的转一个身，便要使船底朝天。二十多年前往东浦吊先父的保姆之丧，归途遇暴风雨，一时扁舟在白鹅似的波浪中间滚过大树港，危险极也愉快极了。我大约还有好些"为鱼"时候——至少也是断发文身时候的脾气，对于水颇感到亲近，不过北京的泥塘似的许多"海"实在不很满意，这样的水没有也并不怎么可惜。你往"陕半天"去似乎要走好两天的准沙漠路，在那些时候倘若遇见风雨，大约是很舒服的，遥想你胡坐骡车中，在大漠之上，大雨之下，喝着四打之内的汽水，悠然进行，可以算是"不亦快哉"之一。但这只是我的空想，如诗人的理想一样的靠不住，或者你在骡车中遇雨，很感困难，正在叫苦连天也未可知，这须等你回京后问你再说了。

我住在北京，遇见这几天的雨，却叫我十分难过。北京向来少雨，所以不但雨具不很完全，便是家屋构造，于防雨亦欠周密。除了真正富翁以外，很少用实垛砖墙，大抵只用泥墙抹灰敷衍了事。近来天气转变，南方酷寒而北方淫雨，因此两方面的建筑上都露出缺陷。一星期前的雨把后园的西墙淋坍，第二天就有"梁上君子"来摸索北房的铁丝窗，从次日起赶紧邀了七八位匠人，费两天工夫，从头改筑，已经成功十分八九，总算可以高枕而卧，前夜的雨却又将门口的南墙冲倒二三丈之谱。这回受惊的可不是我了，乃是川岛君"伲们"俩，因为"梁上君子"如再见光顾，一定是去躲在"伲们"的窗下窃听的了。为消除"伲们"的不安起见，一等天气晴正，急须大举地修筑，希望日子不至于很久，这几天只好暂时拜托川岛君的老弟费神代为警护罢了。

前天十足下了一夜的雨，使我夜里不知醒了几遍。北京除了偶然有人高兴放几个爆仗以外，夜里总还安静，那样哗喇哗喇的雨声在我的耳朵里已经不很听惯，所以时常被它惊醒，就是睡着也仿佛觉得耳边粘着面条似的东西，睡的很不痛快。还有一层，前天晚间据小孩们报告，前面院子里的积水已经离台阶不及一寸，夜里听着雨声，心里胡里胡涂的总是想水已上了台阶，浸入西边的书房里了。好容易到了早上五点钟，赤脚撑伞，跑到西屋一看，果然不出所料，水浸满了全屋，约有一寸深浅，这才叹了一口气，觉得放心了；倘若这样兴高采烈的跑去，一看却没有水，恐怕那时反觉得失望，没有现在那样的满足也说不定。幸而书籍都没有湿，虽然是没有什么价值的东西，但是湿成一饼一饼的纸糕，也很是不愉快。现今水虽已退，还留下一种涨过大水后的普通的臭味，固然不能留客坐谈，就是自己也不能在那里写字，所以这封信是在里边炕桌上写的。

这回大雨，只有两种人最喜欢。第一是小孩们。他们喜欢水，却极不容易得到，现在看见院子里成了河，便成群结队的去"淌河"去。赤了足伸到水里去,实在很有点冷,但是他们不怕,下到水里还不肯上来。大人见小孩们玩的很有趣,也一个两个的加入,但是成绩却不甚佳,那一天里滑倒了三个人,其中两个都是大人——其一为我的兄弟,其一是川岛君。第二种喜欢下雨的则为虾蟆。从前同小孩们往高亮桥去钓鱼钓不着,只捉了好些虾蟆,有绿的,有花条的,拿回来都放在院子里,平常偶叫几声,在这几天里便整日叫唤,或者是荒年之兆吧,却极有田村的风味。有许多耳朵皮嫩的人,很恶喧嚣,如麻雀虾蟆或蝉的叫声,凡足以妨碍他们的甜睡者,无一不深恶而痛绝之,大有灭此而午睡之意,我觉得大可以不必如此,随便听听都是很有趣味的,不但是这些久成诗料的东西,一切鸣声其实都可以听。虾蟆在水田里群叫,深夜静听,往往变成一种金属音,很是特别,又有时仿佛是狗叫,古人常称蛙蛤为吠,大约是从实验而来。我们院子里的虾蟆现在只见花条的一种,它的叫声更不漂亮,只是格格格这个叫法,可以说是革音,平常自一声至三声,不会更多,唯在下雨的早晨,听它一口气叫上十二三声,可见它是实在喜欢极了。

这一场大雨恐怕在乡下的穷朋友是很大的一个不幸,但是我不曾亲见,单靠想象是不中用的,所以我不去虚伪地代为悲叹了。倘若有人说这所记的只是个人的事情,于人生无益,我也承认,我本来只想说个人私事,此外别无意思。今天太阳已经出来,傍晚可以出外去游嬉,这封信也就不再写下去了。

我本等着看你的秦游记,现在却由我先写给你看,这也可以算是"意表之外"的事吧。

十三年七月十七日,在京城书

(《雨天的书》)

# 关于苦茶

去年春天偶然做了两首打油诗，不意在上海引起了一点风波，大约可以与今年所谓中国本位的文化宣言相比，不过有这差别，前者大家以为是亡国之音，后者则是国家将兴必有祯祥罢了。此外也有人把打油诗拿来当作历史传记读，如字的加以检讨，或者说玩骨董那必然有些钟鼎书画吧，或者又相信我专喜谈鬼，差不多是蒲留仙一流人。这些看法都并无什么用意，也于名誉无损，用不着声明更正，不过与事实相远这一节总是可以奉告的。其次有一件想象的事，但是却颇愉快的，一位友人因为记起吃苦茶的那句话，顺便买了一包特种的茶叶拿来送我。这是我很熟的一个朋友，我感谢他的好意，可是这茶实在太苦，我终于没有能够多吃。

据朋友说这叫作苦丁茶。我去查书，只在日本书上查到一点，云系山茶科的常绿灌木，干粗，叶亦大，长至三四寸，晚秋叶腋开白花，自生山地间，日本名曰唐茶（Tocha），一名龟甲茶，汉名皋芦，亦云苦丁。赵学敏《本草拾遗》卷六云：

> 角刺茶，出徽州。土人二三月采茶时兼采十大功劳叶，俗名老鼠刺，叶曰苦丁，和匀同炒，焙成茶，货与尼庵，转售富家妇女，

云妇人服之终身不孕，为断产第一妙药也。每斤银八钱。

茶十大功劳与老鼠刺均系五加皮树的别名，属于五加科，又是落叶灌木，虽亦有苦丁之名，可以制茶，似与上文所说不是一物，况且友人也不说这茶喝了可以节育的。再查类书关于皋芦却有几条，《广州记》云：

> 皋芦，茗之别名，叶大而涩，南人以为饮。

又《茶经》有类似的话云：

> 南方有瓜芦木，亦似茗，至苦涩，取为屑茶饮亦可通夜不眠。

《南越志》则云：

> 茗苦涩，亦谓之过罗。

此木盖出于南方，不见经传，皋芦云云本系土俗名，各书记录其音耳。但这是怎样的一种植物呢，书上都未说及，我只好从茶壶里去拿出一片叶子来，仿佛制腊叶似的弄得干燥平直了，仔细看时，我认得这乃是故乡常种的一种坟头树，方言称作枸朴树的就是，叶长二寸，宽一寸二分，边有细锯齿，其形状的确有点像龟壳。原来这可以泡茶吃的，虽然味太苦涩，不但我不能多吃，便是且将就斋主人也只喝了两口，要求泡别的茶吃了。但是我很觉得有兴趣，不知道在白菊花以外还有些什么叶子可以当茶？《毛诗草木鸟兽虫鱼疏》《山有栲》一条下云：

山樗生山中，与下田樗大略无异，叶似差狭耳，吴人以其叶为茗。

《五杂组》卷十一云：

以绿豆微炒，投沸汤中倾之，其色正绿，香味亦不减新茗，宿村中觅茗不得者可以此代。

此与现今炒黑豆作咖啡正是一样。又云：

北方柳芽初茁者采之入汤，云其味胜茶。曲阜孔林楷木其芽可烹。闽中佛手柑橄榄为汤，饮之清香，色味亦旗枪之亚也。

卷十记孔林楷木条下云：

其芽香苦，可烹以代茗，亦可干而茹之，即俗云黄连头。

孔林吾未得瞻仰，不知楷木为何如树，唯黄连头则少时尝茹之，且颇喜欢吃，以为有福建橄榄豉之风味也。关于以木芽代茶，《湖雅》卷二亦有二则云：

桑芽茶，案山中有木俗名新桑黄，采嫩芽可代茗，非蚕所食之桑也。

柳芽茶，案柳芽亦采以代茗，嫩碧可爱，有色而无香味。

汪谢城此处所说与谢在杭不同，但不佞却有点左祖汪君，因为其味胜茶的说法觉得不大靠得住也。

许多东西都可以代茶，咖啡等洋货还在其外，可是我只感到好玩，有这些花样，至于我自己还只觉得茶好，而且茶也以绿的为限，红茶以至香片嫌其近于咖啡，这也别无多大道理，单因为从小在家里吃惯本山茶叶耳。口渴了要喝水，水里照例泡进茶叶去，吃惯了就成了规矩，如此而已。对于茶有什么特别了解，赏识，哲学或主义么？这未必然。一定喜欢苦茶，非苦的不喝么？这也未必然。那么为什么诗里那么说，为什么又叫作庵名，岂不是假话么？那也未必然。今世虽不出家亦不打诳语。必要说明，还是去小学上找罢。吾友沈兼士先生有诗为证，题曰《又和一首自调》，此系后半首也：

> 端透于今变澄彻，鱼模自古读歌麻。
> 眼前一例君须记，茶苦原来即苦茶。

二十四年二月

（《苦茶随笔》）

# 风的话

　　北京多风，则常想写一篇小文章讲讲它。但是一拿起笔，第一想到的便是大块噫气这些话，不觉索然兴尽，又只好将笔搁下。近日北京大点其风，不但三日两头的刮，而且一刮往往三天不停。看看妙峰山的香市将到了，照例这半个月里是不大有什么好天气的，恐怕书桌上沙泥粒屑，一天里非得擦几回不可的日子还要暂时继续，对于风不能毫无感觉，不管是好是坏，决意写了下来。说风的感想，重要的还是在南方，特别是小时候在绍兴所经历的为本，虽然觉得风颇有点可畏，却并没有什么可以嫌恶的地方。绍兴是水乡，到处是河港，交通全用船，道路铺的是石板，在二三十年前还是没有马路。因为这个缘故，绍兴的风也就有他的特色。这假如说是地理的，此外也有一点天文的关系。绍兴在夏秋之间时常有一种龙风，这是在北京所没有见过的。时间大抵在午后，往往是很好的天气，忽然一朵乌云上来，霎时天色昏黑，风暴大作，在城里说不上飞沙走石，总之是竹木摧折，屋瓦整叠的揭去，哗喇喇的掉在地下，所谓把井吹出篱笆外的事情也不是没有。若是在外江内河，正坐在船里的人，那自然是危险了，不过撑蜑船的老大们大概多是有经验的，他们懂得占候，会看风色，能够预先防备，受害或者不很大。龙风本不是年年常有，就是发生也只是短时间，不久即过去了，记得老子说过，"飘风不终朝，骤雨不终日，孰为此者天地，天地尚不能久，而况于人乎。"这话说得很好，此本是自然的纪律，虽然应用于人类的道德也是适合。下龙风一二等的大风却是随时多有，大中船不成问题，在小船也还不免危险。我说小船，这是指所谓踏桨船，从前在乌篷船那篇小文中有云：

"小船则真是一叶扁舟，你坐在船底席上，篷顶离你的头有两三寸，你的两手可以搁在左右的舷上，还把手掌都露出在外边。在这种船里仿佛是在水面上坐，靠近田岸去时便和你的眼鼻接近，而且遇着风浪，或是坐得稍不小心，就会船底朝天，发生危险，但是也颇有趣味，是水乡的一种特色。"陈昼卿海角行吟中有诗题曰脚桨船，小注云，船长丈许，广三尺，坐卧容一身，一人坐船尾，以足踏桨行如飞，向唯越人用以狎潮渡江，今江淮人并用之以代急足。这里说明船的大小，可以作为补足，但还得添一句，即舟人用一桨一楫，无舵，以楫代之。船的容量虽小，但其危险却并不在这小的一点上，因为还有一种划划船，更窄而浅，没有船篷，不怕遇风倾覆，所以这小船的危险乃是因有篷而船身较高之故。在庚子的前一年，我往东浦去吊先君的保母之丧，坐小船过大树港，适值大风，望见水面波浪如白鹅乱窜，船在浪上颠播起落，如走游木，舟人竭力支撑，驶入汊港，始得平定，据说如再颠一刻，不倾没也将破散了。这种事情是常会有的，约十年后我的大姑母来家拜忌日，午后回吴融村去，小船遇风浪倾覆，遂以溺死。我想越人古来断发文身，入水与蛟龙斗，干惯了这些事，活在水上，死在水里，本来是觉悟的，俗语所谓瓦罐不离井上破，是也。我们这班人有的是中途从别处迁移去的，有的虽是土著，经过二千余年的岁月，未必能多少保存长颈乌喙的气象，可是在这地域内住了好久，如范少伯所说，鼋鳖鱼鳖之与处而蛙鼋之与同陼，自然也就与水相习，养成了这一种态度。辛丑以后我在江南水师学堂做学生，前后六年不曾学过游泳，本来在鱼雷学堂的旁边有一个池，因为有两个年幼的学生不慎淹死在里边，学堂总办就把池填平了。等我进校的时候那地方已经改造了三间关帝庙，住着一个老更夫，据说是打长毛立过功的都司。我年假回乡时遇见人问，你在水师当然是会游水吧？我答说，不。为什么呢？因为我们只是在船上时有用，若是落了水就不行了，还用得着游泳么。这回答一半是滑稽，一半是实话，没有这个觉悟怎么能去坐那小船呢。

上边我说在家乡就只怕坐小船遇风，可是如今又似乎翻船并不在乎，那么这风也不怎么可畏了。其实这并不尽然。风总还是可怕的，不过水乡的人既要以船为车，就不大顾得淹死与否，所以看得不严重罢了。除此以外，风在绍兴就不见得有什么讨人嫌的地方，因为它并不扬尘，街上以至门内院子里都是石板，刮上一天风也吹不起尘土来，白天只听得邻家的淡竹林的摩戛声，夜里北面楼窗的板门格答格答的作响，表示风的力量。小时候熟习的记忆现在回想起来，倒还觉得有点有趣。后来离开家乡，在东京随后在北京居住，才感觉对于风的不喜欢。本乡三处的住宅都有板廊，夏天总是那么沙泥粒屑，便是给风刮来的，赤脚踏上去觉得很不愉快，桌子上也是如此，伸纸摊书之前非得用手摸一下不可，这种经验在北京还是继续着，所以成了习惯，就是在不刮风的日子也会这样做。北京还有那种蒙古风，仿佛与南边的所谓落黄沙相似，刮得满地满屋的黄土，这土又是特别的细，不但无孔不入，便是用本地高丽纸糊好的门窗格子也挡不住，似能够从那帘纹的地方穿透过去。平常大风的时候，空中呼呼有声，古人云：春风狂似虎，或者也把风声说在内，听了觉得不很愉快。古诗有云，白杨多悲风，萧萧愁杀人。这萧萧的声音我却是欢喜，在北京所听的风声中要算是最好的。在前院的绿门外边，西边种了一棵柏树，东边种了一棵白杨，或者严格的说是青杨，如今十足过了廿五个年头，柏树才只拱把，白杨却已长得合抱了。前者是常青树，冬天看了也好看，后者每年落叶，到得春季长出成千万的碧绿大叶，整天的在摇动着，书本上说它无风自摇，其实也有微风，不过别的树叶子尚未吹动，白杨叶柄特别细，所以就颤动起来了。戊寅以前老友饼斋常来寒斋夜谈，听见墙外瑟瑟之声，辄惊问曰，下雨了吧，但不等回答，立即省悟，又为白杨所骗了。戊寅春初饼斋下世，以后不复有深夜谈天的事，但白杨的风声还是照旧可听，从窗里望见一大片的绿叶也觉得很好看。关于风的话现在可说的就只是这一点，大概风如不如水在一起这固无可畏，却也就没有什么意思了。

阴历三月末日<br>（《知堂乙酉文编》）

## 雨的感想

　　今年夏秋之间北京的雨下得不太多，虽然在田地里并不旱干，城市中也不怎么苦雨，这是很好的事。北京一年间的雨量本来颇少，可是下得很有点特别，他把全年份的三分之二强在六七八月中间落了，而七月的雨又几乎要占这三个月份总数的一半。照这个情形说来，夏秋的苦雨是很难免的。在民国十三年和二十七年，院子里的雨水上了阶沿，进到西书房里去，证实了我的苦雨斋的名称，这都是在七月中下旬。那种雨势与雨声想起来也还是很讨嫌，因此对于北京的雨我没有什么好感，像今年的雨量不多，虽是小事，但在我看来自然是很可感谢的了。

　　不过讲到雨，也不是可以一口抹杀，以为一定是可嫌恶的。这须得分别言之，与其说时令，还不如说要看地方而定。在有些地方，雨并不可嫌恶，即使不必说是可喜。囫囵的说一句南方，恐怕不能得要领，我想不如具体的说明，在到处有河流，满街是石板路的地方，雨是不觉得讨厌的，那里即使会涨大水，成水灾，也总不至于使人有苦雨之感。我的故乡在浙东的绍兴，便是这样的一个好例。在城里，每条路差不多有一条小河平行着，其结果是街道上桥很多，交通利用大小船只，民间饮食洗濯依赖河水，大家才有自用井，蓄雨水为饮料。河岸大抵高四五尺，下雨虽多尽可容纳，只有上游水发，而闸门淤塞，下流不通，成为水灾，但也是田野乡村多受其害，城里河水是不至于上岸的。因此住在城里的人遇见长雨，也总不必担心水会灌进屋子里来，因为雨水都流入河里，河固然不会得满，而水能一直流去，不至停住在院子或街上者，则又全是石板路的关系。我们不曾听说有下水沟渠的名称，但是石板路的构造仿佛是包含有下水计划在内的，大概石板底下都用石条架着，无论多少雨水全由石缝流下，一总到河里去。人家里边的通路以及院子即所谓明堂也无不是石板，室内才用大方砖砌地，俗名曰地平。在老家里有一个长方的院子，承受南北两面楼房的雨水，即使下到四十八小时以上，也不见他停留一寸半寸的水，现在想起来觉得很是特别。秋季长雨的时候，睡在一间小楼上或是书房内，整夜的听雨声不绝，固然是一种喧嚣，却也可以说是一种萧寂，或者感觉好玩也无不可，总之不会得使人忧虑的。吾家濂溪先生有一首《夜雨书窗》的诗云：

> 秋风扫暑尽，半夜雨淋漓。
> 绕屋是芭蕉，一枕万响围。
> 恰似钓鱼船，篷底睡觉时。

这诗里所写的不是浙东的事，但是情景大抵近似，总之说是南方的夜雨是可以的吧。在这里便很有一种情趣，觉得在书室听雨如睡钓鱼船中，倒是很好玩似的。不雨无论久暂，道路不会泥泞，院落不会积水，用不着什么忧虑，所有的唯一的忧虑只是怕漏。大雨急雨从瓦缝中倒灌而入，长雨则瓦都湿透了，可以浸润缘入，若屋顶破损，更不必说，所以雨中搬动面盆水桶，罗列满地，承接屋漏，是常见的事。民间故事说不怕老虎只怕漏，生出偷儿和老虎猴子的纠纷来，日本也有虎狼古屋漏的传说，可见此怕漏的心理分布得很是广远也。

下雨与交通不便本是很相关的，但在上边所说的地方也并不一定如此。一般交通既然多用船只，下雨时照样的可以行驶，不过篷窗不能推开，坐船的人看不到山水村庄的景色，或者未免气闷，但是闭窗坐听急雨打篷，如周濂溪所说，也未始不是有趣味的事。再说舟子，他无论遇见如何的雨和雪，总只是一蓑一笠，站在后艄摇他的橹，这不要说什么诗味画趣，却是看去总毫不难看，只觉得辛劳质朴，没有车夫的那种拖泥带水之感。还有一层，雨中水行同平常一样的平稳，不会像陆行的多危险，因为河水固然一时不能骤增，即使增涨了，如俗语所云，水涨船高，别无什么害处。其唯一可能的影响乃是桥门低了，大船难以通行，若是一人两桨的小船，还是往来自如。水行的危险盖在于遇风，春夏间往往于晴明的午后陡起风暴，中小船只在河港阔大处，又值舟子缺少经验，易于失事，若是雨则一点都不要紧也。坐船以外的交通方法还有步行。雨中步行，在一般人想来总很是困难的罢，至少也不大愉快。在铺着石板路的地方，这情形略有不同。因为是石板路的缘故，既不积水，亦不泥泞，行路困难已经几乎没有，余下的事只须防湿便好，这有雨具就可济事了。从前的人出门必带钉鞋雨伞，即是为此，只要有了雨具，又有脚力，在雨中要走多少里都可随意，反正地面都是石板，城坊无须说了，就是乡村间其通行大道至少有一块石板宽的路可走，除非走入小路岔道，并没有泥泞难行的地方。本来防湿的方法最好是不怕湿，赤脚穿草鞋，无往不便利平安，可是上策总难实行，常人还只好穿上钉鞋，撑了雨伞，然后安心的走到雨中去。我有过好多回这样的在大雨中间行走，到大街里去买吃食的东西，往返就要花两小时的工夫，一点都不觉得有什么困难。最讨厌的还是夏天的阵雨，出去时大雨如注，石板上一片流水，很高的钉鞋齿踏在上边，有如低板桥一般，倒也颇有意思。可是不久云收雨散，石板上的水经太阳一晒,随即干涸,我们走回来时把钉鞋踹在石板路上嘎哴嘎哴的响,自己也觉得怪寒伧的,街头的野孩子见了又要起哄,说是旱地乌龟来了。这是夏日雨中出门的人常有的经验,或者可以说是关于钉鞋雨伞的一件顶不愉快的事情吧。

以上是我对于雨的感想,因了今年北京夏天不大下雨而引起来的。但是我所说的地方的情形也还是民国初年的事,现今一定很有变更,至少路上石板未必保存得住,大抵已改成蹩脚的马路了罢。那么雨中步行的事便有点不行了,假如河中还可以行船,屋下水沟没有闭塞,在篷底窗下可以平安的听雨,那就已经是很可喜幸的了。

民国甲申,八月处暑节

(《立春以前》)

# 谈养鸟

　　李笠翁著《闲情偶寄》颐养部行乐第一，"随时即景就事行乐之法"下有看花听鸟一款云：

　　"花鸟二物，造物生之以媚人者也。既产娇花嫩蕊以代美人，又病其不能解语，复生群鸟以佐之，此段心机竟与购觅红妆，习成歌舞，饮之食之，教之诲之以媚人者，同一周旋之至也。而世人不知，目为蠢然一物，常有奇花过目而莫之睹，鸣禽阅耳而莫之闻者，至其捐资所买之侍妾，色不及花之万一，声仅窃鸟之绪余，然而睹貌即惊，闻歌辄喜，为其貌似花而声似鸟也。噫，贵似贱真，与叶公之好龙何异。予则不然。每值花柳争妍之日，飞鸣斗巧之时，必致谢洪钧，归功造物，无饮不奠，有食必陈，若善士信姬之佞佛者，夜则后花而眠，朝则先鸟而起，唯恐一声一色之偶遗也。及至莺老花残，辄怏怏如有所失，是我之一生可谓不负花鸟，而花鸟得予亦所称一人知己死可无恨者乎。"

　　又郑板桥著《十六通家书》中，《潍县署中与舍弟墨第二书》末有"书后又一纸"云：

　　"所云不得笼中养鸟，而予又未尝不爱鸟，但养之有道耳。欲养鸟莫如多种树，使绕屋数百株，扶疏茂密，为鸟国鸟家，将旦时睡梦初醒，尚展转在被，听一片啁啾，如云门咸池之奏，及披衣而起，颊面嗽口啜著，见其扬翚振彩，倏往倏来，目不暇给，固非一笼一羽之乐而已。大率平生乐处欲以天地为囿，江汉为池，各适其天，斯为大快，比之盆鱼笼鸟，其钜细仁忍何如也。"李郑二君都是清代前半的明达人，很有独得的见解，此二文也写得好。笠翁多用对句八股调，文未免甜熟，却颇能畅达，又间出新意奇语，人不能及，板桥则更有才气，有时由透彻而近于夸张，但在这里二人所说关于养鸟的话总之都是不错的。近来看到一册笔记钞本，是乾隆时人秦书田所著的《曝背余谈》，卷上也有一则云：

"盆花池鱼笼鸟，君子观之不乐，以囚锁之象寓目也。然三者不可概论。鸟之性情唯在林木，樊笼之与林木有天渊之隔，其为犴狴固无疑矣，至花之生也以土，鱼之养也以水，江湖之水水也，池中之水亦水也，园囿之上土也，盆中之土亦土也，不过如人生同此居第少有广狭之殊耳，似不为大拂其性。去笼鸟而存池鱼盆花，愿与体物之君子细商之。"三人中实在要算这篇说得顶好了，朴实而合于情理，可以说是儒家的一种好境界，我所佩服的《梵网戒疏》里贤首所说"鸟身自为主"乃是佛教的，其彻底不彻底处正各有他的特色，未可轻易加以高下。钞本在此条下却有朱批云：

"此条格物尚未切到，盆水豢鱼，不繁易涘，亦大拂其性。且玩物丧志，君子不必待商也。"下署名曰于文叔。查《余谈》又有论种菊一则云：

"李笠翁论花，于莲菊微有轩轾，以艺菊必百倍人力而始肥大也。余谓凡花皆可借以人力，而菊之一种止宜任其天然。盖菊，花之隐逸者也，隐逸之侣正以萧疏清瘦为真，若以肥大为美，则是李勣之择将，非左思之招隐矣，岂非失菊之性也乎。东篱主人，殆难属其人哉，殆难属其人哉。"其下有于文叔的朱批云：

"李笠翁金圣叹何足称引，以昔人代之可也。"于君不赞成盆鱼不为无见，唯其他思想颇谬，一笔抹杀笠翁圣叹，完全露出正统派的面目，至于随手抓住一句玩物丧志的咒语便来胡乱吓唬人，尤为不成气候，他的态度与《余谈》的作者正立于相反的地位，无怪其总是格格不入也。秦书田并不闻名，其意见却多很高明，论菊花不附和笠翁固佳，论鱼鸟我也都同意。十五年前我在西山养病时写过几篇《山中杂信》，第四信中有一节云：

"游客中偶然有提着鸟笼的，我看了最不喜欢。我平常有一种偏见，以为作不必要的恶事的人比为生活所迫不得已而作恶者更为可恶，所以我憎恶蓄妾的男子，比那卖女为妾——因贫穷而吃人肉的父母，要加几倍。对于提鸟笼的人的反感也是出于同一的渊源。如要吃肉，便吃罢了（其实飞鸟的肉于养生上也并非必要）。如要赏玩，在它自由飞鸣的时候可以尽量的看或听，何必关在笼里，擎着走呢？我以为这同喜欢缠足一样的是痛苦的赏鉴，是一种变态的残忍的心理。"（十年七月十四日信）那时候的确还年青一点，所以说的稍有火气，比起上边所引的诸公来实在惭愧差得太远，但是根本上的态度总还是相近的。我不反对"玩物"，只要不大违反情理。至于"丧志"的问题我现在不想谈，因为我干脆不懂得这两个字是怎么讲，须得先来确定他的界说才行，而我此刻却又没有工夫去查十三经注疏也。

廿五年十月十一日

（《瓜豆集》）

# 郊　外

怀光君：

　　燕大开学已有月余，我每星期须出城两天，海淀这一条路已经有点走熟了。假定上午八时出门，行程如下，即十五分高亮桥，五分慈献寺，十分白祥庵南村，十分叶赫那拉氏坟，五分黄庄，十五分海淀北篓斗桥到。今年北京的秋天特别好，在郊外的秋色更是好看，我在寒风中坐洋车上远望鼻烟色的西山，近看树林后的古庙以及河途一带微黄的草木，不觉过了二三十分的时光。最可喜的是大柳树南村与白祥庵南村之间的一段Ｓ字形的马路，望去真与图画相似，总是看不厌。不过这只是说那空旷没有人的地方，若是市街，例如西直门外或海淀镇，那是很不愉快的，其中以海淀为尤甚，道路破坏污秽，每旁沟内满是垃圾及居民所倾倒出来的煤球灰，全是一副没人管理的地方的景象。街上三三五五遇见灰色的人们，学校或商店的门口常贴着一条红纸，写着什么团营连等字样。这种情形以我初出城时为最甚，现在似乎少好一点了，但是还未全去。我每经过总感得一种不愉快，觉得这是占领地的样子，不像是在自己的本国走路；我没有亲见过，但常常冥想欧战时的比利时等处或是这个景象，或者也还要好一点。海淀的莲花白酒是颇有名的，我曾经买过一瓶，价贵（或者是欺侮城里人也未可知）而味仍不甚佳，我不喜欢喝他。我总觉得勃兰地最好，但是近来有什么机制酒税，价钱大涨，很有点买不起了。城外路上还有一件讨厌的东西，便是那纸烟的大招牌。我并不一定反对吸纸烟，就是竖招牌也未始不可，只要弄得好看，至少也要不丑陋，而那些招牌偏偏都是丑陋的。就是题名也多是粗恶，如古磨坊（Old Mill）何以要译作"红屋"，至于胜利女神（Victory），大抵人多知道她就是尼开（Nike），却叫作"大仙女"，可谓苦心孤诣了。我联想起中国电影译名之离奇，感到中国民众的知识与趣味实在还下劣得很。把这样粗恶的招牌立在占领地似的地方，倒也是极适合的罢。

十五年十月三十日，于沟沿

（《谈虎集》，北新五版）

# 再论吃茶

郝懿行《证俗文》一云：

"考茗饮之法始于汉末，而已萌牙于前汉，然其饮法未闻，或曰为饼咀食之，逮东汉末蜀吴之人始造茗饮。"据《世说》云，王濛好茶，人至辄饮之，士大夫甚以为苦，每欲候濛，必云今日有水厄。又《洛阳伽蓝记》说王肃归魏住洛阳初不食羊肉及酪浆等物，常饭鲫鱼羹，渴饮茗汁，京师士子见肃一饮一斗，号为漏厄。后来虽然王肃习于胡俗，至于说茗不中与酪作奴，又因彭城王的嘲戏，"自是朝贵宴会虽设茗饮，皆耻不复食，唯江表残民远来降者好之"，但因此可见六朝时南方吃茶的嗜好很是普遍，而且所吃的分量也很多。到了唐朝统一南北，这个风气遂大发达，有陆羽卢仝等人可以作证，不过那时的茶大约有点近于西人所吃的红茶或咖啡，与后世的清茶相去颇远。明田艺衡《煮泉小品》云：

"唐人煎茶多用姜盐，故鸿渐云，初沸水合量，调之以盐味，薛能诗，盐损添常戒，姜宜着更夸。苏子瞻以为茶之中等用姜煎信佳，盐则不可。余则以为二物皆水厄也，若山居饮水，少下二物以减岚气，或可耳，而有茶则此固无须也。今人荐茶类下茶果，此尤近俗，纵是佳者，能损真味，亦宜去之。且下果则必用匙，若金银大非山居之器，而铜又生腥，皆不可也。若旧称北人和以酥酪，蜀人入以白盐，此皆蛮饮，固不足责。人有以梅花菊花茉莉花荐茶者，虽风韵可赏，亦损茶味，如有佳茶亦无事此。"此言甚为清茶张目，其所根据盖在自然一点，如下文即很明了的表示此意：

"茶之团者片者皆出于碾砠之末，既损真味，复加油垢，即非佳品，总不若今之芽茶也，盖天然诸者自胜耳。芽茶以火作者为次，生晒者为上，亦更近自然，且断烟火气耳。"

谢肇淛《五杂俎》十一亦有两则云：

"古人造茶，多春令细，末而蒸之，唐诗家僮隔竹敲茶臼是也。至宋始用碾，揉而焙之则自本朝（案明朝）始也。但揉者恐不若细末之耐藏耳。"

"《文献通考》：'茗有片有散。片者即龙团旧法，散者则不蒸而干之，如今之茶也。'始知南渡之后茶渐以不蒸为贵矣。"清乾隆时茹敦和著《越言释》二卷，有撮泡茶一条，撮泡茶者即叶茶，撮茶叶入盖碗中而泡之也，其文云：

"《诗》云茶苦，《尔雅》苦茶，茶者茶之减笔字，前人已言之，今不复赘。茶理精于唐，茶事盛于宋，要无所谓撮泡茶者。今之撮泡茶或不知其所自，然在宋时有之，且自吾越人始之。案炒青之名已见于陆诗，而放翁《安国院试茶》之作有曰，我是江南桑苎家，汲泉闲品故园茶，只应碧缶苍鹰爪，可压红囊白雪芽。其自注曰，日铸以小瓶蜡纸，丹印封之，顾渚贮以红蓝缣囊，皆有岁贡。小瓶蜡纸至今犹然，日铸则越茶矣。不团不饼，而曰炒青曰苍龙爪，则撮泡矣。是撮泡者对碾茶言之也。又古者茶必有点。无论其为碾茶为撮泡茶，必择一二佳果点之，谓之点茶。点茶者必于茶器正中处，故又谓之点心。此极是杀风景事，然里俗以此为恭敬，断不可少。岭南人往往用糖梅，吾越则好用红姜片子，他如莲荐榛仁，无所不可。其后杂用果色，盈杯溢盏，略以瓯茶注之，谓之果子茶，已失点茶之旧矣。渐至盛筵贵客，累果高至尺余，又复雕鸾刻凤，缀绿攒红以为之饰，一茶之值乃至数金，谓之高茶，可观而不可食，虽名为茶，实与茶风马牛。又有从而反之者，聚诸干蔌烂煮之，和以糖蜜，谓之原汁茶，可以食矣，食竟则摩腹而起，盖疗饥之上药，非止渴之本谋，其于茶亦了无干涉也。他若莲子茶龙眼茶种种诸名色相沿成故，而糕饼饵皆名之为茶食，尤为可笑。由是撮泡之茶遂至为世诟病，凡事以费钱为贵耳，虽茶亦然，何必雅人深致哉。又江广间有礶茶，是姜盐煎茶遗制，尚存古意，未可与越人之高茶原汁茶同类而并讥之。"王侃著《巴山七种》，同治乙丑刻，其第五种曰《江州笔谈》，卷上有一则云：

"乾隆嘉庆间宦家宴客，自客至及入席时，以换茶多寡别礼之隆杀。其点茶花果相间，盐渍蜜渍以不失色香味为贵，春不尚兰，秋不尚桂，诸果亦然，大者用片，小者去核，空其中，均以镂刻争胜，有若饤盘者，皆闺秀事也。茶匙用金银，托盘或银或铜，皆錾细花，髹漆皮盘则描金细花，盘之颜色式样人人各异，其中托碗处围圈高起一分，以约碗底，如托酒盏之护衣碟子。茶每至，主人捧盘递客，客起接盘自置于几。席罢乃啜叶茶一碗而散，主人不亲递也。今自客至及席罢皆用叶茶，言及换茶人多不解。又今之茶托子绝不见如舟如梧囊鄂者。事物之随时而变如此。"

予生也晚，已在马江战役之后，儿时有所见闻亦已后于栖清山人者将三十年了。但乡曲之间有时尚存古礼，原汁茶之名虽不曾听说，高茶则屡见，有时极精巧，多至五七层，状如浮图，叠灯草为栏干，染芝麻砌作种种花样，中列人物演故事，不过今不以供客，只用作新年祖像前陈设耳。因高茶而联想到的则有高果，旧日结婚祭祀时必用之，下为锡碗，其上立竹片，缚诸果高一尺许，大抵用荸荠金橘等物，而令人最不能忘记的却是甘蔗这一种，因为上边有"甘蔗菩萨"，以带皮红甘蔗削片，略加刻画，穿插成人物，甚古拙有趣，小时候分得此菩萨一尊，比有甘蔗吃更喜欢也。莲子等茶极常见，大概以莲子为最普通，杏酪龙眼为贵，芡栗已平凡，百合与扁豆茶则卑下矣。凡待客以结婚时宴"亲送"舅爷为最隆重，用三道茶，即杏酪莲子及叶茶，平常亲戚往来则叶茶之外亦设一果子茶，十九皆用莲子。范寅《越谚》卷中饮食门下，有茶料一条，注曰："母以莲栗枣糖遗出嫁女，名此。"又醼茶一条注曰，"新妇煮莲栗枣，遍奉夫家戚族尊长卑幼，名此，又谓之喜茶。"此风至今犹存，即平日往来馈送用提合，亦多以莲子白糖充数。儿童入书房拜蒙师，以茶盅若干副分装莲子白糖为礼，师照例可全收，似向来醼茶系致敬礼。此所谓茶又即是果子茶，为便利计乃用茶料充之，而茶料则以莲糖为之代表也。点茶用花今亦有之，唯不用鲜花临时冲入，改而为窨，取桂花茉莉珠兰等和茶叶中，密封待用。果已少用，但尚存橄榄一种，俗称元宝茶，新年入茶店多饮之取利市，色香均不恶，与茶尚不甚相忤，至于姜片等则未见有人用过。越中有一种茶盅，高约一寸许，口径二寸，有盖，与茶杯茶碗茶缸异，盖专以盛果子茶者，别有旧式者以银皮为里，外面系红木，近已少见，现所有者大抵皆陶制也。

茶本是树的叶子，摘来瀹汁喝喝，似乎是颇简单的事，事实却并不然。自吴至南宋将一千年，始由团片而用叶茶，至明大抵不入姜盐矣，然而点茶下花果，至今不尽改，若又变而为果羹，则几乎将与酪竞爽了。岂醼茶致敬，以叶茶为太清淡，改用果饵，茶终非吃不可，抑或留恋于古昔之膏香盐味，故仍于其中杂投华实，尝取浓厚的味道乎？均未可知也。南方虽另有果茶，但在茶店凭栏所饮的一碗碗的清茶却是道地的苦茗，即俗所谓龙井，自农工以至老相公盖无不如此，而北方民众多嗜香片，以双窨为贵，此则犹有古风存焉。不佞食酪而亦吃茶，茶常而酪不可常，故酪疏而茶亲，唯亦未必平反旧案，主茶而奴酪耳，此二者盖牛羊与草木之别，人性各有所近，其在不佞则稍喜草木之类也。

二十三年五月

## 附　记

大义汪氏《大宗祠祭规》，嘉庆七年刊，有汪龙庄序，其《祭器祭品式》一篇中云大厅中堂用水果五碗，注曰高尺三，神座前及大厅东西座各用水果五碗，注曰高一尺。案此即高果，萧山风俗盖与郡城同，但《越谚》中高果却失载不知何也。

（《夜读抄》）

# 歌谣与名物

北原白秋著《日本童谣讲话》第十七章，题曰《水葫芦的浮巢》，其文云：

列位，知道水葫芦的浮巢么？现在就讲这个故事吧。

在我的故乡柳河那里，晚霞常把小河与水渠映得通红。在那河与水渠上面架着圆洞桥，以前是走过一次要收一文桥钱的。从桥上望过去，垂柳底下茂生着蒲草与芦苇，有些地方有紫的水菖蒲，白的菱花，黄的萍蓬草，或是开着，或是长着花苞。水流中间有叫作计都具利（按即是水葫芦）的小鸟点点的浮着，或没到水里去。这鸟大抵是两只或四只结队出来，像豆一样的头一钻出水面来时，很美丽的被晚霞映得通红，仿佛是点着了火似的。大家见了便都唱起来了：

Keturi no atama ni hinchiita, Sunda to omottara kckieta. 意思是说，水葫芦的头上点了火了，一没到水里去就熄灭了。于是小鸟们便慌慌张张的钻到水底里去了。再出来的时候，大家再唱，它又钻了下去。这实在是很好玩的事。

关东（按指东京一带）方面称水鸟为牟屈鸟（按读若

mugutcho，狩谷望之著和名类聚抄笺注卷七如此写）。计都具利盖系加以都布利一语方言之讹，向来通称为尔保（按读若 nio，和字写作鸟旁从入字）。

这水鸟的巢乃是浮巢。巢是造在河里芦苇或蒲草的近根处，可是造得很宽缓很巧妙，所以水涨时它会随着上浮，水退时也就跟了退下去。无论何时这总在水中央浮着。在这圆的巢里便伏着蛋，随后孵化了，变成可爱的小雏鸟，张着嘴啼叫道：

咕噜，咕噜，咕噜！

在五六月的晚霞中，再也没有比那拉长了尾声的水葫芦的啼声更是寂寞的东西了。若是在远远的河的对岸，尤其觉得如此。不久天色暗了下来，这里那里人家的灯影闪闪的映照在水上。那时候连这水鸟的浮巢也为河雾所润湿，好像是点着小洋灯似的在暮色中闪烁。

水葫芦的浮巢里点上灯了，

点上灯了。

那个是，萤火么，星星的尾么，

或者是蝮蛇的眼光？

蛤蟆也阁阁的叫着，

阁阁的叫着。

睡罢睡罢，睡了罢。

猫头鹰也呵呵的啼起来了。

这一首我所做的抚儿歌便是歌咏这样的黄昏的情状的。小时候我常被乳母背着，出门去看那萤火群飞的暗的河边。对岸草丛中有什么东西发着亮光，仿佛是独眼怪似的觉得可怕，无端的发起抖来。简直是同萤火一样的虫原来在这些地方也都住着呵。

这一篇小文章并没有什么了不得的地方，只因他写一种小水鸟与儿童生活的关系，觉得还有意思，所以抄译了来。这里稍成问题的便是那水鸟。这到底是什么鸟呢？据源顺所著《和名类聚抄》说，即是中国所谓鹏鹛，名字虽是很面善，其形状与生态却是不大知道。《尔雅》与《说文解字》中是都有的，但不能得要领，这回连郝兰皋也没有什么办法了，结果只能从杨子云的《方言》中得到一点材料：

> 野凫，其小而好没水中者，南楚之外谓之鹏鹛。

好没水中，可以说是有点意味了，虽然也太简单。我们只好离开经师，再去请教医师。《本草纲目》卷四十七云：

> 藏器曰，鹏鹛水鸟也，大如鸠，鸭脚连尾，不能陆行，常在水中，人至即沉，或击之便起。其膏涂刀剑不锈，续英华诗云，马衔苜蓿叶，剑萤鹏鹛膏，是也。时珍曰，鹏鹛南方湖溪多有之，似野鸭而小，苍白文，多脂，味美，冬月取之。

日本医师寺岛良安著《和汉三才图会》卷四十一引本草文后案语（原本汉文）云：

> 好入水食，似凫而小，其头赤翅黑而羽本白，背灰色，腹白，嘴黑而短，掌色红也。雌者稍小，头不赤为异。肉味有臊气，不佳。

小野兰山著《本草纲目·启蒙》卷四十三云：

> 形似凫而小，较刁鸭稍大。头背翅均苍褐色有斑，胸黄有紫斑，

腹白，嘴黑色而短，尾亦极短，脚色赤近尾，故不能陆行，集解亦云。好相并浮游水上，时时出没。水面多集藻类，造浮巢，随风飘漾。

这里描写已颇详尽，又集录和汉名称，根据《食物本草会纂》有一名曰水葫芦，使我恍然大悟。虽然我所见过的乃是在卖鸟肉的人的搭连里，羽毛都已拔去，但我总认识了它，知道它肉不好吃，远不及斑鸠。实在因为我知道是水葫芦，所以才来介绍那篇小文章，假如我只在古书上见到什么鹏鹠鹈鹕等名，便觉得有点隔膜，即是有好文章好歌谣也就难遇抄译了。辑录歌谣似是容易事，其实好些处要别的帮忙，如方言调查、名物考证等皆是，盖此数者本是民俗学范围内的东西，相互的有不可分的关系也。

关于水葫芦的记录，最近见到川口孙治郎所著《日本鸟类生态学资料》第一卷（今年二月出版），其中有一篇是讲这水鸟的，觉得很有意思。鸟的形色大抵与前记相似而更细密，今从略，其第五节记没水法颇可备览，译述于下：

　　没水时先举身至中腹悉露出水面，俯首向下，急转而潜水以为常。瞳孔的伸缩极是自由自在。此在饲养中看出者。

　　人如屡次近前，则没水后久待终不复出。这时候它大抵躲在水边有树根竹株的土被水刷去了的地方，偷偷的侦察着人的终静。也有没有可以藏身的去处，例如四周都是细砂斜坡的宽大的池塘里，没水后不再浮出的事也常有之。经过很久的苦心精查，才能得到结果，其时他只将嘴露出水上，身在水中略张翼伸两足，头部以下悉藏水面下，等候敌人攻击全去后再行出来。盖此鸟鼻孔开口于嘴的中央部，故只须将嘴的大半露出水面，便可以长久的潜伏水中也。

川口此书是学术的著述，故殊少通俗之趣，但使我们知道水葫芦的一点私生活，也是很有趣味的。在十六七年前，川口曾著有《飞骓之鸟》正续二卷，收在《炉边丛书》内，虽较零碎而观察记录谨严还是一样，但惜其中无水葫芦的一项耳。

民国二十六年三月十八日，于北平

（《秉烛谈》）

# 花　煞

　　川岛在《语丝》六六期上提起花煞，并问我记不记得高调班里一个花煞"被某君看到大大的收拾了一场"的故事。这个戏文我不知道，虽然花煞这件东西是知道——不，是听见人家说过的。照我的愚见说来，煞本是死人自己，最初就是他的体魄，后来算作他的灵魂，其状如家鸡（凡往来飘忽，或出没于阴湿地方的东西，都常用以代表魂魄，如蛇虫鸟鼠之类，这里本来当是一种飞鸟，但是后人见识日陋，他们除了天天在眼前的鸡鸭外几乎不记得有别的禽鸟，所以只称他是家鸡，不管他能飞不能飞了；说到这里，我觉得绍兴放在灵前的两只纸鸡，大约也是代表这个东西的，虽然他们说是跟死者到阴间去吃痰的，而中国人也的确喜欢吐痰）。再后来乃称作煞神，仿佛是"解差"一类的东西，而且有公母两只了。至于花煞（方音读作 Huoasaa，第二字平常读 Saeh）则单是一种喜欢在结婚时作弄人的凶鬼，与结婚的本人别无系属的关系。在野蛮人的世界里，四分之一是活人，三分之一是死鬼，其余的都是精灵鬼怪。这第三种，占全数十二分之五的东西，现在总称精灵鬼怪，"西儒"则呼之为代蒙（Daimones），里边也未必绝无和善的，但大抵都是凶恶，幸灾乐祸的，在文化幼稚，他们还没有高升为神的时候，恐怕个个都是如此。他们时时刻刻等着机会，要来伤害活人，虽然这于他们并没有什么好处，而且那时也还没有与上帝作对的天魔派遣他们出去捣乱。但是活人也不是蠢东西，任他们摆布，也知道躲避或抵抗，所以他们须得找寻好机会，人们不大能够反抗的时候下手，例如呵欠、喷嚏、睡觉、吃饭、发身、生产——此外最好自然还有那性行为，尤其是初次的性交。截搭题做到这里，已经渡到花煞上来了。喔，说到本题，我却没有什么可以讲了，因为关于绍兴的花煞的传记我实在知道得太少。我只知道男家发轿时照例有人穿了袍褂顶戴（现在大约是戴上了乌壳帽了吧），拿一面镜子一个熨斗和一座烛台在轿内乱照，行"搜轿"的仪式。这当然是在那里搜鬼，但搜的似乎不是花煞，因为花煞仍旧跟着花轿来的，仿佛可以说凡花轿必有其花煞，自然这轿须得实的，里边坐着一个人。这个怪物大约与花轿有什么神秘的关系，虽然我不能确说；总之男女居室而不用花轿便不听见有什么花煞，如抢亲、养媳妇、纳妾，至于野田草露更不必说了。听说一个人冲了花煞就要死或者至少也是重病，则其祸祟又波及新人以外的旁人了，或者因为娘子遍身穿红，又熏透芸香，已经有十足的防御，所谓有备无患也欤。


附　结婚与死（顺风）

岂明先生：

在《语丝》六八期上看到说起花煞，我预备把我所知的一点奉告，这种传说我曾听见人家谈起过几次，知道它是很有来历的，只是可惜我所听到的也只是些断片，很不完全。据说从前有一个新娘用剪刀在轿内自杀，这便是花煞神的来源。因此绍兴结婚时忌见铁，凡门上的铁环，壁上的铁钉之类，都须用红纸蒙住。

关于那女子在轿中自杀的事情，听说在一本《花煞卷》中有得说起。绍兴夏天晚上常有"宣卷"，《花煞卷》就是那种长篇宝卷之一，但我不曾听到过；只有一个朋友曾见这卷的刊本，不过已记不清楚了，只记得那新娘是被强抢去成亲，所以自杀了。

绍兴从前通行的新娘装束，我想或者与这种传说不无关系。其中最可注意的，便是新娘出轿来的时候所戴的纸制的"花冠"。那冠是以竹丝为架，外用红绿色纸及金纸糊成，上插有二寸多长的泥人，名叫"花冠菩萨"。照一般的情形说来，本来活人是不能戴纸帽子的，例如夏季中专演给鬼看的"大戏"（Doohsii）和"目莲"，台旁挂有许多纸帽，戏中人物均穿戴如常，唯有出台来的鬼王以及活无常（Wueh-wuzoang），总之凡属于鬼怪类的东西才戴这挂在那里的纸帽（进台时仍取下挂在台边，不带进后台去，演戏完毕同纸钱一并焚化）。今新娘也戴纸帽，岂扮作一种花煞神之类乎？又所穿的那件"红绿大袖"也不像常人所穿的衣服，形状颇似"女吊神"背心底下所穿的那件红衫子。又据一位朋友说，绍兴有些地方，新娘有不穿这件贳来的"红绿大袖"而借穿别人家的"寿衣"的。这是什么理由却不知道。我想，只要实地去考查，恐怕可以找出些道理来，从老年人的记忆上或可以得到些有用材料。

搜轿确似在搜别的妖怪，不是搜花煞神。因为花轿中还能藏匿各种别的鬼怪，足为新娘之害，如《欧阳方成亲》那出戏中，花轿顶上藏有一个吊死鬼，后被有日月眼的郑三弟看出，即是一例。

还有，绍兴许多人家结婚时向用"礼生"念花烛的，但别有些人家却用一个道士来念。我曾听见过一次，虽然念的不过是些吉利话，但似乎也是很有意义的事情。我看道士平时所做的勾当，如发符上表作法等，都是原始民族中术士的举动，结婚时招道士来祝念，当有魔术的意思含在里边，虽然所念的已变成了吉利话而非咒语了。中国是极古老的国度，原始时代的遗迹至今有的还保留着，只要加意调查研究，当可得到许多极有价值的资料。事情又说远了，就此"带住"罢。

顺风上，三月九日于上海

岂明案，新娘那装束，或者是在扮死人，意在以邪辟邪，如方相氏之戴上鬼脸。但是其中更有趣味的，乃是结婚与死的问题。我记起在希腊古今宗教风俗比较研究书中说及同样的事，希腊新娘的服色以及沐浴涂膏等仪式均与死人时相同。绍兴新人们的衣服都用香熏，不过用的是芸香，而熏寿衣则用柏香罢了；他们也都举行"溽浴"的典礼，这并不是简单的像我们所想的洗澡，实在与殓时的同样的是一种重要的仪式。希腊的意思我们可以知道的，他们关于地母崇拜古时有一种宗教仪式，大略如原始民族间所通行的冠礼（Initiation），希腊则称之曰成就（Telos），他的宗旨是在宣示人天交通的密义，人死则生天上，与诸神结合，而以男女配偶为之象征。人世的结婚因此不啻即具体的显示成就之欢喜，亦为将来大成就（死）的永生之尝试，故结婚常称作成就，而新人们则号为成就者（Teleioi）。所以希腊风俗乃是以结婚的服饰仪式移用于死者，使人不很觉得死之可悲，且以助长其对于未来的希望。《陀螺》中我曾译有三首现代希腊的挽歌，指出其间一个中心思想，便是将死与结婚合在一处，以为此世的死即是彼世的结婚。今转录一首于下：

"儿呵，你为甚要去，到幽冥里去？那里是没有公鸡啼，没有母鸡叫，那里没有泉水，没有青草生在平原上。

饿了么？在那里没有东西吃；

渴了么？在那里没有东西喝；

你要躺倒休息么？你得不到安眠。

那么停留罢，儿呵，

在你自己的家里，停留在你自己的亲人里。"

"不，我不停留了，我的亲爱的父亲和深爱的母亲。

昨天是我的好日，昨晚是我的结婚，

幽冥给我当作丈夫，坟墓做我的新母亲。"

　　至于绍兴的风俗是什么意思我还不能领会，我看他是不同希腊那样的拿新娘的花冠去给死人戴，大约是颠倒的由活人去学死装束的。中国人的心里觉得婚姻是一件"大事"，这当然也是有的，但未必会发生与死相联属的深刻的心理；独断的说一句，恐怕不外是一种辟邪的法术作用罢。这种事情要请专门的厨司来管，我们开篷的道士实在有点力有不及。还有，那新娘拜堂时手中所执的掌扇，也不知道是什么用的——这些缘起传说或者须得去问三埭街的老嫚，虽然不免有些附会或传讹，总还可以得到一点线索罢。

三月十六日

（《自己的园地》，北新十七版）

# 结缘豆

范寅《越谚》卷中之风俗门云：

"结缘，各寺庙佛生日散钱与丐，送饼与人，名此。"敦崇《燕京岁时记》有《舍缘豆》一条云：

"四月八日，都人之好善者取青黄豆数升，宣佛号而拈之，拈毕煮熟，散之市人，谓之舍缘豆，预结来世缘也。谨按《日下旧闻考》，京师僧人念佛号者辄以豆记其数，至四月八日佛诞生之辰，煮豆微撒以盐，邀人于路请食之以为结缘，今尚沿其旧也。"刘玉书《常谈》卷一云：

"都南北多名刹，春夏之交，士女云集，寺僧之青头白面而年少者着鲜衣华屦，托朱漆盘，贮五色香花豆，蹀躞于妇女襟袖之间以献之，名曰结缘，妇女亦多嬉取者。适一僧至少妇前奉之甚殷，妇慨然大言曰，良家妇不愿与寺僧结缘。左右皆失笑，群妇赧然缩手而退。"

就上边所引的话看来，这结缘的风俗在南北都有，虽然情形略有不同。小时候在会稽家中常吃到很小的小烧饼，说是结缘分来的，范啸风所说的饼就是这个。这种小烧饼与"洞里火烧"的烧饼不同，大约直径一寸高约五分，馅用椒盐，以小皋步的为最有名，平常二文钱一个，底有两个窟窿，结缘用的只有一孔，还要小得多，恐怕还不到一文钱吧。北京用豆，再加上念佛，觉得很有意思，不过二十年来不曾见过有人拿了盐煮豆沿路邀吃，也不听说浴佛日寺庙中有此种情事，或者现已废止亦未可知，至于小烧饼如何，则我因离乡里已久不能知道，据我推想或尚在分送，盖主其事者多系老太婆们，而老太婆者乃是天下之最有闲而富于保守性者也。

结缘的意义何在？大约是从佛教进来以后，中国人很看重缘，有时候还至于说得很有点神秘，几乎近于命数。如俗语云，有缘千里来相会，无缘对面不相逢，又小说中狐鬼往来，末了必云缘尽矣，乃去。敦礼臣所云顶结来世缘，即是此意。其实说得浅淡一点，或更有意思，例如唐伯虎之三笑，才是很好的缘，不必于冥冥中去找红绳缚脚也。我很喜欢佛教里的两个字，曰业曰缘，觉得颇能说明人世间的许多事情，仿佛与遗传及环境相似，却更带一点儿诗意。日本无名氏诗句云：

"虫啊虫啊，难道你叫着，业便会尽了么？"这业的观念太是冷而且沉重，我平常笑禅宗和尚那么超脱，却还挂念腊月二十八，觉得生死事大也不必那么操心，可是听见知了在树上喳喳的叫，不禁心里发沉，真感得这件事恐怕非是涅槃是没有救的了。缘的意思便比较的温和得多，虽不是三笑那么圆满也总是有人情的，即使如库普林在《晚间来客》所说，偶然在路上看见一只黑眼睛，以至梦想颠倒，究竟逃不出是春叫猫儿猫叫春的圈套，却也还好玩些。此所以人家虽怕造业而不惜作缘欤？若结缘者又买烧讲煮黄豆，逢人便邀，则更十分积极矣，我觉得很有兴趣者盖以此故也。

为什么这样的要结缘的呢？我想，这或者由于不安于孤寂的缘故吧。富贵子嗣是大众的愿望，不过这都有地方可以去求，如财神送子娘娘等处，然而此外还有一种苦痛却无法解除，即是上文所说的人生的孤寂。孔子曾说过，鸟兽不可与同群，吾非斯人之徒而谁与。人是喜群的，但他往往在人群中感到不可堪的寂寞，有如在庙会时挤在潮水般的人丛里，特别像是一片树叶，与一切绝缘而孤立着。念佛号的老公公老婆婆也不会不感到，或者比平常人还要深切吧，想用什么仪式来施行祓除，列位莫笑他们这几颗豆或小烧饼，有点近似小孩们的"办人家"，实在却是圣餐的面包蒲陶酒似的一种象征，很寄存着深重的情谊呢。我们的确彼此太缺少缘分，假如可能实有多结之必要，因此我对于那些好善者着实同情，而且大有加入的意思，虽然青头白面的和尚我与刘青园同样的讨厌，觉得不必与他们去结缘，而朱漆盘中的五色香花豆盖亦本来不是献给我辈者也。

我现在去念佛拈豆，这自然是可以不必了，姑且以小文章代之耳。我写文章，平常自己怀疑，这是为什么的：为公乎，为私乎？一时也有点说不上来。钱振锽《名山小言》卷七有一节云：

"文章有为我兼爱之不同。为我者只取我自家明白，虽无第二人解，亦何伤哉，老子古简，庄生诡诞，皆是也。兼爱者必使我一人之心共喻于天下，语不尽不止，孟子详明，墨子重复，是也。《论语》多弟子所记，故语意亦简，孔子诲人不倦，其语必不止此。或怪孔明文采不艳而过于丁宁周至，陈寿以为亮所与言尽众人凡士云云，要之皆文之近于兼爱者也。诗亦有之，王孟闲适，意取含蓄，乐天讽喻，不妨尽言。"这一节话说得很好，可是想拿来应用却不很容易，我自己写文章是属于那一派的呢？说兼爱固然够不上，为我也未必，似乎这里有点儿缠夹，而结缘的豆乃仿佛似之，岂不奇哉。写文章本来是为自己，但他同时要一个看的对手，这就不能完全与人无关系，盖写文章即是不甘寂寞，无论怎样写得难懂意思里也总期待有第二人读，不过对于他没有过大的要求，即不必要他来做喽罗而已。煮豆微撒以盐而给人吃之，岂必要索厚偿，来生以百豆报我，但只愿有此微末情分，相见时好生看待，不至伥伥来去罢。古人往矣，身后名亦复何足道，唯留存二三佳作，使今人读之欣然有同感，斯已足矣，今人之所能留赠后人者亦止此，此均是豆也。几颗豆豆，吃过忘记未为不可，能略为记得，无论转化作何形状，都是好的，我想这恐怕是文艺的一点效力，它只是结点缘罢了。我却觉得很是满足，此外不能有所希求，而且过此也就有点不大妥当，假如想以文艺为手段去达别的目的，那又是和尚之流矣，夫求女人的爱亦自有道，何为舍正路而不由，乃托一盘豆以图之，此则深为不佞所不能赞同者耳。

二十五年九月八日，北平

（《瓜豆集》）

# 第二辑　浮生得闲

　　水泉四面的石阶上，是天然疗养院附属的所谓洋厨房。门外生着一棵白杨树，树干很粗，大约直径有六七寸，白皮斑驳，很是好看。他的叶在没有什么大风的时候，也瑟瑟的响，仿佛是有魔术似的。

# 山中杂信

## 一

伏园兄：

我已于本月初退院，搬到山里来了。香山不很高大，仿佛只是故乡城内的卧龙山模样，但在北京近郊，已经要算是很好的山了。碧云寺在山腹上，地位颇好，只是我还不曾到外边去看过，因为须等医生再来诊察一次之后，才能决定可以怎样行动，而且又是连日下雨，连院子里都不能行走，终日只是起卧屋内罢了。大雨接连下了两天，天气也就颇冷了。般若堂里住着几个和尚们，买了许多香椿干，摊在芦席上晾着，这两天的雨不但使它不能干燥，反使它更加潮湿。每从玻璃窗望去，看见廊下摊着湿漉漉的深绿的香椿干，总觉得对于这班和尚们心里很是抱歉似的——虽然下雨并不是我的缘故。

般若堂里早晚都有和尚做功课，但我觉得并不烦扰，而且于我似乎还有一种清醒的力量。清早和黄昏时候的清澈的磬声，仿佛催促我们无所信仰、无所归依的人，拣定一条道路精进向前。我近来的思想动摇与混乱，可谓已至其极了，托尔斯泰的无我爱与尼采的超人，共产主义与善种学，耶佛孔老的教训与科学的例证，我都一样的喜欢尊重，却又不能调和统一起来，造成一条可以行的大路。我只将这各种思想，凌乱的堆在头里，真是乡间的杂货一料店了——或者世间本来没有思想上的"国道"，也未可知，这件事我常常想到，如今听他们做功课，更使我受了激刺，同他们比较起来，好像上海许多有国籍的西商中间，夹着一个"无领事管束"的西人。至于无领事管束，究竟是好是坏，我还想不明白。不知你以为何如?

寺内的空气并不比外间更为和平。我来的前一天，般若堂里的一个和尚，被方丈差人抓去，说他偷寺内的法物，先打了一顿，然后捆送到城内什么衙门去了。究竟偷东西没有，是别一个问题，但是吊打恐总非佛家所宜。大约现在佛徒的戒律，也同"儒业"的三纲五常一样，早已成为具文了。自己即使犯了永为弃物的波罗夷罪，并无妨碍，只要有权力，便可以处置别人，正如护持名教的人却打他的老父，世间也一点都不以为奇。我们厨房的间壁，住着两个卖汽水的人，也时常吵架。掌柜的回家去了，只剩了两个少年的伙计，连日又下雨，不能出去摆摊，所以更容易争闹起来。前天晚上，他们都不愿意烧饭，互相推诿，始而相骂，终于各执灶上用的铁通条，打仗两次。我听他们叱咤的声音，令我想起《三国志》及《劫后英雄略》等书里所记的英雄战斗或比武时的威势，可是后来战罢，他们两个人一点都不受伤，更是不可思议了，从这两件事看来，你大略可以知道这山上的战氛罢。

因为病在右肋，执笔不大方便，这封信也是分四次写成的。以后再谈罢。

一九二一年六月五日

二

近日天气渐热，到山里来住的人也渐多了。对面的那三间屋，已于前日租去，大约日内就有人搬来。般若堂两傍的厢房，本是"十方堂"，这块大木牌还挂在我的门口。但现在都已租给人住，以后有游方僧来，除了请到罗汉堂去打坐以外，没有别的地方可以挂单了。

三四天前大殿里的小菩萨，失少了两尊，方丈说是看守大殿的和尚偷卖给游客了，于是又将他捆起来，打了一顿，但是这回不曾送官，因为次晨我又听见他在后堂敲那大木鱼了（前回被捉去的和尚，已经出来，搬到别的寺里去了）。当时我正翻阅《诸经要集》六度部的忍辱篇，道世大师在述意缘内说道："……岂容微有触恼，大生嗔恨，乃至角眼相看，恶声厉色，遂加杖木，结恨成怨。"看了不禁苦笑。或者丛林的规矩，方丈本来可以用什么板子打人，但我总觉得有点矛盾。而且如果真照规矩办起来，恐怕应该挨打的却还不是这个所谓偷卖小菩萨的和尚呢。

山中苍蝇之多，真是"出人意表之外"。每到下午，在窗外群飞，嗡嗡作声，仿佛是蜜蜂的排衙。我虽然将风门上糊了冷布，紧紧关闭，但是每一出入，总有几个混进屋里来。各处桌上摊着苍蝇纸，另外又用了棕丝制的蝇拍追着打，还是不能绝灭。英国诗人勃来克有《苍蝇》一诗，将蝇来与无常的人生相比；日本小林一茶的徘句道："不要打哪！那苍蝇搓他的手，搓他的脚呢。"我平常都很是爱念，但在实际上却不能这样的宽大了。一茶又有一句俳句，序云：

> 捉到一个虱子，将他捏死固然可怜，要把他舍在门外，让他绝食，也觉得不忍；忽然的想到我佛从前给与鬼子母东西①，成此。
>
> 虱子呵，放在和我味道一样的石榴上爬着。

---

① 日本传说，佛降伏鬼子母神，给予石榴实食之，以代人肉，因榴实味酸甜似人肉云。据《鬼子母经》说，她后来变了生育之神，这石榴大约只是多子的象征罢了。

四分律云："时有老比丘拾虱弃地，佛言不应，听以器盛若绵拾著中。若虱走出，应作筒盛；若虱出筒，应作盖塞。随其寒暑，加以腻食将养之。"—茶是诚信的佛教徒，所以也如此做，不过用石榴喂它却更妙了。这种殊胜的思想，我也很以为美，但我的心底里有一种矛盾，一面承认苍蝇是与我同具生命的众生之一，但一面又总当它是脚上带着许多有害的细菌，在头上面爬的痒痒的，一种可恶的小虫，心想除灭它。这个情与知的冲突，实在是无法调和，因为我笃信"赛老先生"的话，但也不想拿了他的解剖刀去破坏诗人的美的世界，所以在这一点上，大约只好甘心且做蝙蝠派罢了。

对于时事的感想，非常纷乱，真是无从说起，倒还不如不说也罢。

六月二十三日

三

我在第一信里，说寺内战氛很盛，但是现在情形却又变了。卖汽水的一个战士，已经下山去了。这个缘因，说来很长。前两回礼拜日游客很多，汽水卖了十多块钱一天，方丈知道了，便叫他们从形势最好的那"水泉"旁边撤退，让他自己来卖。他们只准在荒凉的塔院下及门口去摆摊，生意便很清淡，掌柜的于是实行减政，只留下了一个人做帮手——这个伙计本是做墨盒的，掌柜自己是泥水匠。这主从两人虽然也有时争论，但不至于开起仗来了。方丈似乎颇喜欢吊打他属下的和尚，不过他的法庭离我这里很远，所以并未直接受到影响。此外偶然和尚喝醉了高粱，高声抗辩，或者为了金钱胜负稍有纠葛，都是随即平静，算不得什么大事。因此般若堂里的空气，近来很是长闲逸豫，令人平矜释躁。这个情形可以意会，不易言传，我如今举出一件琐事来做个象征，你或者可以知其大略。我们院子里，有一群鸡，共五六只，其中公的也有，母的也有。

这是和尚们共同养的呢，还是一个人的私产，我都不知道。他们白天里躲在紫藤花底下，晚间被盛入一只小口大腹、像是装香油用的藤篓里面。这篓子似乎是没有盖的，我每天总看见他在柏树下仰天张着口放着。夜里酉戌之交，和尚们擂鼓既罢，各去休息，篓里的鸡便怪气的叫起来。于是禅房里和尚们"唉，唉——"之声，相继而作。这样以后，篓里与禅房里便复寂然，直到天明，更没有什么惊动。问是什么事呢，答说有黄鼠狼来咬鸡。其实这小口大腹的篓子里，黄鼠狼是不会进去的，倘若掉了下去，他就再也逃不出来了。大约他总是未能忘情，所以常来窥探，不过聊以快意罢了。倘若篓子上加上一个盖——虽然如上文所说，即使无盖，本来也很安全——也便可以省得他的窥探。但和尚们永远不加盖，黄鼠狼也便永远要来窥探，以致"三日两头"的引起夜中篓里与禅房里的驱逐。这便是我所说的长闲逸豫的所在。我希望这一节故事，或者能够比那四个抽象的字说明的更多一点。

但是我在这里不能一样的长闲逸豫，在一日里总有一个阴郁的时候，这便是下午清华园的邮差送报来后的半点钟。我的神经衰弱，易于激动，病后更甚，对于略略重大的问题，稍加思索，便很烦躁起来，几乎是发热状态，因此平常十分留心免避。但每天的报里，总是充满着不愉快的事情，见了不免要起烦恼。或者说，既然如此，不看岂不好么？但我又舍不得不看，好像身上有伤的人，明知触着是很痛的，但有时仍是不自禁的要用手去摸，感到新的剧痛，保留他受伤的意识。但苦痛究竟是苦痛，所以也就赶紧丢开，去寻求别的慰解。我此时放下报纸，努力将我的思想遣发到平常所走的旧路上去——回想近今所看书上的大乘菩萨布施忍辱等六度难行，净土及地狱的意义，或者去搜求游客及和尚们（特别注意于方丈）的轶事。我也不愿再说不愉快的事，下次还不如仍同你讲他们的事情罢。

六月二十九日

# 四

近日因为神经不好，夜间睡眠不足，精神很是颓唐，所以好久没有写信，也不曾做诗了。诗思固然不来，日前到大殿后看了御碑亭，更使我诗兴大减。碑亭之北有两块石碑，四面都刻着乾隆御制的律诗和绝句。这些诗虽然很讲究的刻在石上。壁上还有宪兵某君的题词，赞叹他说"天命乃有移，英风殊难泯！"但我看了不知怎的联想到那塾师给冷于冰看的草稿，将我的创作热减退到近于零度。我以前病中忽发野心，想做两篇小说，一篇叫《平凡的人》，一篇叫《初恋》——幸而到了现在还不曾动手。不然，岂不将使《馍馍赋》不但无独而且有偶么？

我前回答应告诉你游客的故事，但是现在也未能践约，因为他们都从正门出入，很少到般若堂里来的。我看见从我窗外走过的游客，一总不过十多人。他们却有一种公共的特色，似乎都对于植物的年龄颇有趣味。他们大抵问和尚或别人道："这藤萝有多少年了？"答说："这说不上来。"便又问："这柏树呢？"至于答案，自然仍旧是"说不上来"了。或者不问柏树的，也要问槐树，其余核桃石榴等小树，就少有人注意了。我常觉得奇异，他们既然如此热心，寺里的人何妨就替各棵老树胡乱定出一个年岁，叫和尚们照样对答，或者写在大木板上，挂在树下，岂不一举两得么？

游客中偶然有提着鸟笼的，我看了最不喜欢。我平常有一种偏见，以为作不必要的恶事的人，比为生活所迫，不得已而作恶者更为可恶；所以我憎恶蓄妾的男子，比那卖女为妾——因贫穷而吃人肉的父母，要加几倍。对于提鸟笼的人反感，也是出于同一的源流。如要吃肉，便吃罢了（其实飞鸟的肉，于养生上也并非必要）；如要赏鉴，在他自由飞鸣的时候，可以尽量的看或听——何必关在笼里，擎着走呢？我以为这同喜欢缠足一样的是痛苦的赏玩，是一种变态的残忍的心理。

贤首于《梵网戒疏》盗戒下注云："善见云，盗空中鸟，左翅至右翅，尾至头，上下亦尔，俱得重罪。准此戒，纵无主，鸟身自为主，盗皆重也。"鸟身自为主——这句话的精神何等博大深厚，然而又岂是那些提鸟笼的朋友所能了解的呢？

《梵网经》里还有几句话，我觉得也都很好。如云："若佛子，故食肉——一切肉不得食——断大慈悲性种子，一切众生见而舍去。"又云，"一切男子是我父，一切女人是我母，我生生无不从之受生，故六道众生皆我父母。而杀而食者，即杀我父母，亦杀我故身：一切地水，是我先身；一切火风，是我本体……"我们现在虽然不能再相信六道轮回之说，然而我对于这普亲观平等观的思想，仍然觉得它是真而且美。英国勃来克的诗：

> 被猎的兔每一声叫，
>
> 撕掉脑里的一枝神经；
>
> 云雀被伤在翅膀上，
>
> 一个天使止住了歌唱。

这也是表示同一的思想。我们为自己养生计，或者不得不杀生，但是大慈悲性种子也不可不保存，所以无用的杀生与快意的杀生，都应该免避的。譬如吃醉虾，这也罢了；但是有人并不贪他的鲜味，只为能够将半活虾夹住，直往嘴里送，心里想道"我吃你！"觉得很快活。这是在那里尝得胜快心的滋味，并非真是吃食了。《晨报》杂感栏里曾登过松年先生的一篇《爱》，我很以他所说的为然。但是爱物也与仁人很有关系，倘若断了大慈悲性种子，如那样吃醉虾的人，于爱人的事也恐怕不大能够圆满的了。

七月十四日

# 五

近日天气很热，屋里下午的气温在九十度以上。所以一到晚间，般若堂里在院子里睡觉的人，总有三四人之多。他们的睡法很是奇妙，因为蚊子白蛉要来咬，于是便用棉被没头没脑的盖住。这样一来，固然再也不怕蚊子们的勒索，但是露天睡觉的原意也完全失掉了。要说是凉快，却蒙着棉被；要说是通气，却将头直钻到被底下去。那么同在热而气闷的屋里睡觉，还有什么区别呢？有一位方丈的徒弟，睡在藤椅上，挂了一顶洋布的帐子，我以为是防蚊用的了，岂知四面都是悬空，蚊子们如能飞近地面一二尺，仍旧是可以进去的，他的帐子只能挡住从上边掉下来的蚊子罢了。这些奥妙的办法，似乎很有一种禅味，只是我了解不来。

我的行踪，近来已经推广到东边的"水泉"。这地方确是还好，我于每天清早，没有游客的时候，去倘佯一会，赏鉴那山水之美。只可惜不大干净，路上很多气味——因为陈列着许多《本草》上的所谓人中黄！我想中国真是一个奇妙的国，在那里人们不容易得到营养料，也没有办法处置他们的排泄物。我想象轩辕太祖初入关的时候，大约也是这样情形。但现在已经过了四千年之久了。难道这个情形真已支持了四千年，一点不曾改么？

水泉四面的石阶上，是天然疗养院附属的所谓洋厨房。门外生着一棵白杨树，树干很粗，大约直径有六七寸，白皮斑驳，很是好看。他的叶在没有什么大风的时候，也瑟瑟的响，仿佛是有魔术似的。古诗说："白杨多悲风，萧萧愁杀人。"非看见过白杨树的人，不大能了解他的趣味。欧洲传说云，耶稣钉死在白杨木的十字架上，所以这树以后便永远颤抖着……我正对着白杨起种种的空想，有一个七八岁的小西洋人跟着宁波的老妈子走进洋厨房来。那老妈子同厨子讲着话的时候，忽然来了两个小广东人，各举起一只手来，接连的打小西洋人的嘴巴。他的两个小颊，立刻被批的通红了，但他却守着不抵抗主义，任凭他们打去。我的用人看不过意，把他们隔开两回，但那两位攘夷的勇士又冲过去，寻着要打嘴巴。却打的人虽然忍受下去了，但他们把我刚才的浪漫思想也批到不知去向，使我切肤的感到现实的痛。——至于这两个小爱国者的行为，若由我批评，不免要有过激的话，所以我也不再说了。

我每天傍晚到碑亭下去散步，顺便恭读乾隆的御制诗；碑上共有十首，我至少总要读他两首。读之既久，便发生种种感想，其一是觉得语体诗发生的不得已与必要。御制诗中有这几句，如"香山适才游白社，越岭便以至碧云。"又"玉泉十丈瀑，谁识此其源。"似乎都不大高明。但这实在是旧诗的难做，怪不得皇帝。对偶呀，平仄呀，押韵呀，拘束得非常之严，所以便是奉天承运的真龙也挣扎他不过，只落得留下多少打油的痕迹在石头上面。倘若他生在此刻，抛了七绝五律不做，去做较为自由的新体诗，即使做的不好，也总不至于被人认为"哥罐闻焉嫂棒伤"的蓝本罢。但我写到这里，忽然想到《大江集》等几种名著，又觉得我所说的也未必尽然。大约用文言做"哥罐"的，用白话做来仍是"哥罐"——于是我又想起一种疑问，这便是语体诗的"万应"的问题了。

七月十七日

# 六

好久不写信了。这个原因，一半因为你的出京，一半因为我的无话可说。我的思想实在混乱极了，对于许多问题都要思索，却又一样的没有归结，因此觉得要说的话虽多，但不知道怎样说才好。现在决心放任，并不硬去统一，姑且看书消遣，这倒也还罢了。

上月里我到香山去了两趟，都是坐了四人轿去的。我们在家乡的时候，知道四人轿是只有知县坐的，现在自己却坐了两回，也是"出于意表之外"的。我一个人叫他们四位扛着，似乎很有点抱歉，而且每人只能分到两角多钱，在他们实在也不经济；不知道为什么不减作两人呢？那轿杠是杉木的，走起来非常颠簸。大约坐这轿的总非有候补道的那样身材，是不大合宜的。我所去的地方是甘露旅馆，因为有两个朋友耽阁在那里，其余各处都不曾去。什么的一处名胜，听说是督办夫人住着，不能去了。我说这是什么督办。参战和边防的督办不是都取消了么。答说是水灾督办，我记得四五年前天津一带确曾有过一回水灾，现在当然已经干了，而且连旱灾都已闹过了（虽然不在天津）。朋友说，中国的水灾是不会了的。黄河不是决口了么。这话的确不错，水灾督办诚然有存在的必要，而且照中国的情形看来，恐怕还非加入官制里去不可呢。

我在甘露旅馆买了一本《万松野人言善录》，这本书出了已经好几年，在我却是初次看见。我老实说，对于英先生的议论未能完全赞同，但因此引起我陈年的感慨，觉得要一新中国的人心，基督教实在是很适宜的。极少数的人能够以科学艺术或社会的运动去替代他宗教的要求，但在大多数是不可能的。我想最好便以能容受科学的一神教把中国现在的野蛮残忍的多神——其实是拜物——教打倒，民智的发达才有点希望。不过有两大条件，要紧紧的守住：其一是这新宗教的神切不可与旧的神的观念去同化，以致变成一个西装的玉皇大帝；其二是切不可造成教阀，去妨害自由思想的发达。这第一第二的覆辙，在西洋历史上实例已经很多，所以非竭力免去不可——但是，我们昏乱的国民久伏在迷信的黑暗里，既然受不住智慧之光的照耀，肯受这新宗教的灌顶么？不为传统所因的大公无私的新宗教家，国内有几人呢？

仔细想来，我的理想或者也只是空想；将来主宰国民的心的，仍旧还是那一班的鬼神妖怪罢！

我的行踪既然推广到了寺外，寺内各处也都已走到，只剩那可以听松涛的有名的塔上不曾去。但是我平常散步，总只在御诗碑的左近或是弥勒佛前面的路上。这一段泥路来回可一百步，一面走着，一面听着阶下龙嘴里的潺湲的水声（这就是御制诗里的"清波绕砌湲"）倒也很有兴趣。不过这清波有时要不"湲"，其时很是令人扫兴，因为后面有人把他截住了。这是谁做主的，我都不知道，大约总是有什么金鱼池的阔人们罢。他们要放水到池里去，便是汲水的人也只好等着，或是劳驾往水泉去，何况想听水声的呢！靠着这清波的一个朱门里，大约也是阔人，因为我看见他们搬来的前两天，有许多穷朋友头上顶了许多大安乐椅小安乐椅进去。以前一个绘画的西洋人住着的时候，并没有什么门禁，东北角的墙也坍了，我常常去到那里望对面的山景和在溪滩积水中洗衣的女人们。现在可是截然的不同了，倒墙从新筑起，将真山关出门外，却在里面叫人堆上许多石头（抬这些石头的人们，足足有三天，在我的窗前络绎的走过），叫作假山；一面又在弥勒佛左手的路上筑起一堵泥墙，于是我真山固然望不见，便是假山也轮不到看。那些阔人们似乎以为四周非有包墙围着是不能住人的。我远望香山上迤逦的围墙，又想起秦始皇的万里长城，觉得我所推测的话并不是全无根据的。

还有别的见闻，我曾做了两篇《西山小品》，其一曰《一个乡民的死》，其二曰《卖汽水的人》，将他记在里面。但是那两篇是给日本的朋友们所办的一个杂志作的，现在虽有原稿留下，须等我自己把他译出方可发表。

九月三日，在山西

（《自己的园地》，北京晨报社初版）

# 故乡的野菜

我的故乡不止一个，凡我住过的地方都是故乡。故乡对于我并没有什么特别的情形，只因钓于斯游于斯的关系，朝夕会面，遂成相识，正如乡村里的邻舍一样，虽然不是亲属，别后有时也要想念他。我在浙东住过十几年，南京东京都住过六年，这都是我的故乡；现在住在北京，于是北京就成了我的家乡了。

日前我的妻往西单市场买菜回来，说起有荠菜在那里卖着，我便想起浙东的事来。荠菜是浙东人春天常吃的野菜，乡间不必说，就是城里只要有后园的人家都可以随时采食，妇女小儿各拿一把剪刀一只"苗篮"，蹲在地上搜寻，是一种有趣味的游戏的工作。那时小孩们唱道："荠菜马兰头，姊姊嫁在后门头。"后来马兰头有乡人拿来进城售卖了，但荠菜还是一种野菜，须得自家去采。关于荠菜向来颇有风雅的传说，不过这似乎以吴地为主。《西湖游览志》云："三月三日男女皆戴荠菜花。谚云，三春戴荠花，桃李羞繁华。"顾禄的《清嘉录》上亦说："荠菜花俗呼野菜花，因谚有三月三蚂蚁上灶山之语，三日人家皆以野菜花置灶陉上，以厌虫蚁。侵晨村童叫卖不绝。或妇女簪髻上以祈清目，俗号眼亮花。"但浙东却不很理会这些事情，只是挑来做菜或炒年糕吃罢了。

黄花麦果通称鼠曲草，系菊科植物，叶小，微圆互生，表面有白毛，花黄色，簇生梢头。春天采嫩叶，捣烂去汁，和粉作糕，称黄花麦果糕。小孩们有歌赞美之云：

"黄花麦果韧结结，

关得大门自要吃：

半块拿弗出，一块自要吃。"

清明前后扫墓时，有些人家——大约是保存古风的人家——用黄花麦果作供，但不作饼状，做成小颗如指顶大，或细条如小指，以五六个作一攒，名曰茧果，不知是什么意思，或因蚕上山时设祭，也用这种食品，故有是称，亦未可知。自从十二三岁时外出不参与外祖家扫墓以后，不复见过茧果，近来住在北京，也不再见黄花麦果的影子了。日本称作"御形"，与荠菜同为春天的七草之一，也采来做点心用，状如艾饺，名曰"草饼"，春分前后多食之，在北京也有，但是吃去总是日本风味，不复是儿时的黄花麦果糕了。

扫墓时候所常吃的还有一种野菜，俗称草紫，通称紫云英。农人在收获后，播种田内，用作肥料，是一种很被贱视的植物，但采取嫩茎瀹食，味颇鲜美，似豌豆苗。花紫红色，数十亩接连不断，一片锦绣，如铺着华美的地毯，非常好看，而且花朵状若胡蝶，又如鸡雏，尤为小孩所喜。间有白色的花，相传可以治痢，很是珍重，但不易得。日本《俳句大辞典》云："此草与蒲公英同是习见的东西，从幼年时代便已熟识，在女人里边，不曾采过紫云英的人，恐未必有罢。"中国古来没有花环，但紫云英的花球却是小孩常玩的东西，这一层我还替那些小人们欣幸的。浙东扫墓用鼓吹，所以少年常随了乐音去看"上坟船里的姣姣"；没有钱的人家虽没有鼓吹，但是船头上篷窗下总露出些紫云英和杜鹃的花束，这也就是上坟船的确实的证据了。

十三年二月

（《雨天的书》）

# 北京的茶食

　　在东安市场的旧书摊上买到一本日本文章家五十岚力的《我的书翰》，中间说起东京的茶食店的点心都不好吃了，只有几家如上野山下的空也，还做得好点心，吃起来馅和糖及果实浑然融合，在舌头上分不出各自的味来。想起德川时代江户的二百五十年的繁华，当然有这一种享乐的流风余韵留传到今日，虽然比起京都来自然有点不及。北京建都已有五百余年之久，论理于衣食住方面应有多少精微的造就，但实际似乎并不如此，即以茶食而论，就不曾知道什么特殊的有滋味的东西。固然我们对于北京情形不甚熟悉，只是随便撞进一家饽饽铺里去买一点来吃，但是就撞过的经验来说，总没有很好吃的点心买到过。难道北京竟是没有好的茶食，还是有而我们不知道呢？这也未必全是为贪口腹之欲，总觉得住在古老的京城里吃不到包含历史的精炼的或颓废的点心是一个很大的缺陷。北京的朋友们，能够告诉我两三家做得上好点心的饽饽铺么？

　　我对于二十世纪的中国货色，有点不大喜欢，粗恶的模仿品，美其名曰国货，要卖得比外国货更贵些。新房子里卖的东西，便不免都有点怀疑，虽然这样说好像遗老的口吻，但总之关于风流享乐的事我是颇迷信传统的。我在西四牌楼以南走过，望着异馥斋的丈许高的独木招牌，不禁神往，因为这不但表示它是义和团以前的老店，那模糊阴暗的字迹又引起我一种焚香静坐的安闲而丰腴的生活的幻想。我不曾焚过什么香，却对于这件事很有趣味，然而终于不敢进香店去，因为怕他们在香合上已放着花露水与日光皂了。我们于日用必需的东西以外，必须还有一点无用的游戏与享乐，生活才觉得有意思。我们看夕阳，看秋河，看花，听雨，闻香，喝不求解渴的酒，吃不求饱的点心，都是生活上必要的——虽然是无用的装点，而且是愈精炼愈好。可怜现在的中国生活，却是极端的干燥粗鄙，别的不说，我在北京彷徨了十年，终未曾吃到好点心。

十三年二月

（《雨天的书》）

# 北平的春天

　　北平的春天似乎已经开始了，虽然我还不大觉得。立春已过了十天，现在是七九六十三的起头了，布衲摊在两肩，穷人该有欣欣向荣之意。光绪甲辰即一九〇四年小除那时我在江南水师学堂曾做一诗云：

　　　　一年倏就除，风物何凄紧。百岁良悠悠，向日催人尽。既不为大椿，便应如朝菌。一死息群生，何处问灵蠢。

但是第二天除夕我又做了这样一首云：

　　　　东风三月烟花好，凉意千山云树幽。冬最无情今归去，明朝又得及春游。

　　这诗是一样的不成东西，不过可以表示我总是很爱春天的。春天有什么好呢，要讲他的力量及其道德的意义，最好去查盲诗人爱罗先珂的抒情诗的演说，那篇世界语原稿是由我笔录，译本也是我写的，所以约略都还记得，但是这里誊录自然也更可不必。春天的是官能的美，是要去直接领略的，关门歌颂一无是处，所以这里抽象的话暂且割爱。

且说我自己的关于春的经验，都是与游有相关的。古人虽说以鸟鸣春，但我觉得还是在别方面更感到春的印象，即是水与花木。迂阔的说一句，或者这正是活物的根本的缘故罢。小时候，在春天总有些出游的机会，扫墓与香市是主要的两件事，而通行只有水路，所在又多是山上野外，那么这水与花木自然就不会缺少的。香市是公众的行事，禹庙南镇香炉峰为其代表；扫墓是私家的，会稽的乌石头调马场等地方至今在我的记忆中还是一种代表的春景。庚子年三月十六日的日记云：

> 晨坐船出东郭门，挽纤行十里，至绕门山，今称东湖，为陶心云先生所创修，堤计长二百丈，皆植千叶桃垂柳及女贞子各树，游人颇多。又三十里至富盛埠，乘兜轿过市行三里许，越岭，约千余级。山中映山红牛郎花甚多，又有蕉藤数株，着花蔚蓝色，状如豆花，结实即刀豆也，可入药。路旁皆竹林，竹萌之出土者粗于碗口而长仅二三寸，颇为可观。忽闻有声如鸡鸣，阁阁然，山谷皆响，问之轿夫，云系雄鸡叫也。又二里许过一溪，阔数丈，水没及骭，舁者乱流而渡，水中圆石颗颗，大如鹅卵，整洁可喜。行三四里至墓所，松柏夹道，颇称闳壮。方祭时，小雨簌簌落衣袂间，幸即晴霁。下山午餐，下午开船。将进城门，忽天色如墨，雷电并作，大雨倾注，至家不息。

旧事重提，本来没有多大意思，这里只是举个例子，说明我春游的观念而已。我们本是水乡的居民，平常对于水不觉得怎么新奇，要去临流赏玩一番，可是生平与水太相习了，自有一种情分，仿佛觉得生活的美与悦乐之背景里都有水在，由水而生的草木次之，禽虫又次之。

我非不喜禽虫，但它总离不了草木，不但是吃食，也实是必要的寄托，盖即使以鸟鸣春，这鸣也得在枝头或草原上才好，若是雕笼金锁，无论怎样的鸣得起劲，总使人听了索然兴尽也。

话休烦絮。到底北平的春天怎么样了呢？老实说，我住在北京和北平已将二十年，不可谓不久矣，对于春游却并无什么经验。妙峰山虽热闹，尚无暇瞻仰，清明郊游只有野哭可听耳。北平缺少水气，使春光减了成色，而气候变化稍剧，春天似不曾独立存在，如不算它是夏的头，亦不妨称为冬的尾，总之风和日暖让我们著了单袷可以随意徜徉的时候真是极少，刚觉得不冷就要热了起来了。不过这春的季候自然还是有的。第一，冬之后明明是春，且不说节气上的立春也已过了。第二，生物的发生当然是春的证据，牛山和尚诗云，春叫猫儿猫叫春，是也。人在春天却只是懒散，雅人称曰春困，这似乎是别一种表示。所以北平到底还是有它的春天，不过太慌张一点了，又欠腴润一点，叫人有时来不及尝它的味儿，有时尝了觉得稍枯燥了，虽然名字还叫作春天，但是实在就把它当作冬的尾，要不然便是夏的头，反正这两者在表面上虽差得远，实际上对于不大承认它是春天原是一样的。

我倒还是爱北平的冬天。春天总是故乡的有意思，虽然这是三四十年前的事，现在怎么样我不知道。至于冬天，就是三四十年前的故乡的冬天我也不喜欢：那些手脚生冻瘃，半夜里醒过来像是悬空挂着似的上下四旁都是冷气的感觉，很不好受，在北平的纸糊过的屋子里就不会有的。在屋里不苦寒，冬天便有一种好处，可以让人家作事，手不僵冻，不必炙砚呵笔，于我们写文章的人大有利益。北平虽几乎没有春天，我并无什么不满意，盖吾以冬读代春游之乐久矣。

廿五年二月十四日

（《风雨谈》）

# 村里的戏班子

去不去到里赵看戏文？七斤老捏住了照例的那四尺长的毛竹旱烟管站起来说。

好吧。我踌躇了一会才回答，晚饭后舅母叫表姊妹们都去做什么事去了，反正叉不成马将。

我们出门往东走，面前的石板路朦胧的发白，河水黑黝黝的，隔河小屋里"哦"的叹了一声，知道劣秀才家的黄牛正在休息。再走上去就是外赵，走过外赵才是里赵，从名字上可以知道这是赵氏聚族而居的两个村子。

戏台搭在五十叔的稻地上，台屁股在半河里，泊着班船，让戏子可以上下。台前站着五六十个看客，左边有两间露天看台，是赵氏搭了请客人坐的。我因了五十婶的招待坐了上去，台上都是些堂客，老是嗑着瓜子，鼻子里闻着猛烈的头油气。戏台上点了两盏乌黜黜的发烟的洋油灯，侉侉侉的打着破锣，不一会儿有人出台来了，大家举眼一看，乃是多福纲司，镇塘殿的蛋船里的一位老大，头戴一顶灶司帽，大约是扮着什么朝代的皇帝。他在正面半桌背后坐了一分钟之后，出来踱了一趟，随即有一个赤背赤脚，单系一条牛头水裤的汉子，手拿两张破旧的令旗，夹住了皇帝的腰胯，把他一直送进后台去了。接着出来两三个一样赤着背，挽着纽纠头的人，起首乱跌，将他们的背脊向台板乱撞乱磕，碰得板都发跳，烟尘陡乱，据说是在"跌鲫鱼爆"。后来知道在旧戏的术语里叫作摔壳子。这一摔花了不少工夫，我渐渐有点忧虑，假如不是谁的脊梁或是台板摔断一块，大约这场跌打不会中止。好容易这两三个人都平安地进了台房，破锣又侉侉的开始敲打起来，加上了斗鼓的格答格答的声响，仿佛表示要有重要的事件出现了。忽然从后台唱起"呀"的一声，一位穿黄袍，手拿象鼻刀的人站在台口，台下起了喊声，似乎以小孩的呼笑为多：

"弯老，猪头多少钱一斤……"

"阿九阿九，桥头吊酒……"

我认识这是桥头卖猪肉的阿九。他拿了象鼻刀在台上摆出好些架势，把眼睛轮来轮去的，可是在小孩们看了似乎很是好玩，呼号得更起劲了，其中夹着一两个大人的声音道：

"阿九，多卖点力气。"

一个穿白袍的撅着一枝两头枪奔出来，和阿九遇见就打，大家知道这是打更的长明，不过谁也和他不打招呼。

女客嗑着爪子，头油气一阵阵地熏过来。七斤老靠了看台站着，打了两个呵欠，抬起头来对我说道，到那边去看看吧。

我也不知道那边是什么，就爬下台来，跟着他走。到神桌跟前，看见桌上供着五个纸牌位，其中一张绿的知道照例是火神菩萨。再往前走进了两扇大板门，即是五十叔的家里。堂前一顶八仙桌，四角点了洋蜡烛，在差马将，四个人差不多都是认识的。我受了"麦镬烧"的供应，七斤老在抽他的旱烟——"湾奇"，站在人家背后看得有点入迷。胡里胡涂地过了好些时光，很有点儿倦怠，我催道，再到戏文台下溜一溜吧。

嗡，七斤老含着旱烟管的咬嘴答应。眼睛仍望着人家的牌，用力的吸了几口，把烟蒂头磕在地上，别转头往外走，我拉着他的烟必子，一起走到稻地上来。

戏台上乌黬黬的台亮还是发着烟，堂客和野小孩都已不见了，台下还有些看客，零零落落的大约有十来个人。一个穿黑衣的人在台上踱着。原来这还是他阿九，头戴毗卢帽，手执仙帚，小丑似的把脚一伸一伸的走路，恐怕是"合钵"里的法海和尚吧。

站了一会儿，阿九老是踱着，拂着仙帚。我觉得烟必子在动，便也跟了移动，渐渐往外赵方面去，戏台留在后边了。

忽然听得远远的破锣侉侉的响，心想阿九这一出戏大约已做完了吧。路上记起儿童的一首俗歌来，觉得写得很好：

台上紫云班，台下都走散。

连连关庙门，东边墙壁都爬坍。

连连扯得住，只剩一担馄饨担。

十九年六月

（《看云集》）

# 济南道中

伏园兄：

你应该还记得"夜航船"的趣味罢？这个趣味里的确包含有些不很优雅的非趣味，但如一切过去的记忆一样，我们所记住的大抵只是一些经过时间熔化变了形的东西，所以想起来还是很好的趣味。我平素由绍兴往杭州总从城里动身（这是二十年前的话了），有一回同几个朋友从乡间乘船，这九十里的一站路足足走了半天一夜；下午开船，傍晚才到西郭门外，于是停泊，大家上岸吃酒饭。这很有牧歌的趣味，值得田园画家的描写。第二天早晨到了西兴，埠头的饭店主人很殷勤的留客，点头说"吃了饭去"，进去坐在里面（斯文人当然不在柜台边和"短衣帮"并排着坐）破板桌边，便端出烤虾小炒腌鸭蛋等"家常便饭"来，也有一种特别的风味。可惜我好久好久不曾吃了。

今天我坐在特别快车内从北京往济南去，不禁忽然的想起旧事来。火车里吃的是大菜，车站上的小贩又都关出在木栅栏外，不容易买到土俗品来吃。先前却不是如此，一九〇六年我们乘京汉车往北京应练兵处（那时的大臣是水竹村人）的考试的时候，还在车窗口买到许多东西乱吃，如一个铜子一只的大雅梨，十五个铜子一只的烧鸡之类；后来在什么站买到兔肉，同学有人说这实在是猫，大家便觉得恶心不能再吃，都摔到窗外去了。在日本旅行，于新式的整齐清洁之中（现在对于日本的事只好"清描淡写"的说一句半句，不然恐要蹈邓先生的覆辙），却仍保存着旧日的长闲的风趣。我在东海道中买过一箱"日本第一的吉备团子"，虽然不能证明是桃太郎的遗制，口味却真不坏，可惜都被小孩们分吃，我只尝到一两颗，而且又小得可恨。还有平常的"便当"，在形式内容上也总是美术的，味道也好，虽在吃惯肥鱼大肉的大人先生们自然有点不配胃口。"文明"一点的有"冰激凌"，装在一只麦粉做的杯子里，末了也一同咽下去。我坐在这铁甲快车内，肚子有点饿了，颇想吃一点小食，如孟代故事中王子所吃的，然而现在实属没有法子，只好往餐堂车中去吃洋饭。

　　我并不是不要吃大菜的。但虽然要吃，若在强迫的非吃不可的时候，也会令人不高兴起来。还有一层，在中国旅行的洋人的确太无礼仪，即使并无什么暴行，也总是放肆讨厌的。即如在我这一间房里的一个怡和洋行的老板，带了一只小狗，说是在天津花了四十块钱买来的；他一上车就高卧不起，让小狗在房内撒尿，忙得车侍三次拿布来擦地板，又不喂饱，任它东张西望，呜呜的哭叫。我不是虐待动物者，但见人家昵爱动物，搂抱猫狗坐车坐船，妨害别人，也是很嫌恶的；我觉得那样的昵爱正与虐待同样的是有点兽性的。洋人中当然也有真文明人，不过商人大抵不行，如中国的商人一样。中国近来新起一种"打鬼"——便是打"玄学鬼"与"直脚鬼"——的倾向，我大体上也觉得赞成，只是对于他们的态度有点不能附和。我们要把一切的鬼或神全数打出去，这是不可能的事，更无论他们只是拍令牌，念退鬼咒，当然毫无功效，只足以表明中国人术士气之十足，或者更留下一点恶因。我们所能做，所要做的，是如何使玄学鬼或直脚鬼不能为害。我相信，一切的鬼都是为害的，倘若被放纵着，便是我们自己"曲脚鬼"也何尝不如此……人家说，谈天谈到末了，一定要讲到下作的话去，现在我却反对的谈起这样正经大道理来，也似乎不大合式，可以不再写下去了吧。

十三年五月三十一日，津浦车中

（《雨天的书》）

# 济南道中之二

　　过了德州，下了一阵雨，天气顿觉凉快，天色也暗下来了。室内点上电灯，我向窗外一望，却见别有一片亮光照在树上地上，觉得奇异，同车的一位宁波人告诉我，这是后面护送的兵车的电光。我探头出去，果然看见末后的一辆车头上，两边各有一盏灯（这是我推想出来的，因为我看的只是一边）射出光来，正如北京城里汽车的两只大眼睛一样。当初我以为既然是兵车的探照灯，一定是很大的，却正出于意料之外，它的光只照着车旁两三丈远的地方，并不能直照见树林中的贼踪。据那位买办所说，这是从去年故孙美瑶团长在临城做了那"算不得什么大事"之后新增的，似乎颇发生效力，这两道神光真吓退了沿路的毛贼，因为以后确不曾出过事，而且我于昨夜也已安抵济南了。但我总觉得好笑，这两点光照在火车的尾巴头，好像是夏夜的萤火，太富于诙谐之趣。我坐在车中，看着窗外的亮光从地面移在麦子上，从麦子移到树叶上，心里起了一种离奇的感觉，觉得似危险非危险，似平安非平安，似现实又似在做戏，仿佛眼看程咬金腰间插着两把纸糊大板斧在台上踱着时一样。我们平常有一句话，时时说起却很少实验到的，现在拿来应用，正相适合——这便是所谓浪漫的境界。

　　十点钟到济南站后，坐洋车进城，路上看见许多店铺都已关门——

都上着"排门"，与浙东相似。我不能算是爱故乡的人，但见了这样的街市，却也觉得很是喜欢。有一次夏天，我从家里往杭州，因为河水干涸，船只能到牛屎浜，在早晨三四点钟的时分坐轿出发，通过萧山县城；那时所见街上的情形，很有点与这回相像。其实绍兴和南京的夜景也未尝不如此，不过徒步走过的印象与车上所见到底有些不同，所以叫不起联想来罢了。城里有好些地方也已改用玻璃门，同北京一样，这是我今天下午出去看来的。我不能说排门是比玻璃门更好，在实际上玻璃门当然比排门要便利得多。但由我旁观的看去，总觉得旧式的铺门较有趣味。玻璃门也自然可以有它的美观，可惜现在多未能顾到这一层，大都是粗劣潦草，如一切的新东西一样。旧房屋的粗拙，全体还有些调和，新式的却只见轻率凌乱这一点而已。

今天下午同四个朋友去游大明湖，从鹊华桥下船。这是一种"出坂船"似的长方的船，门窗做得很考究，船头有匾一块，文云"逸兴豪情"——我说船头，只因它形式似船头，但行驶起来，它却变了船尾，一个舟子便站在那里倒撑上去。他所用的家伙只是一支天然木的篙，不知是什么树，剥去了皮，很是光滑，树身却是弯来扭去的并不笔直；他拿了这件东西，能够使一只大船进退回旋无不如意，并且不曾遇见一点小冲撞，在我只知道使船用桨橹的人看了不禁着实惊叹。大明湖在《老残游记》里很有一段描写，我觉得写不出更好的文章来，而且你以前赴教育改进社年会时也曾到过，所以我可以不絮说了。我也同老残一样，走到历下亭铁公祠各处，但可惜不曾在明湖居听得白妞说梨花大鼓。我们又去看"大帅张少轩"捐资倡修的曾子固的祠堂，以及张公祠，祠里还挂有一幅他的"门下子婿"的长髯照相和好些"圣朝柱石"等等的孙公德政牌。随后又到北极祠去一看，照例是那些塑像，正殿右侧一个大鬼，一手倒提着一个小妖，一手掐着一个，神气非常活现，右脚下踏着一个女子，它的脚跟正落在腰间，把她端得目瞪口呆，似乎喘不过气来，不知是到底犯了什么罪。大明湖的印象仿佛像南京的玄武湖，不过这湖是在城里，很是别致。清人铁保有一联云："四面荷花三面柳，一城山色半城湖。"实在说得湖好（据老残说这是铁公祠大门的楹联，现今却已掉下，在享堂内倚墙放着了）。虽然我们这回看不到荷花，而且湖边渐渐的填为平地，面积大不如前；水路也很窄狭，两旁变了私产，一区一区的用苇塘围绕，都是人家种蒲养鱼的地方，所以《老残游记》里所记千佛山倒影入湖的景象已经无从得见，至于"一声渔唱"尤其是听不到了。但是济南城里有一个湖，即使较前已经不如，总是很好的事；这实在可以代一个大公园，而且比公园更为有趣，于青年也很有益，我遇见好许多船的学生在湖中往来，比较中央公园里那些学生站在路边等看头发像鸡窠的女人要好得多多——我并不一定反对人家看女人，不过那样看法未免令人见了生厌。这一天的湖逛得很快意，船中还有王君的一个三岁的小孩同去，更令我们喜悦。他从宋君手里要蒲桃干吃，每拿几颗例须唱一出歌加以跳舞，他便手舞足蹈唱"一二三四"给我们听，交换五六个蒲桃干，可是他后来也觉得麻烦，便提出要求，说"不唱也给我罢"。他是个很活泼可爱的小人儿，而且一口的济南话，我在他口中初次听到"俺"这一个字活用在言语里，虽然这种调子我们从北大徐君的话里早已听惯了。

六月一日，在"家家泉水户户垂杨"的济南城内

（《雨天的书》）

## 济南道中之三

　　六月二日午前，往工业学校看金线泉。这天正下着雨，我们乘暂时雨住的时候，踏着湿透的青草，走到石池旁边，照着老残的样子侧着头细看水面，却终于看不见那条金线，只有许多水泡，像是一串串的珍珠，或者还不如说水银的蒸汽，从石隙中直冒上来，仿佛是地下有几座丹灶在那里炼药。池底里长着许多植物，有竹有柏，有些不知名的花木，还有一株月季花，带着一个开过的花蒂：这些植物生在水底，枝叶青绿，如在陆上一样，到底不知道是怎么一回事。金线泉的邻近，有陈遵留客的投辖井，不过现在只是一个六尺左右的方池，辖虽还可以投，但是投下去也就可以取出来了。次到趵突泉，见大池中央有三股泉水向上喷涌，据《老残游记》里说翻出水面有二三尺高，我们看见却不过尺许罢了。池水在雨后颇是浑浊，也不曾流得"汩汩有声"，加上周围的石桥石路以及茶馆之类，觉得很有点像故乡的脂沟汇——传说是越王宫女倾脂粉水，汇流此地，现在却俗称"猪狗汇"，是乡村航船的聚会地了。随后我们往商埠游公园，刚才进门雨又大下，在茶亭中坐了许久，等雨霁后再出来游玩。园中别无游客，容我们三人独占全园，也是极有趣味的事。公园本不很大，所以便即游了，里边又别无名胜古迹，一切都是人工的新设，但有一所大厅，门口悬着匾额，大书曰"畅趣游情，马良撰并书"，我却瞻仰了好久。我以前以为马良将军只是善于打什么拳的人，现在才知道也很有风雅的趣味，不得不陈谢我当初的疏忽了。

此外我不曾往别处游览，但济南这地方却已尽够中我的意了。我觉得北京也很好，只是太多风和灰土，济南则没有这些；济南很有江南的风味，但我所讨厌的那些东南的脾气似乎没有，（或未免有点速断？）所以是颇愉快的地方。然而因为端午将到，我不能不赶快回北京来，于是在五日午前二时终于乘了快车离开济南了。

我在济南四天，讲演了八次。范围题目都由我自己选定，本来已是自由极了，但是想来想去总觉得没有什么可讲，勉强拟了几个题目，都没有十分把握，至于所讲的话觉得不能句句确实，句句表现出真诚的气分来，那是更不必说了。就是平常谈话，也常觉得自己有些话是虚空的，不与心情切实相应，说出时便即知道，感到一种恶心的寂寞，好像是嘴里尝到了肥皂。石川啄木的短歌之一云：

　　不知怎的，

　　总觉得自己是虚伪之块似的，

　　将眼睛闭上了。

这种感觉，实在经验了好许多次。在这八个题目之中，只有末了的"神话的趣味"还比较的好一点；这并非因为关于神话更有把握，只因世间对于这个问题很多误会，据公刊的文章上看来，几乎尚未有人加以相当的理解，所以我对于自己的意见还未开始怀疑，觉得不妨略说几句。我想神话的命运很有点与梦相似。野蛮人以梦为真，半开化人以梦为兆，"文明人"以梦为幻，然而在现代学者的手里，却成为全人格之非意识的显现；神话也经过宗教的、"哲学的"以及"科学的"解释之后，由人类学者解救出来，还他原人文学的本来地位。中国现在有相信鬼神托梦魂魄入梦的人，有求梦占梦的人，有说梦是妖妄的人，但没有人去从梦里寻出他情绪的或感觉的分子，若是"满愿的梦"则更求其隐密的动机，为学术的探讨者；说及神话，非信受则排斥，其态度正是一样。我看许多反对神话的人虽然标榜科学，其实他的意思以为神话确有信受的可能，倘若不是竭力抗拒；这正如性意识很强的道学家之提倡戒色，实在是两极相遇了。真正科学家自己既不会轻信，也就不必专用攻击，只是平心静气的研究就得，所以怀疑与宽容是必要的精神，不然便是狂信者的态度，非耶者还是一种教徒，非孔者还是一种儒生，类例很多。即如近来反对太戈尔运动也是如此，他们自以为是科学思想与西方化，却缺少怀疑与宽容的精神，其实仍是东方式的攻击异端：倘若东方文化里有最大的毒害，这种专制的狂信必是其一了。不意话又说远了，与济南已经毫无关系，就此搁笔；至于神话问题，说来也嫌唠叨，改日面谈罢。

六月十日，在北京写

（《雨天的书》）

# 梦

　　我如要来谈梦，手边倒也有好些材料，如张伯起的《梦古类考》，晒书堂本《梦本》，蔼理斯的《梦之世界》，拉克列夫的《梦史》等，可以够用。但是现在来讲这些东西，有什么用处呢？这里所谓梦实在只是说的希望，虽然推究下去希望也就是一种梦。案佛书上说，梦有四种，一四大不和梦，二先见梦，三天人梦，四想梦。西洋十六世纪时学者也分梦为三种，一自然的，即四大不和梦；二心意的，即先见梦；三神与鬼的，即天人及想梦。现代大抵只分两类，一再现的，或云心意的；二表现的，或云感觉的。其实表现的梦里即包括四大不和梦，如《善见律》云，眠时梦见山崩，或飞腾虚空，或见虎狼狮子贼逐。此是四大不和梦，虚而不实。先见梦据解说云，或昼日见，夜则梦见，此亦不实，则是再现的梦也。天人示现善恶的天人梦，示现福德罪障的想梦，现在已经不再计算，但是再现的梦里有一部分是象征的，心理分析法学派特别看重，称曰满愿的梦，以为人有密愿野望，为世间礼法所制，不能实现，乃于梦中求得满足，如分析而求得其故，于精神治疗大有用处。此系专门之事，唯如所说其意亦颇可喜，我说希望也就是一种梦，就此我田引水，很是便利。不过希望的运命很不大好，世人对于梦倒颇信赖，古今来不断的加以古释，希望则大家多以为是很渺茫的。

希腊传说里有班陀拉的故事，说天帝命锻冶神造一女人，众神各赠以美艳、工巧、媚惑与狡猾，名曰班陀拉，意云众赐。给厄比美透斯为妻，携有一匣，嘱勿启视，班陀拉好奇，窃发视之，一切罪恶疾病悉皆飞出，从此人间无复安宁，唯希望则尚闭存匣底云。希望既然不曾飞出来，那么在人间明明没有此物，传述这故事的人不但是所谓憎女家，亦由此可知是一个悲观论者，大概这二者是相连的也未可知。但是仔细想来，悲观也只是论而已，假如真是悲观，这论亦何必有，他更无须论矣。俗说云，有愚夫卖油炸鬼，妻教之曰，二文一条，如有人给三文两条者，可应之曰，如此不如自吃，切勿售与。愚夫如教，却随即自吃讫，终于一条未卖，空手而回，妻见惊诧，叱之曰，你心里想着什么，答曰，我现在想喝一碗茶。这只是一个笑话，可知希望总是永存，因为愚夫的想头也就本来是希望也。说到这里，我们希望把自己的想头来整理一下，庶几较为合理，弗为世人所笑。吃油炸鬼后喝茶，我们也是应当想的，不过这是小问题，只关系自身的，此外还该有大一点的希望值得考虑。清末学者焦理堂述其父训词云，人生不过饮食男女，非饮食无以生，非男女无以生生，唯我欲生，人亦欲生，我欲生生，人亦欲生生。这话说得很好，自身的即是小我的生与生生固是重要，国家民族更是托命的本根，此大我的生与生生尤其应当看重，不必多说道理，只以生物的原则来说也是极明了的事。现代青年对于中国所抱的希望是很大而热烈，不过意气沮丧的也未必没有，所以赘说一句，我们无论如何对于国家民族必须抱有大的希望。在这乱世有什么事能做本来是问题，或者一无所成也说不定，但匣子里的希望不可抛弃，至少总要守住中国人的立场。昔人云，大梦谁先觉。如上边所说的大的希望即是大梦，我愿谁都无有觉时，若是关于一己的小梦，则或善或恶无多关系，即付之不论可已。

民国三十三年，除夕

（《立春以前》）

# 菱 角

　　每日上午门外有人叫卖"菱角"，小孩们都吵着要买，因此常买十来包给他们分吃，每人也只分得十几个罢了。这是一种小的四角菱，比刺菱稍大，色青而非纯黑，形状也没有那样奇古，味道则与两角菱相同。正在看乌程汪曰桢的《湖雅》（光绪庚辰即1880年出版），便翻出卷二讲菱的一条来，所记情形与浙东大抵相像，选录两则于后：

　　《仙潭文献》："水红菱"最先出。青菱有两种，一曰"花蒂"，一曰"火刀"，风干之皆可致远，唯"火刀"耐久，迫春犹可食。因塔村之"鸡腿"，生啖殊佳；柏林圩之"沙角"，熟瀹颇胜。乡人以九月十月之交撤荡，多则积之，腐其皮，如收贮银杏之法，曰"阄菱"。

　　《湖录》：菱与芰不同。《武陵记》："四角三角曰芰，两角曰菱。"今菱湖水中多种两角，初冬采之，曝干，可以致远，名曰"风菱"。唯郭西湾桑渎一带皆种四角，最肥大，夏秋之交，煮熟鬻于市，曰"熟老菱"。

　　按，鲜菱充果，亦可充蔬。沈水乌菱俗呼"浆菱"。乡人多于溪湖近岸处水中种之，曰"菱荡"，四围植竹，经绳于水面，间之为界，曰"菱筵竹"……

越中也有两角菱，但味不甚佳，多作为"酱大菱"，水果铺去壳出售，名"黄菱肉"，清明扫墓是常用作供品，"追春犹可食"，亦别有风味。实熟沉水抽芽者用竹制发篦状物曳水底摄取之，名"掺芽大菱"，初冬下乡常能购得，市上不多见也。唯平常煮食总是四角者为佳，有一种名"驼背白"，色白而拱背，故名，生熟食均美，十年前每斤才十文，一角钱可得一大筐，近年来物价大涨，不知需价若干了。城外河中弥望菱荡，唯中间留一条水路，供船只往来，秋深水长风起，菱科漂浮荡外，则为"散荡"，行舟可以任意采取残留菱角，或并摘菱科之嫩者，携归作菹食。明李日华在《味水轩日记》卷二（万历三十八年即一六一〇）记途中窃菱事，颇有趣味，抄录于下。

九月九日，由谢村取余杭道，曲溪浅渚，被水皆菱角，有深浅红及惨碧三色，舟行掬手可取而不设膰莒，僻地俗淳此亦可见。余坐篷底阅所携《康乐集》，遇一秀句则引一酹，酒渴思解，奴子康素工掠食，偶命之，其资咀嚼，平生耻为不义，此其愧心者也。

水红菱只可生食，虽然也有人把他拿去作蔬。秋日择嫩菱瀹熟，去涩衣，加酒酱油及花椒，名"醉大菱"，为极好的下酒物（俗名过酒坯），阴历八月三日灶君生日，各家供素菜，例有此品，几成为不文之律。水红菱形甚纤艳，故俗以喻女子的小脚，虽然我们现在看去，或者觉得有点唐突菱角，但是闻水红菱之名而"颇涉遐想"者恐在此刻也仍不乏其人吧？

写《菱角》既了，问疑古君讨回范寅的《越谚》来一查，见卷中"大菱"一条说得颇详细，补抄在这里，可以纠正我的好些错误。甚矣我的关于故乡的知识之不很可靠也!

老菱装篰，日浇，去皮，冬食，曰"酱大菱"。老菱脱蒂沉湖底，明春抽芽，挽起，曰"挽芽大菱"，其壳乌，又名"乌大菱"。肉烂壳浮，曰"氽起乌大菱"，越以讥无用人。挽菱肉黄，剥卖，曰"黄菱肉"。老菱晾干，曰"风大菱"。嫩菱煮坏，曰"烂勃七"。

（《自己的园地》，上海北新十七版）

# 卖　糖

崔晓林著《念堂诗话》卷二中有一则云：

"《日知录》谓古卖糖者吹箫，今鸣金。予考徐青长诗，敲锣卖夜糖，是明则卖饧鸣金之明证也。"案此五字见《徐文长集》卷四，所云青长当是青藤或文长之误。原诗题曰《昙阳》，凡十首，其五云：

"何事移天竺，居然在太仓。善哉听白佛，梦已熟黄粱。托钵求朝饭，敲锣卖夜糖。"所咏当系王锡爵女事，但语颇有费解处，不佞亦只能取其末句，作为夜糖之一左证而已。查范啸风著《越谚》卷中饮食类中，不见夜糖一语，即梨膏糖亦无，不禁大为失望。绍兴如无夜糖，不知小人们当更如何寂寞，盖此与炙糕二者实是儿童的恩物，无论野孩子与大家子弟都是不可缺少者也。夜糖的名义不可解，其实只是圆形的硬糖，平常亦称圆眼糖，因形似龙眼故，亦有尖角者，则称粽子糖，共有红白黄三色，每粒价一钱，若至大路口糖色店去买，每十粒只七八文即可，但此是三十年前价目，现今想必已大有更变了。梨膏糖每块须四文，寻常小孩多不敢问津，此外还有一钱可买者有茄脯与梅饼：以沙糖煮茄子，略晾干，原以斤两计，卖糖人切为适当的长条，而不能无大小，小儿多较量择取之，是为茄脯。梅饼者，黄梅与甘草同煮，连核捣烂，范为饼如新铸一分铜币大，吮食之别有风味，

104

可与青盐梅竞爽也。卖糖者大率用担，但非是肩挑，实只一筐，俗名桥篮，上列木匣，分格盛糖，盖以玻璃，有木架交叉如交椅，置篮其上，以待顾客，行则叠架夹胁下，左臂操筐，俗语曰桥。虚左手持一小锣，右手执木片如笏状，击之声镗镗然，此即卖糖之信号也，小儿闻之惊心动魄，殆不下于货郎之惊闺与唤娇娘焉。此锣却又与他锣不同，直径不及一尺，窄边，不系索，系时以一指抵边之内缘，与铜锣之提索及用锣槌者迥异，民间称之曰镗锣，第一字读如国音饧去声，盖形容其声如此。虽然亦是金属无疑，但小说上常见鸣金收军，则与此又截不相像，顾亭林云卖饧者今鸣金，原不能说错，若云笼统殆不能免，此则由于用古文之故，或者也不好单与顾君为难耳。

卖糕者多在下午，竹笼中生火，上置熬盘，红糖和米粉为糕，切片炙之，每片一文，亦有麻糍，大呼曰麻糍荷炙糕。荷者语助词，如萧老公之荷荷，唯越语更带喉音，为他处所无。早上别有卖印糕者，糕上有红色吉利语，此外如蔡糖糕、茯苓糕、桂花年糕等亦具备，呼声则仅云卖糕荷，其用处似在供大人们做早点心吃，与炙糕之为小孩食品者又异。此种糕点来北京后便不能遇见，盖南方重米食，糕类以米粉为之，北方则几乎无一不面，情形自大不相同也。

小时候吃的东西，味道不必甚佳，过后思量每多佳趣，往往不能忘记。不佞之记得糖与糕，亦正由此耳。昔年读日本原公道著《先哲丛谈》，卷三有讲朱舜水的几节，其一云：

"舜水归化历年所，能和语，然及其病革也，遂复乡语，则侍人不能了解。"（原本汉文）不佞读之怆然有感。舜水所语盖是余姚话也，不佞虽是隔县当能了知，其意亦唯不佞可解。余姚亦当有夜糖与炙糕，惜舜水不曾说及，岂以说了也无人懂之故欤。但是我又记起《陶庵梦忆》来，其中亦不谈及，则更可惜矣。

廿七年二月廿五日，漫记于北平知堂

105

# 附 记

　　《越谚》不记糖色，而糕类则稍有叙述，如印糕下注云："米粉为方形，上印彩粉文字，配馒头送喜寿礼。"又麻糍下云："糯粉，馅乌豆沙，如饼，炙食，担卖，多吃能杀人。"末五字近于赘，盖昔曾有人赌吃麻糍，因以致死，范君遂书之以为戒，其实本不限于麻糍一物，即鸡骨头糕干如多吃亦有害也。看一地方的生活特色，食品很是重要，不但是日常饭粥，即点心以至闲食，亦均有意义，只可惜少有人注意，本乡文人以为琐屑不足道，外路人又多轻饮食而着眼于男女，往往闹出《闲话扬州》似的事件。其实男女之事大同小异，不值得那么用心，倒还不如各种吃食尽有滋味，大可谈谈也。

廿八日又记

（《药味集》）

106

# 谈油炸鬼

刘廷玑著《在园杂志》卷一有一条云：

"东坡云，谪居黄州五年，今日北行，岸上闻骡驮铎声，意亦欣然。铎声何足欣，盖久不闻而今得闻也。昌黎诗，照壁喜见蝎。蝎无可喜，盖久不见而今得见也。予由浙东观察副使奉命引见，渡黄河至王家营，见草棚下挂油炸鬼数枚。制以盐水和面，扭作两股如粗绳，长五六寸，于热油中炸成黄色，味颇佳，俗名油炸鬼。予即于马上取一枚啖之，路人及同行者无不匿笑，意以为如此鞍马仪从而乃自取自啖此物耶？殊不知予离京城赴浙省今十七年矣，一见河北风味不觉狂喜，不能自持，似与韩苏二公之意暗合也。"在园的意思我们可以了解，但说黄河以北才有油炸鬼却并不是事实。江南到处都有，绍兴在东南海滨，市中无不有麻花摊，叫卖麻花烧饼者不绝于道。范寅著《越谚》卷中饮食门云：

"麻花，即油炸桧，迄今代远，恨磨业者省工无头脸，名此。"案此言系油炸秦桧之，殆是望文生义，至同一癸音而曰鬼曰桧，则由南北语异，绍兴读鬼若举不若癸也。中国近世有馒头，其缘起说亦怪异，与油炸鬼相类，但此只是传说罢了。朝鲜权宁世编《支那四声字典》，第一七五 Kuo 字项下注云：

"馃Kuo，正音。油馃子，小麦粉和鸡蛋，油煎拉长的点心。油炸，馃同上。但此一语北京人悉读作Kuei音，正音则唯乡下人用之。"此说甚通，鬼桧二读盖即由馃转出。明王思任著《谑庵文饭小品》卷三《游满井记》中云：

"卖饮食者邀诃好火烧，好酒，好大饭，好果子。"所云果子即油馃子，并不是频婆林禽之流，谑庵于此多用土话，邀诃亦即吆喝，作平声读也。

乡间制麻花不曰店而曰摊，盖大抵简陋，只两高凳架木板，于其上和面搓条，傍一炉可烙烧饼，一油锅炸麻花，徒弟用长竹筷翻弄，择其黄熟者夹置铁丝笼中，有客来买时便用竹丝穿了打结递给他。做麻花的手执一小木棍，用以摊赶湿面，却时时空敲木板，的答有声调，此为麻花摊的一种特色，可以代呼声，告诉人家正在开淘有火热麻花吃也。麻花摊在早晨也兼卖粥，米粒少而汁厚，或谓其加小粉，亦未知真假。平常粥价一碗三文，麻花一股二文，客取麻花折断放碗内，令盛粥其上，如《板桥家书》所说，"双手捧碗缩颈而啜之，霜晨雪早，得此周身俱暖"，代价一共只要五文钱，名曰麻花粥。又有花十二文买一包蒸羊，用鲜荷叶包了拿来，放在热粥底下，略加盐花，别有风味，名曰羊肉粥，然而价增两倍，已不是寻常百姓的吃法了。

麻花摊兼做烧饼，贴炉内烤之，俗称洞里火烧。小时候曾见一种似麻花单股而细，名曰油龙，又以小块面油炸，任其自成奇形，名曰油老鼠，皆小儿食品，价各一文，辛亥年回乡便都已不见了。面条交错作"八结"形者曰巧果，二条缠圆木上如藤蔓，炸熟木自脱去，名曰倭缠。其最简单者两股稍粗，互扭如绳，长约寸许，一文一个，名油徽子。以上各物《越谚》皆失载，孙伯龙著《南通方言疏证》卷四释小食中有徽子一项，注云：

"《州志》方言，徽子，油炸环饼也。"又引《丹铅总录》等云寒具今云曰馓子。寒具是什么东西，我从前不大清楚。据《庶物异名疏》云：

"林洪《清供》云，寒具捻头也，以糯米粉和面麻油煎成，以糖食。据此乃油腻粘胶之物，故客有食寒具不濯手而污桓玄之书画者。"看这情形岂非是蜜供一类的物事乎？刘禹锡寒具诗乃云：

"纤手搓来玉数寻，碧油煎出嫩黄深，夜来春睡无轻重，压扁佳人缠臂金。"诗并不佳，取其颇能描写出寒具的模样，大抵形如北京西域斋制的奶油镯子，却用油煎一下罢了，至于和靖后人所说外面搽糖的或系另一做法，若是那么粘胶的东西，刘君恐亦未必如此说也。《和名类聚抄》引古字书云："糫饼，形如葛藤者也。"则与倭缠颇相像，巧果油馓子又与"结果"及"捻头"近似，盖此皆寒具之一，名字因形而异，前诗所咏只是似环的那一种耳。麻花摊所制各物殆多系寒具之遗，在今日亦是最平民化的食物，因为到处皆有的缘故，不见得会令人引起乡思，我只感慨为什么为著述家所舍弃，那样的不见经传。刘在园范啸风二君之记及油炸鬼真可以说是豪杰之士，我还想费些功夫翻阅近代笔记，看看有没有别的记录，只怕大家太热心于载道，无暇做这"玩物丧志"的勾当也。


# 附　记

尤侗著《艮斋续说》卷八云："东坡云，谪居黄州五年，今日北行，岸上闻骡驮铎声，意亦欣然，盖不闻此声久矣。韩退之诗，照壁喜见蝎，此语真不虚也。予谓二老终是宦情中热，不忘长安之梦，若我久卧江湖，鱼鸟为侣，骡马鞭铎耳所厌闻，何如欸乃一声耶。京邸多蝎，至今谈虎色变，不意退之喜之如此，蝎且不避而况于臭虫乎。"西堂此语别有理解。东坡蜀人何乐北归，退之生于昌黎，喜蝎或有可原，唯此公大热中，故亦令人疑其非是乡情而实由于宦情耳。

廿四年十月七日记于北平

## 补 记

张林西著《琐事闲录》正续各两卷，咸丰年刊。续编卷上有关于油炸鬼的一则云：

"油炸条面类如寒具，南北各省均食此点心，或呼果子，或呼为油胚，豫省又呼为麻糖，为油馍，即都中之油炸鬼也。鬼字不知当作何字。长晴岩观察臻云，应作桧字，当日秦桧既死，百姓怒不能释，因以面肖形炸而食之，日久其形渐脱，其音渐转，所以名为油炸鬼，语亦近似。"案此种传说各地多有，小时候曾听老妪们说过，今却出于旗员口中觉得更有意思耳。个人的意思则愿作"鬼"字解，稍有奇趣，若有所怨恨乃以面肖形炸而食之，此种民族性殊不足嘉尚也。秦长脚即极恶，总比刘豫张邦昌以及张弘范较胜一筹罢，未闻有人炸吃诸人，何也？我想这骂秦桧的风气是从《说岳》及其戏文里出来的。士大夫论人物，骂秦桧也骂韩侂胄，更是可笑的事，这可见中国读书人之无是非也。

民国廿四年十二月廿八日补记

（《苦竹杂记》）

# 南北的点心

中国地大物博，风俗与土产随地各有不同，因为一直缺少人纪录，有许多值得也是应该知道的事物，我们至今不能知道清楚，特别是关于衣食住的事项。我这里只就点心这个题目，依据浅陋所知，来说几句话，希望抛砖引玉，有旅行既广，游历又多的同志们，从各方面来报道出来，对于爱乡爱国的教育，或者也不无小补吧。

我是浙江东部人，可是在北京住了将近四十年，因此南腔北调，对于南北情形都知道一点，却没有深厚的了解。据我的观察来说，中国南北两路的点心，根本性质上有一个很大的区别。简单的下一句断语，北方的点心是常食的性质，南方的则是闲食。我们只看北京人家做饺子馄饨面总是十分苴实，馅决不考究，面用芝麻酱拌，最好也只是炸酱；馒头全是实心。本来是代饭用的，只要吃饱就好，所以并不求精。若是回过来走到东安市场，往五芳斋去叫了来吃，尽管是同样名称，做法便大不一样，别说蟹黄包干，鸡肉馄饨，就是一碗三鲜汤面，也是精细鲜美的。可是有一层，这决不可能吃饱当饭，一则因为价钱比较贵，二则昔时无此习惯。

抗战以后上海也有阳春面，可以当饭了，但那是新时代的产物，在老辈看来，是不大可以为训的。我母亲如果在世，已有一百岁了，

111

她生前便是绝对不承认点心可以当饭的，有时生点小毛病，不喜吃大米饭，随叫家里做点馄饨或面来充饥，即使一天里仍然吃过三回，她却总说今天胃口不开，因为吃不下饭去，因此可以证明那馄饨和面都不能算是饭。这种论断，虽然有点儿近于武断，但也可以说是有客观的佐证，因为南方的点心是闲食，做法也是趋于精细鲜美，不取苗实一路的。上文五芳斋固然是很好的例子，我还可以再举出南方做烙饼的方法来，更为具体，也有意思。

我们故乡是在钱塘江的东岸，那里不常吃面食，可是有烙饼这物事。这里要注意的，是烙不读作者字音，乃是"洛"字入声，又名为山东饼，这证明原来是模仿大饼而作的，但是烙法却大不相同了，乡间卖馄饨面和馒头都分别有专门的店铺，唯独这烙饼只有摊，而且也不是每天都有，这要等待哪里有社戏，才有几个摆在戏台附近，供看戏的人买吃，价格是每个制钱三文，油条价二文，葱酱和饼只要一文罢了。做法是先将原本两折的油条扯开，改作三折，在熬盘上烤焦，同时在预先做好的直径约二寸，厚约一分的圆饼上，满搽红酱和辣酱，撒上葱花，卷在油条外面，再烤一下，就做成了。它的特色是油条加葱酱烤过，香辣好吃，那所谓饼只是包裹油条的东西，乃是客而非主，拿来与北方原来的大饼相比，厚大如茶盘，卷上黄酱与大葱，大嚼一张，可供一饱，这里便显出很大的不同来了。

上边所说的点心偏于面食一方面，这在北方本来不算是闲食吧。此外还有一类干点心，北京称为悖悖，这才当作闲食，大概与南方并无什么差别。但是这里也有一点不同，据我的考察，北方的点心历史古，南方的历史新，古者可能还有唐宋遗制，新的只是明朝中叶吧。点心铺招牌上有常用的两句话，我想借来用在这里，似乎也还适当，北方可以称为"官礼茶食"，南方则是"嘉湖细点"。

我们这里且来作一点烦琐的考证，可以多少明白这时代的先后。

查清顾张思的《土风录》卷六，"点心"条下云：小食曰点心，见《吴曾漫录》。唐郑傪为江淮留后，家人备夫人晨馔，夫人谓其弟曰"治妆未毕，我未及餐，尔且可点心。"俄而女仆请备夫人点心，傪诟曰："适已点心，何得又请！"由此可知点心古时即是晨馔。同书又引周辉《北辕录》云："洗漱冠栉毕，点心已至。"后文说明点心中馒头馄饨包子等，可知说的是水点心，在唐朝已有此名了。茶食一名，据《土风录》云："干点心曰茶食，见宇文懋《昭金志》：'婿先期拜门，以酒撰往，酒三行，进大软脂小软脂，如中国寒具，又进蜜糕，人各一盘，曰茶食。'"《北辕录》云："金国宴南使，未行酒，先设茶筵，进茶一盏，谓之茶食。"茶食是喝茶时所吃的，与小食不同，大软脂，大抵有如蜜麻花，蜜糕则明系蜜饯之类了。从文献上看来，点心与茶食两者原有区别，性质也就不同，但是后来早已混同了。本文中也就混用，那招牌上的话也只是利用现代文句，茶食与细点作同意语看，用不着再分析了。

我初到北京来的时候，随便在饽饽铺买点东西吃，觉得不大满意，曾经埋怨过这个古都市，积聚了千年以上的文化历史，怎么没有做出些好吃的点心来。老实说，北京的大八件小八件，尽管名称不同，吃起来不免单调，正和五芳斋的前例一样，东安市场内的稻香春所做的南式茶食，并不齐备，但比起来也显得花样要多些了。过去时代，皇帝向在京里，他的享受当然是很豪华的，却也并不曾创造出什么来，北海公园内旧有"仿膳"，是前清御膳房的做法，所做小点心，看来也是平常，只是做得小巧一点而已。南方茶食中有些东西，是小时候熟悉的，在北京都没有，也就感觉不满足，例如糖类的酥糖、麻片糖、寸金糖，片类的云片糕、椒桃片、松仁片，软糕类的松子糕、枣子糕、蜜仁糕、桔红糕等。此外有缠类，如松仁缠、核桃缠，乃是在于果上包糖，算是上品茶食，其实倒并不怎么好吃。南北点心粗细不同，我早已注意到了，但这是怎么一个系统，为什么有这差异？那我也没有法子去查考，因为孤陋寡闻，而且关于点心的文献，实在也不知道有什么书籍。

但是事有凑巧，不记得是哪一年，或者什么原因了，总之见到几件北京的旧式点心，平常不大碰见，样式有点别致的，这使我忽然大悟，心想这岂不是在故乡见惯的"官礼茶食"么？故乡旧式结婚后，照例要给亲戚本家分"喜果"，一种是干果，计核桃、枣子、松子、棒子，讲究的加荔枝、桂圆。又一种是干点心，记不清它的名字。查范寅《越谚》饮食门下，记有金枣和珑缠豆两种，此外我还记得有佛手酥、菊花酥和蛋黄酥等三种。这种东西，平时不通销，店铺里也不常备，要结婚人家订购才有，样子虽然不差，但材料不大考究，即使是可以吃得的佛手酥，也总不及红绫饼或梁湖月饼，所以喜果送来，只供小孩们胡乱吃一阵，大人是不去染指的。可是这类喜果却大抵与北京的一样，而且结婚时节非得使用不可。云片糕等虽是比较要好，却是决不使用的。这是什么理由？这一类点心是中国旧有的，历代相承，使用于结婚仪式。一方面时势转变，点心上发生了新品种，然而一切仪式都是守旧的，不轻易容许改变，因此即使是送人的喜果，也有一定的规矩，要定做现今市上不通行了的物品来使用。同是一类茶食，在甲地尚在通行，在乙地已出了新的品种，只留着用于"官礼"，这便是南北点心情形不同的缘因了。

上文只说得"官礼茶食"，是旧式的点心，至今流传于北方。至于南方点心的来源，那还得另行说明。"嘉湖细点"这四个字，本是招牌和仿单上的口头禅，现在正好借用过来，说明细点的起源。因为据戊的了解，那时期当为前明中叶，而地点则是东吴西浙，嘉兴湖州正是代表地方。我没有文书上的资料，来证明那时吴中饮食丰盛奢华的情形，但以近代苏州饮食风靡南方的事情来作比，这里有点类似。明朝自永乐以来，政府虽是设在北京，但文化中心一直还是在江南一带。那里官绅富豪生活奢侈，茶食一类也就发达起来。就是水点心，在北方作为常食的，也改作得特别精美，成为以赏味为目的的闲食了。这南北两样的区别，在点心上存在得很久，这里固然有风俗习惯的关系，一时不易改变；但在"百花齐放"的今日，这至少该得有一种进受了吧。其实这区别不在于质而只是量的问题，换一句话即是做法的一点不同而已，我们前面说过，家庭的鸡蛋炸酱面与五芳斋的三鲜汤面，固然是一例。此外则有大块粗制的窝窝头，与"仿膳"的一碟十个的小窝窝头，也正是一样的变化。北京市上有一种爱窝窝，以江米煮饭捣烂（即是糍粑）为皮，中裹糖馅，如元宵大小。李光庭在《乡言解颐》中说明它的起源云：相传明世中官有嗜之者，因名御爱窝窝，今但曰爱而已。这里便是一个例证，在明清两朝里，窝窝头一件食品，便发生了两个变化了。本来常食闲食，都有一定习惯，不易轻轻更变，在各处都一样是闲食的干点心则无妨改良一点做法，做得比较精美，在人民生活水平日益提高的现在，这也未始不是切合实际的事情吧。国内各地方，都富有不少有特色的点心，就只因为地域所限，外边人不能知道，我希望将来不但有人多多报道，而且还同上产果品一样，陆续输到外边来，增加人民的口福。

（1956 年 7 月作，据抄稿）

（选自《知堂集外文·四九年以后》）

# 吃 菜

偶然看书讲到民间邪教的地方，总常有吃菜事魔等字样。吃菜大约就是素食，事魔是什么事呢？总是服侍什么魔王之类罢，我们知道希腊诸神到了基督教世界多转变为魔，那么魔有些原来也是有身分的，并不一定怎么邪曲，不过随便的事也本可不必，虽然光是吃菜未始不可以，而且说起来我也还有点赞成。本来草的茎叶根实只要无毒都可以吃，又因为有维他命某，不但充饥还可养生，这是普通人所熟知的，至于专门的或有宗旨的吃，那便有点儿不同，仿佛是一种主义了，现在我所想要说的就是这种吃菜主义。

吃菜主义似乎可以分作两类。第一类是道德的。这派的人并不是不吃肉，只是多吃菜，其原因大约是由于崇尚素朴清淡的生活。孔子云："饭疏食，饮水，曲肱而枕之，乐亦在其中矣。"可以说是这派的祖师。《南齐书·周颙传》云："颙清贫寡欲，终日长蔬食。文惠太子问颙菜食何味最胜，颙曰，春初早韭，秋末晚菘。"黄山谷题画菜云："不可使士大夫不知此味，不可使天下之民有此色。"——当作文章来看实在不很高明，大有帖括的意味，但如算作这派提倡咬菜根的标语却是颇得要领的。李笠翁在《闲情偶寄》卷五说：

"声音之道，丝不如竹，竹不如肉，为其渐近自然，吾谓饮食之道，脍不如肉，肉不如蔬，亦以其渐近自然也。草衣木食，上古之风，人能疏远肥腻，食蔬蕨而甘之，腹中菜园不使羊来踏破，是犹作羲皇之民，鼓唐虞之腹，与崇尚古玩同一致也。所怪于世者，弃美名不居，而故异端其说，谓佛法如是，是则谬矣。吾辑《饮馔》一卷，后肉食而首蔬菜，一以崇俭，一以复古，至重宰割而惜生命，又其念兹在兹而不忍或忘者矣。"笠翁照例有他的妙语，这里也是如此，说得很是清脆，虽然照文化史上讲来吃肉该在吃菜之先，不过笠翁不及知道，而且他又那里会来斤斤的考究这些事情呢。

吃菜主义之二是宗教的，普通多是根据佛法，即笠翁所谓异端其说者也。我觉得这两类显有不同之点，其一吃菜只是吃菜，其二吃菜乃是不食肉，笠翁上文说得蛮好，而下面所说念兹在兹的却又混到这边来，不免与佛法发生纠葛了。小乘律有杀戒而不戒食肉，盖杀生而食已在戒中，唯自死鸟残等肉仍在不禁之列，至大乘律始明定食肉戒，如《梵网经》菩萨戒中所举，其辞曰：

"若佛子故食肉，一切众生肉不得食：夫食肉者断大慈悲佛性种子，一切众生见而舍去。是故一切菩萨不得食一切众生肉，食肉得无量罪，若故食者，犯轻垢罪。"贤首疏云："轻垢者，简前重戒，是以名轻，简异无犯，故亦名垢。又释，渎污清净行名垢，礼非重过称轻。"因为这里没有把杀生算在内，所以算是轻戒，但话虽如此，据《目连问罪报经》所说，犯突吉罗众学戒罪，如四天王寿，五百岁堕泥犁中，于人间数九百千岁，此堕等活地狱，人间五十年为天一昼夜，可见还是不得了也。

我读《旧约·利未记》，再看大小乘律，觉得其中所说的话要合理得多，而上边食肉戒的措辞我尤为喜欢，实在明智通达，古今莫及。《入楞伽经》所论虽然详细，但仍多为粗恶凡人说法，道世在《诸经要集》中酒肉部所述亦复如是，不要说别人了。后来讲戒杀的大抵偏重因果一端，写得较好的还是莲池的《放生文》和周安士的《万善先资》，文字还有可取，其次《好生救劫编》《卫生集》等，自邻以下更可以不论，里边的意思总都是人吃了虾米再变虾米去还吃这一套，虽然也好玩，难免是幼稚了。我以为菜食是为了不食肉，不食肉是为了不杀生，这是对的，再说为什么不杀生，那么这个解释我想还是说不欲断大慈悲佛性种子最为得体，别的总说得支离。众生有一人不得度的时候自己决不先得度，这固然是大乘菩萨的弘愿，但凡夫到了中年，往往会看轻自己的生命而尊重人家的，并不是怎么奇特的现象。难道肉体渐近老衰，精神也就与宗教接近么？未必然，这种态度有的从宗教出，有的也会从唯物论出的。或者有人疑心唯物论者一定是主张强食弱肉的，却不知道也可以成为大慈悲宗，好像是《安士全书》信者，所不同的他是本于理性，没有人吃虾米那些律例而已。

据我看来，吃菜亦复佳，但也以中庸为妙，赤米白盐绿葵紫蓼之外，偶然也不妨少进三净肉，如要讲净素已不容易，再要彻底便有碰壁的危险。《南齐书·孝义传》纪江泌事，说他"食菜不食心，以其有生意也"，觉得这件事很有风趣，但是离彻底总远呢。英国柏忒勒（Samuel Butler）所著《有何无之乡游记》（Erewhon）中第二十六七章叙述一件很妙的故事，前章题曰《动物权》，说古代有哲人主张动物的生存权，人民实行菜食，当初许可吃牛乳鸡蛋，后来觉得挤牛乳有损于小牛，鸡蛋也是一条可能的生命，所以都禁了，但陈鸡蛋还勉强可以使用，只要经过检查，证明确已陈年臭坏了，贴上一张"三个月以前所生"的查票，就可发卖。次章题曰《植物权》，已是六七百年过后的事了，那时又出了一个哲学家，他用实验证明植物也同动物一样的有生命，所以也不能吃，据他的意思，人可以吃的只有那些自死的植物，例如落在地上将要腐烂的果子，或在深秋变黄了的菜叶。他说只有这些同样的废物人们可以吃了于心无愧。"即使如此，吃的人还应该把所吃的苹果或梨的核、杏核、樱桃核及其他，都种在土里，不然他就将犯了堕胎之罪。至于五谷，据他说那是全然不成，因为每颗谷都有一个灵魂像人一样，他也自有其同样的要求安全之权利。"结果是大家不能不承认他的理论，但是又苦于难以实行，逼得没法了便索性开了荤，仍旧吃起猪排牛排来了。这是讽刺小说的话，我们不必认真，然而天下事却也有偶然暗合的，如《文殊师利问经》云：

"若为己杀，不得啖。若肉林中已自腐烂，欲食得食。若欲啖肉者，当说此咒：如是，无我无我，无寿命无寿命，失失，烧烧，破破，有为，除杀去。此咒三说，乃得啖肉，饭亦不食。何以故？若思唯饭不应食，何况当啖肉。"这个吃肉林中腐肉的办法岂不与陈鸡蛋很相像，那么烂果子黄菜叶也并不一定是无理，实在也只是比不食菜心更彻底一点罢了。

二十年十一月十八日，于北平

（《看云集》）

# 关于送灶

翻阅历书，看出今天已是旧历癸未十二月二十三日，便想起祭灶的事来。案明冯应京《月令广义》云：

"燕俗，图灶神镂于木，以纸印之，曰灶马，士民竞鬻，以腊月二十四日焚之，为送灶上天。别具小糖饼奉灶君，具黑豆寸草为秣马具，合家少长罗拜，祝曰，辛甘臭辣，灶君莫言。至次年元旦，又具如前，为迎灶。"刘侗《帝京景物略》云：

"二十四日以糖剂饼黍糕枣栗胡桃炒豆祀灶君，以槽草秣灶君马。谓灶君翌日朝天去，白家间一岁事，祝曰，好多说，不好少说。记称灶老妇之祭，今男子祭，禁不令妇女见之。祀余糖果，禁幼女不得令啖，曰，啖灶余则食肥腻时口圈黑也。"《日下旧闻考》案语乃云：

"京师居民祀灶犹仍旧俗，禁妇女主祭，家无男子，或迎邻里代焉。其祀期用二十三日，唯南省客户则用二十四日，如刘侗所称焉。"敦崇《燕京岁时记》云：

"二十三日祭灶，古用黄羊，近闻内廷尚用之，民间不见用也。民间祭灶唯用南糖关东糖糖饼及清水草豆而已，糖者所以祀神也，清水草豆者所以祀神马也。祭毕之后，将神像揭下，与千张元宝等一并焚之，至除夕接神时再行供奉。是日鞭炮极多，俗谓之小年下。"震

120

钩《天咫偶闻》，让廉《京都风俗志》均云二十三日送灶，唯《志》又云，祭时男子先拜，妇女次之，则似女不祭灶之禁已不实行矣。

南省的送灶风俗，顾禄《清嘉录》所记最为详明，可作为代表，其文云：

"俗呼腊月二十四夜为念四夜，是夜送灶，谓之送灶界。比户以胶牙饧祀之，俗称糖元宝，又以米粉裹豆沙馅为饵，名曰谢灶团。祭时妇女不得预。先期僧尼分贻檀越灶经，至是填写姓氏，焚化禳灾，篝灯载灶马，穿竹箸作杠，为灶神之轿，舁神上天，焚送门外，火光如昼，拨灰中篝盘未烬者还纳灶中，谓之接元宝。稻草寸断，和青豆为神秣马具，撒屋顶，俗呼马料豆，以其余食之眼亮。"这里最特别的有神轿，与北京不同，所谓篝灯即是善富，同书云：

"厨下灯檠，乡人削竹成之，俗名灯挂。买必以双，相传灯盘底之凹者为雌，凸者为雄。居人既买新者，则以旧灯糊红纸，供送灶之用，谓之善富。"《武林新年杂咏》中有《善富灯》一题，小序云：

"以竹为之，旧避灯盏盏字音，锡名燃釜，后又为吉号曰善富。买必取双，俗以环柄微裂者为雌善富，否者为公善富。腊月送灶司，则取旧灯载印马，穿细薪作杠，举火望燎曰，灶司乘轿上天矣。"越中亦竹灯檠为轿，名曰各富，虽名义未详，但可知燃釜之解释殆不可凭。各富状如小儿所坐高椅，高约六七寸，背半圆形即上文所云环柄，以便挂于壁间，故有灯挂之名。中间有灯盘，以竹连节如杯盏处劈取其半，横穿斜置，以受灯盏之油滴，盏用瓦制者，置檠上，与锡瓦灯台相同。小时候尚见菜油灯，唯已不用竹灯檠，故各富须于年末买新者用之，亦不闻有雌雄之说，但拾篝盘余烬纳灶中，此俗尚存，至日期乃为二十三日，又男女以次礼拜，均与吴中殊异。俗传二十三日平民送灶，堕贫则用二十四日，堕贫者越中贱民，民国后虽无此禁，仍不与齐民伍，但亦不知究竟真是二十四日否也。厉秀芳《真州竹枝词引》云：

"二十三四日送灶，卫籍与民籍分两日，俗所谓军三民四也。"
无名氏《韵轩鹤杂著》卷下有《书茶膏阿五事》一篇，记阿五在元妙观前所谈，其一则云：

"一日者余偶至观，见环而集者数十百人，寂寂如听号令。膏忽大言曰，有人戏嘲其友曰，闻君家以腊月廿五祀灶，有之乎？友曰，有之，先祖本用廿七，先父用廿六，及仆始用廿五，儿辈已用廿四，孙辈将用廿三矣。闻者绝倒。余心惊之，盖因俗有官三民四，乌龟廿五之说也。"杂著笔谈各二卷，总名《皆大欢喜》，道光元年刊行，盖与顾铁卿之《清嘉录》差不多正是同时代也。

送灶所供食物，据记录似均系糖果素食，越中则用特鸡，虽然八月初三灶司生日以蔬食作供，又每月朔望设祭亦多不用荤，不知于祖饯时以如此盛设，岂亦是不好少说之意耶。祭毕，仆人摘取鸡舌，并马料豆同撒厨屋之上，谓来年可无口舌。顾张思《土风录》卷一祀灶下引《白虎通》云，祭灶以鸡，又东坡《纵笔》云，明日东家应祭灶，只鸡斗酒定燔吾。似古时用鸡极为普通，又范石湖《祭灶》云，猪头烂肉双鱼鲜，则更益丰盛矣。灶君像多用木刻墨印，五彩著色，大家则用红纸销金，如《新年杂咏注》所云者，灶君之外尚列多人，盖其眷属也。《通俗编》引《五经通义》谓灶神姓苏，名吉列，或云姓张，名单，字子郭，其妇姓王，名博颊，字卿忌。《酉阳杂俎》谓神名隗，一字壤子，有六女，皆名察洽。此种调查不知从何处得来，但姑妄听之，亦尚有趣，若必信其姓张而不姓苏，大有与之联宗之意，则未免近于村学究，自可不必耳。

关于灶的形式，最早的自然只有明器可考，如罗氏《明器图录》，滨田氏《古明器图说》所载，都是汉代的作品，大抵是长方形，上有二釜，一头生火，对面出烟，看这情形似乎别无可以供奉灶君的地方。

现今在北京所看见的灶虽多是一两面靠墙，可是也无神座，至多墙上可以贴神马，罗列祭具的地位却还是没有。越中的灶较为复杂，恰好在汪辉祖《善俗书》中有一节说得很得要领，可以借抄。这是汪氏任湖南宁远知县时所作，其第四十二则曰《用鼎锅不如设灶》，有小引云，宁俗家不设灶，一切饮食皆悬鼎锅以炊，饭熟另鼎煮菜，兄弟多者娶妇则授以鼎锅，听其别炊。文中劝人废鼎用灶，记造灶之法云：

"余家于越，炊爨以柴以草，宁远亦然，是越灶之法宁邑可通也。越中居人皆有灶舍，其灶约高二尺五六寸，宽二尺余，长六尺八尺不等。灶面著墙处，墙中留一小孔，以泄洗碗洗灶之水。设灶口三，安锅三口，小锅径宽一尺四寸，中锅径宽一尺六寸或一尺八寸，大锅径宽二尺或二尺二寸。于两锅相隔处旁留一孔，安砂锅一曰汤罐，三锅灶可按两汤罐，中人之家大概只用两锅灶。尺四之锅容米三升，如止食十余人，则尺六尺八一锅已足。锅用木盖，约高二尺，上狭下广。入米于锅，米上余水二三指，水干则饭熟矣。以薄竹编架，横置水面，肉汤菜饮之类，皆可蒸于架上，一架不足，则碗上再添一架，下架蒸生物，上架温熟物，饭熟之后稍延片时，揭盖则生者熟，熟者温，饭与菜俱可吃，而汤罐之水可供洗涤之用，便莫甚焉。锅之外置石板一条，上砌砖块，曰灶梁，约高二尺余，宽一尺余，著墙处可奉灶神，余置碗盘等物。梁下为灶门，灶门之外拦以石条，曰灰床，饭熟则出灰于床，将满则迁之他处。灶神之后墙上盘砖为突，高于屋檐尺许，虚其中以出烟，曰烟惣，惣之半留一砖，可以启闭，积烟成煤，则启砖而扫去之，以防火患，法亦慎密。"这里说奉灶神处似可稍为补充，云靠墙为烟突，就烟突与灶梁上边平面成直角处作小舍，为灶王殿，高尺许，削砖为柱，半瓦作屋檐而已。舍前平面约高与人齐，即用作供几，又一段稍低，则置烛台香炉，右侧向锅处中虚，如汪君言可置盘碗，左侧石板上悬，引烟入突，下即灰床，李光庭《乡言解颐》卷四庖厨十事之一为煤炉，小引云：

　　"乡用柴灶，京用煤灶。煤灶曰炉台，柴灶曰锅台，距地不及二尺，烹饪者须屈身，故久于厨役有致驼背者，今亦为小高灶，然终不若煤炉之便捷也。"李氏宝坻县人，所言足以代表北方情状，主张鼎烹，与汪氏之大锅饭菜异。大抵二者各有所宜，大灶唯大家庭合用，越中小户单门亦只以风炉扛灶供烹饪，不悉用双眼灶也。

民国三十三年一月十八日，在北京所写

（《立春之前》）

# 关于祭神迎会

　　柳田国男氏所著《日本之祭》（译名未妥）是这一方面很有权威的书，久想一读，可是得来了很久，已有三个多月，才得有功夫通读一过，自己觉得是可喜的事。但是我虽然极看重日本民族的宗教性，极想在民间的祭祀上领会一点意义，而对于此道自己知道是整个的门槛外人，所以这回也不是例外，除了知悉好些事情之外关于祭的奥义实在未能理解多少。我只简单的感到几点与中国特别殊异，觉得颇有意思。其一，日本祭神总须立一高竿，以为神所凭依降临之具，这在中国是没有的，据说满洲祀神典礼有神竿，或者有点相像。日本佛教一样的尊崇图像，而神道则无像设，神社中所有神体大抵是一镜或木石及其他，非奉祀神官不得见知。中国宗教不论神佛皆有像，其状如人，有希腊之风，与不拜偶像之犹太教系异，亦无神体之观念，所拜有木石之神，唯其像则仍是人形也。其二，祭字在日本据云原意是奉侍，故其事不止供奉食品，尤重在陪食分享，在中国似亦无此意义。盖日本宗教，求与神接近，以至灵气凭降，神人交融，而中国则务敬鬼神而远之，至少亦敬而不亲，以世间事为譬，神在日本于人犹祖祢，在中国则官长也。日本俗称死者曰佛，又人死后若干年则祀为神，中国死人乃成罪犯，有解差押送，土地城隍等于州县，岳庙为皋司或刑部，死后生活黯淡极矣。二者历史不同，国体尤不同，其殊异随处可见，于此亦极显然也。日本神社祭赛，在都市间亦只是祭祀，演神乐，社内商贩毕集，如北京之庙会，乡间则更有神舆出巡，其势甚汹涌，最为特别。在本国内，亦稍见闻民间的迎神赛会，粗野者常有之，不甚骇异，唯见日本迎神舆者辄不禁悚惧，有与异文化直接之感，鄙人固素抱有宗教之恐怖，唯超理性的宗教情绪在日本特为旺盛，与中国殊异，此亦正是事实，即为鄙见所根据者也。

中国民间对于鬼神的迷信，或者比日本要更多，且更离奇，但是其意义大都是世间的，这如结果终出于利害打算，则其所根据仍是理性，其与人事相异只在于对象不同耳。大抵民众安于现世，无成神作佛的大愿，即顷刻间神灵附体，得神秘的经验，亦无此希求，宗教行事的目的非为求福则是免祸而已。神学神话常言昔时神人同居，后以事故天地隔绝，交通遂断，言语亦不能相通，唯有一二得神宠幸者，如巫觋若狂人，尚能降神或与相接，传授神意于人间耳。在中国正是道地如此，其神人隔绝殆已完遂，平时祭赛盖等于人世应酬，礼不可缺，非有病苦危急不致祈请，所用又多是间接方法，如圣筊籤经，至直接的烦巫师跳神，在北方固常有之，则是出于萨门教，或是满洲朝鲜西伯利亚的流派，亦未可知。据个人的见闻经验，就故乡绍兴地方祭神迎会的情形，稍为记述，用作实例，可以见民间敬神习俗之一斑，持与日本相校，其间异同之迹盖显然可见矣。

外国祭神大抵都在神社，中国则有在庙里的，也有在家里的，如灶神不必说了，岁末的祝福元旦的祀南朝圣众，祭火神用绿蜡烛，祭疫神用豆腐一作，称豆腐菩萨，皆是。外国敬神用礼拜赞颂，以至香花灯烛，中国则必有酒肉供品。平常祭神用方桌木纹必须横列，谚曰，横神直祖，香烛之外设三茶六酒，豆腐与盐各一碟，三牲为鸡鹅均整个，猪肉一方，乡人或用猪头，熟而荐之，上插竹筷数双，又鸡血一碗，亦蒸熟者。主人从桌后再拜，焚金银纸元宝，燃双响爆竹十枚送神如仪。这好像是在家里请客，若往庙去祭，有如携樽就教，设备未免要简单一点了，大抵是茶酒盐腐从略：三牲合装在大木盘里，鸡血与脏物仍旧，反正这也可以放在盘内的。绍兴神届祭祀最盛者，当推东岳，府县城隍，潮神张老相公，但是以我的经验比较的记忆最深的乃是别的两处，一是大桶盘湖边的九天玄女，一是南镇的会稽山神。老百姓到这两处祭祀的理由为何，我不知道，大约也还是求福罢，总之据我所亲见，那里致祭的人确实不少。这事情大约已在三四十年以前，但印象还很深刻明了，站在南镇内殿的廊下，看见殿内黑压压的一屋的人，真是无容膝之地，只要有这一点隙地，人就俯伏膜拜，红烛一封封的递上去，庙祝来不及点，至多也只焦一焦头而已。院子里人山人海，但见有满装鸡与肉的红白大木盘高举在顶上，在人丛中移动，或进或出，络绎不绝。大小爆竹夹杂燃放，如霹雳齐发，震耳成聋，人声嘈杂，反不得闻。虽然没有像《陶庵梦忆》记陶堰司徒庙上元设供，水物陆物，非时非地，那么奢华，却也够得上说丰富，假如那种馈赠送移在活人官绅家，也够说是苞苴公行，骇人听闻了。这虽是一句玩笑话，即此可见人民对于神明供奉还是全用世间法，这在外国宗教上不多见，或者与古希腊多神教相比，差相似耳。

诸神照例定期出巡，大约以夏秋间为多，名曰迎会，出巡者普通是东岳、城隍、张老相公，但有时也有佛教方面的，如观音菩萨。据《梦忆》卷四记枫桥杨神庙九月迎台阁，似在明季十分的热闹，但我所见是三百年后的事情，已经很简单了，特别是在城里。迎会之日，先挨家分神马，午后各铺户于门口设香烛以俟。会伙最先为开道的锣与头牌，次为高照即大蠹，高可二三丈，用绸缎刺绣，中贯大猫竹，一人持之行，四周有多人拉纤或执叉随护，重量当有百余斤，而持者自若，时或游戏，放着肩际以至鼻上，称为嬉高照。有黄伞制亦极华丽，不必尽是

127

黄色，但世俗如此称呼，此与高照同，无定数，以多为贵。次有音乐队，名曰大敲棚，木棚雕镂如床，上有顶，四周有帘幔，棚内四角有人舁以行，乐人在内亦且走且奏乐，乐器均缚置棚中也。昔时有马上十番，则未之见。有高跷，略与他处相同，所扮有滚凳，活捉张三，皆可笑，又有送夜头一场，一人持笼筛，上列烛台酒饭碗，无常鬼随之。无常鬼有二人，一即活无常，白衣高冠，草鞋持破芭蕉扇；一即死有分，如《玉历钞传》所记，民间则称之曰死无常，读如国音之喜无上。活无常这里乃有家属，其一曰活无常嫂嫂，白衣敷脂粉，为一年轻女人；其二曰阿领，云是拖油瓶也，即再醮妇前夫之子，而其衣服容貌乃与活无常一律，但年岁小耳。此一行即不在街心演作追逐，只迤逦走过，亦令观者不禁失笑，老百姓之诙谐亦正于此可见。台阁饰小儿女扮戏曲故事，或坐或立，抬之而行，又有骑马上者，儿时仿佛听说叫塘报，却已记忆不真，《梦忆》记杨神庙台阁一则中有云：

"十年前迎台阁，台阁而已，自骆氏兄弟主之，扮马上故事二三十骑，扮传奇一本，年年换，三日亦三换之。其人与传奇中人必酷肖方用，全在未扮时，一指点为某似某，非人人绝倒者不之用。"

似骑者亦即是台阁，又其时皆以成人扮演，后来则只用少年男女，大抵多是吏胥及商家，各以衣服装饰相炫耀，世家旧族不肯为也。若出巡者为东岳或城隍，乃有扮犯人者，范寅《越谚》云："《梦梁录》，答赛带枷锁，是也，越赛张大明王最久而盛。"则似张老相公出巡时亦有之，不知何意，岂民间以为凡神均管理犯罪事那。随后是提炉队，多人著吏服提香炉、焚檀香，神像即继至，坐显轿，从者擎遮阳掌扇，两旁有人随行，以大鹅毛扇为神招风。神像过时，妇孺皆膜拜，老妪或念诵祈祷，余人但平视而已。其后有人复收神马去，殆将聚而焚送，至此而迎会之事毕矣。

以上所述是城里的事，若在水乡情形稍有不同，盖多叉港又路狭，神轿不能行走，会伙遂亦不能不有所改变，台阁等等多废置，唯着重于划龙船一事。《越谚》云：

"划龙船始于吴王夫差与西施为水戏，继吊屈原为竞渡，隋炀帝画而不雕，与此异。《元典章》云，撑掉龙船，江淮闽广江西皆有此戏，合移各路禁治。然皆上巳端午而已，越则赛会辄划，暮春下浣陡亹安昌东浦各市，四月初六青田湖，六月初七章家弄桥，十四五六等日吴融小库皇甫庄等村，年共三十余会，不胜书。船头则昂竖龙首项，尾撅在舵上，金鳞彩旗锣鼓，扮故事。"这是记绍兴划龙船的很好的资料，鄙人不曾到过龙船上，只是小时候远远的看，所以不能比范君讲得更详细，实在大家对于龙船的兴味也就如此而已，我们所觉得更为有趣的乃别有在，这便是所谓泥鳅龙船是也。此船长可二丈，宽约二尺许，船首作龙头，末一人把舵，十余人执楫划船，船行如驶，泥鳅云者谓其形细长而行速也。行至河中水深处，辄故意倾侧，船立颠覆，划者在船下泅泳，推船前进，久之始复翻船戽水，登而划船如故。龙舟庄重华丽，泥鳅龙船剽悍洒脱，有丑角之风，更能得观众之欢喜，村中少年皆善游水，亦得于此大显其身手焉。神像坐一大船中，外有彩棚，大率用摇橹者四五人，船首二人执竹篙矗立。每巡行至一村，村中临河搭台演戏以娱神，神船向台蓦进，距河岸约一二尺，咄嗟间二篙齐下，巨舟即稳定，不动分寸，此殆非有数百斤力者不办，语云：南人使船如马，正可以此为例，执篙者得心应手，想亦必感到一乐也。未几神船复徐徐离岸，向别村而去。鄙人所见已是三十余年前事，近来如何所不能知；唯根据自己的见闻，在昔时有如此情形，则固十分的确，即今亦可保证其并无诳语在中者也。

看上文所记祭神迎会的习俗，可以明了中国民众对神明的态度，这或可以说礼有余而情不足的。本来礼是一种节制，要使得其间有些间隔有点距离，以免任情恣意而动作，原是儒家的精意所谓敬鬼神而远之，亦即是以礼相待，这里便自不会亲密，非址故意疏远，有如郑重设宴，揖让而饮，自不能如酒徒轰笑，勾肩捋鼻，以示狎习也。中国人民之于鬼神正以官长相待，供张迎送，尽其恭敬，终各别去，洒然无复关系，故祭祀迎赛之事亦只是一种礼节，与别国的宗教仪式盖迥不相同。故柳田国男氏在《祭礼与世间》第七节中所记云：

"我幸而本来是个村童，有过在祭日等待神舆过来那种旧时感情的经验。有时候便听人说，今年不知怎的御神舆是特别的发野呀。这时候便会有这种情形，仪仗早已到了十字路口了，可是神舆老是不见，等到看见了也并不一直就来，总是左倾右侧，抬着的壮丁的光腿忽而变成 Y 字，忽而变成 X 字，又忽而变成 W 字，还有所谓举起的，常常尽两手的高度将神舆高高的举上去。"这类事情在中国神像出巡的时候是绝没有的。日本国民富于宗教心，祭礼正是宗教仪式，而中国人是人间主义者，以为神亦是为人生而存在者，此二者之间正有不易渡越的壕堑。了解别国固是大难，而自己的事须要先弄清楚的亦复不少，兵荒马乱中虽似非急务，但如得有人注意，少少加以究明，亦为有益，未始不可为相互之福也。

民国癸未七月三十日

（《药堂杂文》）

# 谜　语

民间歌谣中有一种谜语，用韵语隐射事物，儿童以及乡民多喜互猜，以角胜负。近人著《棣萼室谈虎》曾有说及云："童时喜以用物为谜，因其浅近易猜，而村妪牧竖恒有传述之作，互相夸炫，词虽鄙俚，亦间有足取者。"但他也未曾将它们著录。故人陈懋棠君为小学教师，在八年前，曾为我抄集越中小儿所说的谜语，共百七十余则；近来又见常维钧君所辑的北京谜语，有四百则以上，要算是最大的搜集了。

谜语之中，除寻常事物谜之外，还有字谜与难问等，也是同一种类。他们在文艺上是属于赋（叙事诗）的一类，因为叙事咏物说理原是赋的三方面，但是原始的制作，常具有丰富的想象，新鲜的感觉，醇璞而奇妙的联想与滑稽，所以多含诗的趣味，与后来文人的灯谜专以纤巧与双关及暗射见长者不同：谜语是原始的诗，灯谜却只是文章工场里的细工罢了。在儿童教育上谜语也有其相当的价值，一九一三年我在地方杂志上做过一篇《儿歌之研究》，关于谜语曾说过这几句话："谜语体物入微，情思奇巧，幼儿知识初启，考索推寻，足以开发其心思。且所述皆习见事物，象形疏状，深切著明，在幼稚时代，不啻一部天物志疏，言其效用，殆可比于近世所提倡之自然研究欤？"

在现代各国，谜语不过作为老妪小儿消遣之用，但在古代原始社会里却更有重大的意义。说到谜语，大抵最先想起的，便是希腊神话里的肿足王（Oidipos）的故事。人头狮身的斯芬克思（Sphinx）伏在路旁，叫路过的人猜谜，猜不着者便被他弄死。他的谜是"早晨用四只脚，中午两只脚，傍晚三只脚走的是什么？"肿足王答说这是一个人，因为幼时匍匐，老年用拐杖。斯芬克思见谜被猜着，便投身岩下把自己碰死了。《旧约》里也有两件事，参孙的谜被猜出而失败（《士师记》），所罗门王能答示巴女王的问，得到赞美与厚赠（《列王纪》上）。其次在伊思阑古书《呃达》里有两篇诗，说伐夫忒路特尼耳（Vafthrudnir）给阿廷（Odin）大神猜谜，都被猜破，因此为他所克服，又亚耳微思（Alvifg）因为猜不出妥耳（Thorr）的谜，也就失败，不能得妥耳的女儿为妻。在别一篇传说里，亚斯劳格（Aslaug）受王的试验，叫她到他那里去，须是穿衣而仍是裸体，带着同伴却仍是单身，吃了却仍是空肚；她便散发覆体，牵着狗，嚼着一片蒜叶，到王那里，遂被赏识，立为王后：这正与上边的两件相反，是因为有解答难题的智慧而成功的例。

英国的民间叙事歌中间，也有许多谜歌及抗答歌（Flytings）。《猜谜的武士》里的季女因为能够解答比海更深的是什么，所以为武士所选取。别一篇说死人重来，叫他的恋人同去，或者能做几件难事，可以放免。他叫她去从地洞里取火，从石头绞出水，从没有婴孩的处女的胸前挤出乳汁来；她用火石开火，握冰柱使融化，又折断蒲公英挤出白汁，总算完成了她的工作。《妖精武士》里的主人公设了若干难问，却被女人提出更难的题目，反被克服，只能放她自由，独自逃回地下去了。

中国古史上曾说齐威王之时喜隐，淳于髡说之以隐（《史记》），又齐无盐女亦以隐见宣王（《新序》），可以算是谜语成功的记录。小说戏剧中这类的例也常遇见，如《今古奇观》里的《李谪仙醉草吓蛮书》，那是解答难题的变相。朝鲜传说，在新罗时代（中国唐代）

中国将一只白玉箱送去，叫他们猜箱中是什么东西，借此试探国人的能力。崔致远写了一首诗作答云："团团玉函里，半玉半黄金。夜夜知时鸟，含精未吐音。"箱中本来是个鸡卵，中途孵化，却已经死了（据三轮环编《传说之朝鲜》）。难题已被解答，中国知道朝鲜还有人才，自然便不去想侵略朝鲜了。

以上所引故事，都足以证明在人间意识上的谜语的重要，谜语解答的能否，于个人有极大的关系，生命自由与幸福之存亡往往因此而定。这奇异的事情却并非偶然的类似，其中颇有意义可以寻讨。据英国贝林戈尔特（Baring-Gould）在《奇异的遗迹》中的研究，在有史前的社会里谜语大约是一种智力测量的标准，裁判人的运命的指针。古人及野蛮部落都是实行择种留良的，他们见有残废衰弱不适于人生战斗的儿童，大抵都弃舍了；这虽然是专以体质的根据，但我们推想或者也有以智力为根据的。谜语有左右人的运命的能力，可以说即是这件事的反影。这样的脑力的决斗，事实上还有正面的证明，据说十三世纪初德国曾经行过歌人的竞技，其败于猜谜答歌的人即执行死刑，十四世纪中有《华忒堡之战》（Kries von Wartburg）一诗纪其事。贝林戈尔特说："基督教的武士与夫人们能够（冷淡的）看着性命交关的比武，而且基督教的武士与夫人们在十四世纪对于不能解答谜语的人应当把他的颈子去受刽子手的刀的事，并不觉得什么奇怪。这样的思想状态，只能认作古代的一种遗迹，才可以讲得过去——在那时候，人要生活在同类中间，须是证明他具有智力上的以及体质上的资格。"这虽然只是假说，但颇能说明许多关于谜语的疑问，于我们涉猎或采集歌谣的人也可以作参考之用，至于各国文人的谜原是游戏之作，当然在这个问题以外了。

（《自己的园地》）

# 玩 具

一九一一年德国特勒思登地方开博览会，日本陈列的玩具一部分，凡古来流传者六十九，新出者九，共七十八件，在当时颇受赏识，后来由京都的芸草堂用着色木板印成图谱，名《日本玩具集》，虽然不及清水晴风的《稚子之友》的完美，但也尽足使人怡悦了。玩具本来是儿童本位的，是儿童在"自然"这学校里所用的教科书与用具，在教育家很有客观研究的价值，但在我们平常人也觉得很有趣味，这可以称作玩具之骨董的趣味。

大抵玩骨董的人，有两种特别注重之点，一是古旧，二是希奇。这不是正当的态度，因为他所重的是骨董本身以外的事情，正如注意于恋人的门第产业而忘却人物的本体一样。所以真是玩骨董的人是爱那骨董本身，那不值钱，没有用，极平凡的东西。收藏家与考订家以外还有一种赏鉴家的态度，超越功利问题，只凭了趣味的判断，寻求享乐，这才是我所说的骨董家，其所以与艺术家不同者，只在没有那样深厚的知识罢了。他爱艺术品，爱历史遗物，民间工艺，以及玩具之类，或自然物如木叶贝壳亦无不爱。这些人称作骨董家，或者还不如称之曰好事家（Dilettante）更为适切：这个名称虽然似乎不很尊重，但我觉得这种态度是很好的，在这博大的沙漠似的中国至少是必要的，因为仙人掌似的外粗厉而内腴润的生活是我们唯一的路，即使近于现在为世诟病的隐逸。

　　玩具是做给小孩玩的，然而大人也未始不可以玩；玩具是为小孩而做的，但因此也可以看出大人们的思想。我们知道很有许多爱玩具的大人。我常听祖父说唐家的姑丈在书桌上摆着几尊"烂泥菩萨"，还有一碟"夜糖"（一名圆眼糖，形似龙眼故名），叫儿子们念书十（？）遍可吃一颗，但小孩迫不及待，往往偷偷的拿起舐一下，重复放在碟子里。这唐家的老头子相貌奇古，大家替他起有一个可笑的诨名，但我听了这段故事，觉得他虽然可笑也是颇可爱的。法兰西（France）的极有趣味的文集里，有一篇批评比国勒蒙尼尔所著《玩具的喜剧》的文章，他说："我今天发见他时常拿了儿童的玩具娱乐自己，这个趣味引起我对于他的新的同情。我是他的赞成者，因为他的那玩具之诗的解释，又因为他有那神秘的意味。"后来又说，一个小孩在桌上排列他的铅兵，与学者在博物馆整理雕像，没有什么大差异。"两者的原理正是一样的。抓住了他的玩具的顽童，便是一个审美家了。"我们如能对于一件玩具，正如对着雕像或别的美术品一样，发起一种近于那顽童所有的心情，我们内面的生活便可以丰富许多，孝子传里的老莱子彩衣弄雏，要是非不为着娱亲，我相信是最可羡慕的生活了！

　　日本现代的玩具，据那集上所录，也并不贫弱，但天沼匏村在《玩具之话》第二章中很表示不满说："实在，日本人对于玩具颇是冷淡。极言之，便是被说对于儿童漠不关心，也没有法子。第一是看不起玩具。即在批评事物的时候，常说，这是什么，像玩具似的东西！又常常说，本来又不是小孩，（为甚玩这样的东西）。"我回过来看中国，却又怎样呢？虽然老莱子弄雏，《帝城景物略》说及陀螺空钟，《宾退录》引路德延的《孩儿诗》五十韵，有"折竹装泥燕，添丝放纸鸢"等语，可以作玩具的史实的资料，但就实际说来，不能不说是更贫弱了。据个人的回忆，我在儿时不曾弄过什么好的玩具，至少也没有中意的东西，留下较深的印象。北京要算是比较的最能做玩具的地方，但真是固有而且略好的东西也极少见。我在庙会上见有泥及铅制的食器什物颇是精美，其余只有空钟（与《景物略》中所说不同）等还可玩弄，想要凑足十件便很不容易了。中国缺少各种人形玩具，这是第一可惜的事。在国语里几乎没有这个名词，南方的"洋囡囡"同洋灯洋火一样的不适用。须勒格耳博士说东亚的人形玩具，始于荷兰的输入，这在中国大约是确实的：即此一事，尽足证明中国对于玩具的冷淡了。玩具虽不限于人形，但总以人形为大宗，这个损失决不是很微小的，在教育家固然应大加慨叹，便是我们好事家也觉得很是失望。

（《自己的园地》）

# 谈"目连戏"

　　吾乡有一种民众戏剧，名"目连戏"，或称曰"目连救母"。每到夏天，城坊乡村醵资演戏，以敬鬼神，禳灾厉，并以自娱乐。所演之戏有徽班，乱弹高调等本地班；有"大戏"，有目连戏。末后一种为纯民众的，所演只有一出戏，即"目连救母"，所用言语系道地土话，所着服装皆极简陋陈旧，故俗称衣冠不整为"目连行头"；演戏的人皆非职业的优伶，大抵系水村的农夫，也有木工瓦匠舟子轿夫之流混杂其中，临时组织成班，到了秋风起时，便即解散，各做自己的事去了。

　　十六弟子之一的大目犍连在民间通称云富萝卜，据《翻译名义集》目犍连："《净名疏》云，《文殊问经》翻'莱茯根'，父母好食，以标子名。"可见乡下人的话也有典据，不可轻侮。富萝卜的母亲说是姓刘，所以称作"刘氏"。刘氏不信佛法，用狗肉馒首斋僧，死时被五管锐叉擒去，落了地狱，后来经目连用尽法力，才把她救出来，这本戏也就完结。计自傍晚做起，直到次日天明，虽然夏夜很短，也有八九小时，所做的便是这一件事；除首尾以外，其中十分七八，却是演一场场的滑稽事情，算是目连一路的所见，看众所最感兴味者恐怕也是这一部分。乡间的人常喜讲"舛辞"（俗云 eengwo）及"冷语"（Soongwo），可以说是"目连趣味"的余流。

这些场面中有名的，有"背疯妇"，一人扮面如女子，胸前别着一老人头，饰为老翁背其病媳而行。有"泥水作打墙"，瓦匠终于把自己封进墙里去。有"□□挑水"，诉说道：

"当初说好的是十六文一担，后来不知怎样一弄，变成了一文十六担。"所以挑了一天只有三文钱的工资。有"张蛮打爹"，张蛮的爹被打，对众说道：

"从前我们打爹的时候，爹逃了就算了。现在呢，爹逃了还是追着要打！"这正是常见的"世道衰微，人心不古"两句话的最妙的通俗解释。又有人走进富室厅堂里，见所挂堂幅高声念道，

> 太阳出起红溯溯，
> 新妇淳浴公来张。
> 公公唉，觎来张：
> 婆婆也有哼，
> ( Thaayang tseuchir wungbarngbang,
> Hsingvur huuyoh kong letzang；
>  "Kongkong yhe， forng letzang；
> Borbo yar yur hang！")
> 唔，"唐伯虎题"！高雅，高雅！

这些滑稽当然不很"高雅"，然而多是壮健的，与士流之扭捏的不同，这可以说是民众的滑稽趣味的特色。我们如从头至尾的看目连戏一遍，可以了解不少的民间趣味和思想，这虽然是原始的为多，但实在是国民性的一斑，在我们的趣味思想上并不是绝无关系，所以我们知道一点也很有益处。

还有一层，我所知道的范围以内，这是中国现存的唯一的宗教剧。

因为目连戏的使人喜看的地方虽是其中的许多滑稽的场面，全本的目的却显然是在表扬佛法，仔细想起来说是水陆道场或道士的"炼度"的一种戏剧化也不为过。我们不知道在印度有无这种戏剧的宗教仪式，或者是在中国发生的国货，也未可知，总之不愧为宗教剧之一样，是很可注意的。滑稽分子的喧宾夺主，原是自然的趋势，正如外国间剧（Interlude）狂言（Kyogen）的发生一样，也如僧道作法事时之唱生旦小戏同一情形吧。

可惜我十四岁时离开故乡，最近看见目连戏也已在二十年前，而且又只看了一小部分，所以记忆不清了。倘有笃志的学会，应该趁此刻旧风俗还未消灭的时期，资遣熟悉情形的人去调查一回，把脚本纪录下来，于学术方面当不无裨益。英国莆来则（Frazer）博士竭力提倡研究野蛮生活，以为南北极探险等还可稍缓，因为那里的冰反正不见得就会融化。中国的蒙藏回苗各族生活固然大值得研究，就是本族里也很多可以研究的东西，或者可以说还没有东西曾经好好的整理研究过，现在只等研究的人了。

一九二三年二月

（《谈龙集》）

# 入厕读书

郝懿行著《晒书堂笔录》卷四有《入厕读书》一条云：

"旧传有妇人笃奉佛经，虽入厕时亦讽诵不辍，后得善果而竟卒于厕，传以为戒，虽出释氏教人之言，未必可信，然亦足见污秽之区，非讽诵所宜也。《归田录》载钱思公言平生好读书，坐则读经史，卧则读小说，上厕则阅小词，谢希深亦言宋公垂每走厕必挟书以往，讽诵之声琅然闻于远近。余读而笑之，入厕脱裤，手又携卷，非唯太亵，亦苦甚忙，人即笃学，何至乃尔耶。至欧公谓希深言平生所作文章多在三上，乃马上枕上厕上也，盖唯此尤可以属思尔，此语却妙，妙在亲切不浮也。"郝君的文章写得很有意思，但是我稍有异议，因为我是颇赞成厕上看书的。小时候听祖父说，北京的跟班有一句口诀云，老爷吃饭快，小的拉矢快，跟班的话里含有一种讨便宜的意思，恐怕也是事实。一个人上厕的时间本来难以一定，但总未必很短，而且这与吃饭不同，无论时间怎么短总觉得这是白费的，想方法要来利用它一下。如吾乡老百姓上茅坑时多顺便喝一筒旱烟，或者有人在河沿石磴下淘米洗衣，或有人挑担走过，又可以高声谈话，说这米几个铜钱一升或是到什么地方去。读书，这无非是喝旱烟的意思罢了。

话虽如此，有些地方元来也只好喝旱烟，于读书是不大相宜的。

上文所说浙江某处一带沿河的茅坑，是其一。从前在南京曾经寄寓在一个湖南朋友的书店里，这位朋友姓刘，我从赵伯先那边认识了他，那年有乡试，他在花牌楼附近开了一家书店，我患病住在学堂里很不舒服，他就叫我住到他那里去，替我煮药煮粥，招呼考相公卖书，暗地还要运动革命，他的精神实在是很可佩服的。我睡在柜台里面书架子的背后，吃药喝粥都在那里，可是便所却在门外，要走出店门，走过一两家门面，一块空地的墙根的垃圾堆上。到那地方去我甚以为苦，这一半固然由于生病走不动，就是在康健时也总未必愿意去的，是其二。民国八年夏我到日本日向去访友，住在一个名叫木城的山村里，那里的便所虽然同普通一样上边有屋顶，周围有板壁门窗，但是他同住房离开有十来丈远，孤立田间，晚间要提了灯笼去，下雨还得撑伞，而那里雨又似乎特别多，我住了五天总有四天是下雨，是其三。末了是北京的那种茅厕，只有一个坑两垛砖头，雨淋风吹日晒全不管。去年往定州访伏园，那里的茅厕是琉球式的，人在岸上，猪在坑中，猪咕咕的叫，不习惯的人难免要害怕，那有工夫看什么书，是其四。《语林》云，石崇厕有绛纱帐大床，茵蓐甚丽，两婢持锦香囊，这又是太阔气了，也不适宜。其实我的意思是很简单的，只要有屋顶，有墙有窗有门，晚上可以点灯，没有电灯就点白蜡烛亦可，离住房不妨有二三十步，虽然也要用雨伞，好在北方不大下雨。如有这样的厕所，那么上厕时随意带本书去读读我想倒还是呒啥的吧。

谷崎润一郎著《摄阳随笔》中有一篇《阴翳礼赞》，第二节说到日本建筑的厕所的好处。在京都奈良的寺院里，厕所都是旧式的，阴暗而扫除清洁，设在闻得到绿叶的气味、青苔的气味的草木丛中，与住房隔离，有板廊相通。蹲在这阴暗光线之中，受着微明的纸障的反射，耽于冥想，或望着窗外院中的景色，这种感觉真是说不出的好。他又说：

"我重复的说，这里须得有某种程度的阴暗，彻底的清洁，连蚊子的呻吟声也听得清楚的寂静，都是必须的条件。我很喜欢在这样的厕所里听萧萧的下着的雨声。特别在关东的厕所，靠着地板装有细长的扫出尘土的小窗，所以那从屋檐或树叶上滴下来的雨点，洗了石灯笼的脚，润了跕脚石上的苔，幽幽的沁到土里去的雨声，更能够近身的听到。实在这厕所是宜于虫声，宜于鸟声，亦复宜于月夜，要赏识四季随时的物情之最相适的地方，恐怕古来的俳人曾从此处得到过无数的题材吧。这样看来，那么说日本建筑之中最是造得风流的是厕所，也没有什么不可。"谷崎压根儿是个诗人，所以说得那么好，或者也就有点华饰，不过这也只是在文字上，意思却是不错的。日本在近古的战国时代前后，文化的保存与创造差不多全在五山的寺院里，这使得风气一变，如由工笔的院画转为水墨的枯木竹石，建筑自然也是如此，而茶室为之代表，厕之风流化正其余波也。

佛教徒似乎对于厕所向来很是讲究。偶读大小乘戒律，觉得印度先贤十分周密的注意于人生各方面，非常佩服。即以入厕一事而论，后汉译《大比丘三千威仪》下列举"至舍后者有二十五事"，宋译《萨婆多部毗尼摩得勒伽》六自"云何下风"至"云何筹草"凡十三条，唐义净著《南海寄归内法传》二有第十八"便利之事"一章，都有详细的规定，有的是很严肃而幽默，读了忍不住五体投地。我们又看《水浒传》鲁智深做过菜头之后还可以升为净头，可见中国寺里在古时候也还是注意此事的。但是，至少在现今这总是不然了，民国十年我在西山养过半年病，住在碧云寺的十方堂里，各处走到，不见略略象样的厕所，只如在《山中杂信》五所说：

"我的行踪近来已经推广到东边的水泉。这地方确是还好，我于每天清早没有游客的时候去徜徉一会，赏鉴那山水之美。只可惜不大干净，路上很多气味——因为陈列着许多《本草》上的所谓人中黄。我想中国真是一个奇妙的国，在那里人们不容易得着营养料，也没有方法处置他们的排泄物。"在这种情形之下，中国寺院有普通厕所已经是大好了，想去找可以冥想或读书的地方如何可得。出家人那么拆烂污，难怪白衣矣。

但是假如有干净的厕所，上厕时看点书却还是可以的，想作文则可不必。书也无须分好经史子集，随便看看都成。我有一个常例，便是不拿善本或难懂的书去，虽然看文法书也是寻常。据我的经验，看随笔一类最好，顶不行的是小说。至于朗诵，我们现在不读八大家文，自然可以无须了。

十月

（《苦竹杂记》）

# 关于纸

　　答应谢先生给《言林》写文章，却老没有写。谢先生来信催促了两回，可是不但没有生气，还好意的提出两个题目来，叫我采纳。其一是因为我说爱读谷崎润一郎的《摄阳随笔》，其中有《文房具漫谈》一篇，"因此想到高斋的文房之类，请即写出来，告诉南方的读者何如？"

　　谢先生的好意我很感激，不过这个题目我仍旧写不出什么来。敝斋的文房具压根儿就无可谈，虽然我是用毛笔写字的，照例应该有笔墨纸砚。砚我只有一块歙石的，终年在抽斗里歇着，平常用的还是铜墨盒。笔墨也很寻常，我只觉得北平的毛笔不禁用，未免耗费，墨则没有什么问题，一两角钱一瓶的墨汁固然可以用好些日子，就是浪费一点买锭旧墨"青麟髓"之类，也着实上算，大约一两年都磨不了，古人所谓非人磨墨墨磨人，实在是不错的话。比较觉得麻烦的就只是纸，这与谷崎的漫谈所说有点相近了。

　　因为用毛笔写字的缘故，光滑的洋纸就不适宜，至于机制的洋连史更觉得讨厌。洋稿纸的一种毛病是分量重，如谷崎所说过的，但假如习惯用钢笔，则这缺点也只好原谅了吧。洋连史分量仍重而质地又脆，这简直就是白有光纸罢了。中国自讲洋务以来，印书最初用考贝纸，其次是有光纸，进步至洋连史而止，又一路是报纸，进步至洋宣而止，还有米色的一种，不过颜色可以唬人，纸质恐怕还不及洋宣的结实罢。其实这岂是可以印书的呢？看了随即丢掉的新闻杂志，御用或投机的著述，这样印本来也无妨，若是想要保存的东西，那就不行。拿来写字，又都不合适。照这样情形下去，我真怕中国的竹纸要消灭了。中国的米棉茶丝磁现在都是逆输入了，墨用洋烟，纸也是洋宣洋连史，市上就只还没有洋毛笔而已。

本国纸的渐渐消灭似乎也不只是中国，日本大约也有同样的趋势。日前在《现代随笔全集》中见到寿岳文章的一篇《和纸复兴》，当初是登在月刊《工艺》上边的。这里边有两节云：

"我们少年时代在小学校所学的手工里有一种所谓纸捻细工的。记得似乎可以做成纸烟匣这类的东西。现在恐怕这些都不成了吧。因为可以做纸捻材料几乎在我们的周围全已没有了。商家的账簿也已改为洋式簿记了。学童习字所用的纸差不多全是那脆弱的所谓'改良半纸'（案即中国所云洋连史也）。在现今都用洋派便笺代了卷纸，用茶褐色洋信封代了生漉书状袋的时代，想要随便搓个纸捻也就没有可以搓的东西了。和纸已经离我们的周围那么远了，如不是特地去买了和纸来，连一根纸捻也都搓不成了。

放风筝是很有趣的。寒冬来了，在冻得黑黑的田地上冷风呼呼的吹过去的时候，乡间的少年往往自己削竹糊纸，制造风筝。我还记得，站在树荫底下躲着风，放上风筝去，一下子就挂在很高的山毛榉的树上了。但是用了结实的和纸所做的风筝就是少微挂在树枝上，也就不会得就破的。即使是买来的，也用相当的坚固的纸。可是现今都会的少年买来玩耍的风筝是怎样呢？只要略略碰了电线一下，戳破了面颊的爆弹三勇士便早已瘪了嘴要哭出来了。"

这里所谓和纸本来都是皮纸，最普通的是"半纸"，又一种色微黑而更坚韧，名为"西之内"，古来印书多用此纸。这大都用木质，所以要比中国的竹质的要好一点，但是现今同样的稀少了，所不同的是日本"改良半纸"之类都是本国自造，中国的洋连史之类大半是外国代造罢了。

日本用"西之内"纸所印的旧书甚多，所以容易得到，废姓外骨的著述虽用铅印而纸则颇讲究，普通和纸外有用杜仲纸者，近日买得永井荷风随笔曰《雨潇潇》，亦铅印而用越前国楮纸，颇觉可喜。梁任公在日本时用美浓纸印《人境庐诗草》，上虞罗氏前所印书亦多用佳纸，不过我只有《雪堂塸录》等数种而已。中国佳纸印成的书我没有什么，如故宫博物院以旧高丽纸影印书画，可谓珍贵矣，我亦未有一册。关于中国的纸，我并不希望有了不得的精品，只要有黄白竹纸可以印书，可以写字，便已够了，洋式机制各品自无妨去造，但大家勿认有光纸类为天下第一珍品，此最是要紧。至于我自己写文章但要轻软吃墨的毛边纸为稿纸耳，他无所需也。

民国廿五年一月八日

（《风雨谈》）

146

# 买墨小记

　　我的买墨是压根儿不足道的。不但不曾见过邵格之，连吴天章也都没有，怎么够得上说墨，我只是买一点儿来用用罢了。我写字多用毛笔，这也是我落伍之一，但是习惯了不能改，只好就用下去，而毛笔非墨不可，又只得买墨。本来墨汁是最便也最经济的，可是胶太重，不知道用的什么烟，难保没有"化学"的东西，写在纸上常要发青，写稿不打紧，想要稍保存的就很不合适了。买一锭半两的旧墨，磨来磨去也可以用上一个年头，古人有言，非人磨墨墨磨人，似乎感慨系之，我只引来表明墨也很禁用，并不怎么不上算而已。

　　买墨为的是用，那么一年买一两半两就够了。这话原是不错的，事实上却不容易照办，因为多买一两块留着玩玩也是人情之常。据闲人先生在《谈用墨》中说："油烟墨自光绪五年以前皆可用。"凌宴池先生的《清墨说略》曰："墨至光绪二十年，或曰十五年，可谓遭亘古未有之浩劫，盖其时矿质之洋烟输入……墨法遂不可复问。"所以从实用上说，"光绪中叶"以前的制品大抵就够我们常人之用了，实在我买的也不过光绪至道光的，去年买到几块道光乙未年的墨，整整是一百年，磨了也很细黑，觉得颇喜欢，至于乾嘉诸老还未敢请教也。这样说来，墨又有什么可玩的呢？道光以后的墨，其字画雕刻去古益远，殆无可观也已，我这里说玩玩者乃是别一方面，大概不在物而在人，亦不在工人而在主人，去墨本身已甚远而近于收藏名人之著书矣。

我的墨里最可记念的是两块"曲园先生著书之墨"，这是民廿三春间我做那首"且到寒斋吃苦茶"的打油诗的时候平伯送给我的。墨的又一面是春在堂三字，印文曰程氏掬庄，边款曰：光绪丁酉仲春鞠庄精选清烟。

其次是一块圆顶碑式的松烟墨，边款曰：鉴莹斋珍藏。正面篆文一行云，同治九年正月初吉，背文云：绩溪胡甘伯会稽赵扨叔校经之墨，分两行写，为赵手笔。赵君在《谪麟堂遗集》叙目中云："岁在辛未，余方入都居同岁生胡甘伯寓屋。"即同治十年，至次年壬申而甘伯死矣。赵君有从弟为余表兄，乡俗亦称亲戚，余生也晚，乃不及见。小时候听祖父常骂赵益甫，与李莼客在日记所骂相似，盖诸公性情有相似处故反相克也。

近日得一半两墨，形状凡近，两面花边作木器纹，题曰：会稽扁舟子著书之墨；背曰：徽州胡开文选烟；边款云：光绪七年。扁舟子即范寅，著有《越谚》共五卷，今行于世。其《事言日记》第三册中光绪四年戊寅纪事云：

"元旦，辛亥。巳初书红，试新模扁舟子著书之墨，甚坚细而佳，唯新而腻，须俟三年后用之。"盖即与此同型，唯此乃后年所制者耳。日记中又有丁丑十二月初八日条曰：

"陈槐亭曰，前月朔日营务处朱懋勋方伯明亮回省言，禹庙有联系范某撰书并跋者，梅中丞见而赞之，朱方伯保举范某能造轮船，中丞嘱起稿云云，子有禹庙联乎，果能造轮船乎？应曰，皆是也。"范君用水车法以轮进舟，而需多人脚踏，其后仍改用篙橹，甲午前后曾在范君宅后河中见之，盖已与普通的"四明瓦"无异矣。

前所云一百年墨共有八锭，篆文曰：墨缘堂书画墨；背曰：蔡友

148

石珍藏；边款云：道光乙未年汪近圣造。又一枚稍小，篆文相同，背文两行曰：一点如漆，百年如石；下云：友石清赏；边款云：道光乙未年三月。甘实庵《白下琐言》卷三云：

"蔡友石太仆世松精鉴别，收藏尤富，归养家居，以书画自娱，与人评论娓娓不倦。所藏名人墨迹，钩摹上石，为墨缘堂帖，真信而好古矣。"此外在《金陵词钞》中见有词几首，关于蔡友石所知有限，今看见此墨却便觉得非陌生人，仿佛有一种缘分也。货布墨五枚，形与文均如之，背文二行曰：斋谷山人属胡开文仿古；边款云：光绪癸巳年春日。此墨甚寻常，只因是刻《习苦斋画絮》的惠年所造，故记之。又有墨二枚，无文字，唯上方横行五字曰云龙旧衲制，据云亦是惠菱舫也。

又墨四锭，一面双鱼纹，中央篆书曰，大吉昌宜侯王，背作桥上望月图，题曰湖桥乡思。两侧隶书曰，故乡亲友劳相忆，丸作隃糜当尺鳞。仲仪所贻，苍佩室制。疑是谭复堂所作，案谭君曾宦游安徽，事或可能，但体制凡近，亦未敢定也。

墨缘堂墨有好几块，所以磨了来用，别的虽然较新，却舍不得磨，只是放着看看而已。从前有人说买不起骨董，得货布及龟鹤齐寿钱，制作精好，可以当作小铜器看，我也曾这样做，又搜集过三五古砖，算是小石刻。这些墨原非佳品，总也可以当墨玩了，何况多是先哲乡贤的手泽，岂非很好的小骨董乎。我前作《骨董小记》，今更写此，作为补遗焉。

廿五年二月十五日，于北平苦茶庵中

（《风雨谈》）

# 日记与尺牍

日记与尺牍是文学中特别有趣味的东西，因为比别的文章更鲜明的表出作者的个性。诗文、小说、戏曲都是给第三者看的，所以艺术虽然更加精炼，也就多有一点做作的痕迹。信札只是写给第二个人，日记则给自己看的（写了日记预备将来石印出书的算作例外），自然是更真实更天然的了。我自己作文觉得都有点做作，因此反动的喜看别人日记尺牍，感到许多愉快。我不能写日记，更不善写信，自己的真相仿佛在心中隐约觉到，但要写它下来，即使想定是私密的文字，总不免还有做作——这并非故意如此，实在是修养不足的缘故，然而因此也愈觉得别人的日记尺牍之佳妙，可喜亦可贵了。

中国尺牍向来好的很多，文章与风趣多能兼具，但最佳者还应能显出主人的性格。《全晋文》中录王羲之杂帖，有这两章：

> 吾顷无一日佳，衰老之蔽日至，夏不得有所啖，而犹有劳务，甚劣劣。

> 无审复何似？永日多少看未？九日当采菊不？至日欲共行也，但不知当晴不耳？

我觉得这要比"奉橘三百颗"还有意思。日本诗人芭蕉（Basho）有这样一封向他的门人借钱的信，在寥寥数语中画出一个飘逸的俳人来。

> 欲往芳野行脚，希惠借银五钱，此系勒借，容当奉还。唯老夫之事，亦殊难说耳。
>
> 去来君
>
> 　　　　　芭蕉

日记又是一种考证的资料。近阅汪辉祖的《病榻梦痕录》上卷，乾隆二十年（1755）项下有这几句话：

> 绍兴秋收大歉。次年春夏之交，米价斗三百钱，丐殍载道。

同五十九年（1794）项下又云：

> 夏间米一斗钱三百三四十文。往时米价至一百五六十文，即有饿殍，今米常贵而人尚乐生，盖往年专贵在米，今则鱼虾蔬果无一不贵，故小贩村农俱可糊口。

这都是经济史的好材料，同时也可以看出他精明的性分。日本俳人一茶（Issa）的日记一部分流行于世，最新发见刊行的为《一茶旅日记》，文化元年（1804）十二月中有记事云：

> 二十七日阴，买锅。
> 二十九日雨，买酱。

十几个字里贫穷之状表现无遗。同年五月项下云：

> 七日晴，投水男女二人浮出吾妻桥下。

此外还多同类的记事，年月从略：

> 九日晴，南风。妓女花井火刑。
> 二十四日晴。夜，庵前板桥被人窃去。
> 二十五日雨。所余板桥被窃。

这些不成章节的文句却含着不少的暗示的力量，我们读了恍忽想见作者的人物及背景，其效力或过于所作的俳句。我喜欢一茶的文集《俺的春天》，但也爱他的日记，虽然除了吟咏以外只是一行半行的纪事，我却觉得他尽有文艺的趣味。

在外国文人的日记尺牍中有一两节关于中国人的文章，也很有意思，抄录于下，博读者之一粲。倘若读者不笑而发怒，那是介绍者的不好，我愿意赔不是，只请不要见怪原作者就好了。

夏目漱石日记，明治四十二年（1909）：

> 七月三日
> 晨六时地震。夜有支那人来，站在栅门前说把这个开了。问是谁，来干什么，答说我你家里的事都听见，姑娘八位，使女三位，三块钱。完全像个疯子。说你走罢也仍不回去，说还不走要交给警察了，答说我是钦差，随出去了。是个荒谬的东西。

以上据《漱石全集》第十一卷译出，后面是从英译《契诃夫书简集》中抄译的一封信：

契诃夫与妹书：

　　一八九〇年六月二十九日，在木拉伏夫轮船上。

　　我的舱里流星纷飞——这是有光的甲虫，好像是电气的火光。白昼里野羊游泳过黑龙江。这里的苍蝇很大。我和一个契丹人同舱，名叫宋路理，他屡次告诉我，在契丹为了一点小事就要"头落地"。昨夜他吸鸦片烟醉了，睡梦中只是讲话，使我不能睡觉。二十七日我在契丹爱珲城近地一走。我似乎渐渐的走进一个怪异的世界里去了。轮船簸动，不好写字。

　　明天我将到伯力了。那契丹人现在起首吟他扇上所写的诗了。

十四年三月

（《雨天的书》）

# 生活之艺术

　　契诃夫（Tshekhob）书简集中有一节道（那时他在爱珲附近旅行）："我请一个中国人到酒店喝烧酒，他在未饮之前举杯向着我和酒店主人及伙计们，说道'请'。这是中国的礼节。他并不象我们那样的一饮而尽，却是一口一口的啜，每啜一口，吃一点东西；随后给我几个中国铜钱，表示感谢之意。这是一种怪有礼的民族……"

　　一口一口的啜，这的确是中国仅存的饮酒的艺术：干杯者不能知酒味，泥醉者不能知微醺之味。中国人对于饮食还知道一点享用之术，但是一般的生活之艺术却早已失传了。中国生活的方式现在只是两个极端，非禁欲既是纵欲，非连酒字都不准说即是浸身在酒槽里，二者互相反动，各益增长，而其结果则是同样的污糟。动物的生活本有自然的调节，中国在千年以前文化发达，一时颇有臻于灵肉一致之象，后来为了禁欲思想所战胜，变成现在这样的生活，无自由，无节制，一切在礼教的面具底下实行迫压与放恣，实在所谓礼者早已消灭无存了。

　　生活不是很容易的事。动物那样的，自然的简易的生活，是其一法；把生活当作一种艺术，微妙的美的生活，又是一法；二者之外别无道路，有之则是禽兽之下的乱调的生活了。生活之艺术只在禁欲与纵欲的调和。蔼理斯对于这个问题很有精到的意见，他排斥宗教的禁欲主义，但以为禁欲亦是人性的一面；欢乐与节制二者并存，且不相反而实相成。人有禁欲的倾向，即所以防欢乐的过量，并即以增欢乐的程度。他在《圣芳济与其他》一篇论文中曾说道："有人以此二者（即禁欲与耽溺）之一为其生活之唯一目的者，其人将在尚未生活之前早已死了。有人先将其一（耽溺）推至极端，再转而之他，其人才真能了解人生是什么，日后将被记念为模范的高僧。但是始终尊重这二重理想者，那才是知生活法的明智的大师……一切生活是一个建设与破坏，一个取进与付出，一个永远的构成作用与分解作用的循环。要正当的生活，我们须得模仿大自然的豪华与严肃。"他又说过："生活之艺术，其方法只在于微妙的混和取与舍二者而已。"更是简明的说出这个意思来了。

生活之艺术这个名词，用中国固有的字来说便是所谓礼。斯谛耳博士在《仪礼》序上说："礼节并不单是一套仪式，空虚无用，如后世所沿袭者。这是用以养成自制与整饬的动作之习惯，唯有能领解万物感受一切之心的人才有这样安详的容止。"从前听说辜鸿铭先生批评英文《礼记》译名的不妥当，以为"礼"不是 Rite 而是 Art，当时觉得有点乖僻，其实却是对的，不过这是指本来的礼，后来的礼仪礼教都是堕落了的东西，不足当这个称呼了。中国的礼早已丧失，只有如上文所说，还略存于茶酒之间而已。去年有西人反对上海禁娼，以为妓院是中国文化所在的地方，这句话的确难免有点荒谬，但仔细想来也不无若干理由。我们不必拉扯唐代的官妓，希腊的"女友"（Hetaira）的韵事来作辩护，只想起某外人的警句："中国挟妓如西洋的求婚，中国娶妻如西洋的宿娼。"或者不能不感到《爱之术》（Ars Amatoria）真是只存在草野之间了。我们并不同某西人那样要保存妓院，只是觉得在有些怪论里边，也常有真实存在罢了。

中国现在所切要的是一种新的自由与新的节制，去建造中国的新文明，也就是复兴千年前的旧文明，也就是与西方文化的基础之希腊文明相合一了。这些话或者说的太大太高了，但据我想舍此中国别无得救之道，宋以来的道学家的禁欲主义总是无用的了，因为这只足以助成纵欲而不能收调节之功。其实这生活的艺术在有礼节重中庸的中国本来不是什么新奇的事物，如《中庸》的起头说："天命之谓性，率性之谓道，修道之谓教。"照我的解说即是很明白的这种主张。不过后代的人都只拿去讲章旨节旨，没有人实行罢了。我不是说半部《中庸》可以济世，但以表示中国可以了解这个思想。日本虽然也很受到宋学的影响，生活上却可以说是承受平安朝的系统，还有许多唐代的流风余韵，因此了解生活之艺术也更是容易。在许多风俗上日本的确保存这艺术的色彩，为我们中国人所不及，但由道学家看来，或者这正是他们的缺点也未可知吧。

十三年十一月

（《雨天的书》）

# 第三辑　青丝白发

　　中年以后丧朋友是很可悲的事，有
如古书，少一部就少一部，此意惜难得
恰好的达出，挽联亦只能写得像一副挽
联就算了。

# 死之默想

四世纪时希腊厌世诗人巴拉达思作有一首小诗道：

> Polla laleis, anthrope——Palladas
>
> 你太饶舌了，人呵，不久将睡在地下；
>
> 住口吧，你生存时且思索那死。

这是很有意思的活。关于死的问题，我无事时也曾默想过（但不坐在树下，大抵是在车上），可是想不出什么来——这或者因为我是个"乐天的诗人"的缘故吧？但是其实我何尝一定崇拜死，有如曹慕管君，不过我不很能够感到死之神秘，所以不觉得有思索十日十夜之必要。于形而上的方面也就不能有所饶舌了。

窃察世人怕死的原因，自有种种不同，"以愚观之"可以定为三项，其一是怕死时的苦痛，其二是舍不得人世的快乐，其三是顾虑家族。苦痛比死还可怕，这是实在的事情。十多年前有一个远房的伯母，十分困苦，在十二月底想投河寻死（我们乡间的河是经冬不冻的），但是投了下去，她随即走了上来，说是因为水太冷了。有些人要笑她痴也未可知，但这却是真实的人情。倘若有人能够切实保证，诚如某

159

生物学家所说，被猛兽咬死痒苏苏的很是愉快，我想一定有许多人裹粮入山去投身饲饿虎的了。可惜这一层不能担保，有些对于别项已无留恋的人因此也就不得不稍为踌躇了。

顾虑家族，大约是怕死的原因中之较小者，因为这还有救治的方法。将来如有一日，社会制度稍加改良，除施行善种的节制以外，大家不问老幼可以各尽所能，各取所需，凡平常衣食住，医药教育，均由公给，此上更好的享受再由个人自己的努力去取得，那么这种顾虑就可以不要，便是夜梦也一定平安得多了。不过我所说的原是空想，实现还不知在几十百年之后，而且到底未必实现也说不定，那么这也终是远水不救近火，没有什么用处。比较确实的办法还是设法发财，也可以救济这个忧虑。为得安闲的死而求发财，倒是很高雅的俗事；只是发财不大容易，不是我们都能做的事，况且天下之富人有了钱便反死不去，则此法亦颇有危险也。

人世的快乐自然是很可贪恋的，但这似乎只有青年男女才深切的感到，像我们将近“不惑”的人，尝过了凡人的苦乐，此外别无想做皇帝的野心，也就不觉得还有舍不得的快乐。我现在的快乐只是想在闲时喝一杯清茶，看点新书（虽然近来因为政府替我们储蓄，手头只有买茶的钱），无论它是讲虫鸟的歌唱，或是记贤哲的思想，古今的刻绘，都足以使我感到人生的欣幸。然而朋友来谈天的时候，也就放下书卷，何况“无私神女”（Alropos）的命令呢？我们看路上许多乞丐，都已没有生人乐趣，却是苦苦的要活着，可见快乐未必是怕死的重大原因；或者舍不得人世的苦辛也足以叫人留恋这个尘世吧。讲到他们，实在已是了无牵挂，大可“来去自由”，实际却不能如此，倘若不是为了上边所说的原因，一定是因为怕河水比彻骨的北风更冷的缘故了。

对于“不死”的问题，又有什么意见呢？因为少年时当过五六年的水兵，头脑中多少受了唯物论的影响，总觉得造不起“不死”这个观念来，虽然我很喜欢听荒唐的神话。即使照神话故事所讲，那种长生不老的生活我也一点儿都不喜欢。住在冷冰冰的金门玉阶的屋里，吃着五香牛肉一类的麟肝凤脯，天天游手好闲，不在松树下着棋，便同金童玉女厮混，也不见得有什么趣味，况且永远如此，更是单调而且困倦了。又听人说，仙家的时间是与凡人不同的，诗云："山中方七日，世上已千年。"所以烂柯山下的六十年在棋边只是半个时辰耳，那里会有日子太长之感呢？但是由我看来，仙人活了二百万岁也只抵得人间的四十春秋，这样浪费时间无裨实际的生活，殊不值得费尽了心机去求得他；倘若二百万年后劫波到来，就此溘然，将被五十岁的凡夫所笑。较好一点的还是那西方凤鸟（Phoenix）的办法，活上五百年，便尔蜕去，化为幼凤，这样的轮回倒很好玩的——可惜他们是只此一家，别人不能仿作。大约我们还只好在这被容许的时光中，就这平凡的境地中，寻得些须的安闲悦乐，即是无上幸福：至于"死后，如何？"的问题，乃是神秘派诗人的领域，我们平凡人对于成仙做鬼都不关心，于此自然就没有什么兴趣了。

十三年十二月

（《雨天的书》）

# 若子的病

《北京孔德学校旬刊》第二期于四月十一日出版，载有两篇儿童作品，其中之一是我的小女儿写的。

### 《晚上的月亮》　周若子

晚上的月亮，很大又很明。我的两个弟弟说："我们把月亮请下来，叫月亮抱我们到天上去玩。月亮给我们东西，我们很高兴。我们拿到家里给母亲吃，母亲也一定高兴。"

但是这张旬刊从邮局寄到的时候，若子已正在垂死状态了。她的母亲望着摊在席上的报纸又看昏沉的病人，再也没有什么话可说，只叫我好好地收藏起来，——做一个将来决不再寓目的纪念品。我读了这篇小文，不禁忽然想起六岁时死亡的四弟椿寿，他于得急性肺炎的前两三天，也是固执地向着佣妇追问天上的情形，我自己知道这都是迷信，却不能禁止我脊梁上不发生冰冷的奇感。

十一日的夜中，她就发起热来，继之以大吐，恰巧小儿用的摄氏体温表给小波波（我的兄弟的小孩）摔破了，上步君正出着第二次种的牛痘，把华氏的一具拿去应用，我们房里没有体温表了，所以不能测量热度，到了黎明从间壁房中拿来表一量，乃是四十度三分！八时左右起了痉挛，妻抱住了她，只喊说："阿玉惊了阿阿玉惊了！"弟妇（即是妻的三妹）走到外边叫内弟起来，说："阿玉死了！"他惊起不觉坠落床下。这时候医生已到来了，诊察的结果说疑是"流行性脑脊髓膜炎"，虽然征候还未全具，总之是脑的故障，危险很大，十二时又复痉挛，这回脑的方面倒还在其次了，心脏中了霉菌的毒非常衰弱，以致血行不良，皮肤现出黑色，在臂上捺一下，凹下白色的痕好久还不回复。这一日里，院长山本博士，助手蒲君，看护妇永井君白君，前后都到，山本先生自来四次，永井君留住我家，帮助看病。第一天在混乱中过去了，次日病人虽不见变坏，可是一昼夜以来每两小时一回的樟脑注射毫不见效，心脏还是衰弱，虽然热度已减至三八至九度之间。这天下午因为病人想吃可可糖，我赶往哈达门去买，路上时时为不祥的幻想所侵袭，直到回家看见毫无动静这才略略放心。第三天是火耀日，勉强往学校去，下午三点半正要上课，听说家里有电话来叫，赶紧又告假回来，幸而这回只是梦吃，并未发生什么变化。夜中十二时山本先生诊后，始宣言性命可以无虑。十二日以来，经了两次的食盐注射，三十次以上的樟脑注射，身上拥着大小七个的冰囊，在七十二小时之末总算已离开了死之国土，这真是万幸的事了。

山本先生后来告诉川岛君说，那日曜日他以为一定不行的了。大约是第二天，永井君也走到弟妇的房里躲着下泪，她也觉得这小朋友怕要为了什么而辞去这个家庭了。但是这病人竟从万死中逃得一生，不知是哪里来的力量。医呢，药呢，她自己或别的不可知之力呢？但我知道，如没有医药及大家的救护，她总是早已不在了。我若是一种宗派的信徒，我的感谢便有所归，而且当初的惊怖或者也可减少，但是我不能如此，我对于未知之力有时或感着惊异，却还没有致感谢的那么深密的接触。我现在所想致感谢者在人而不在自然，我很感谢山本先生与永井君的热心的帮助，虽然我也还不曾忘记四年前给我医治肋膜炎的劳苦。川岛斐君二君每日殷勤的访问，也是应该致谢的。

整整地睡了一星期，脑部已经渐好，可以移动，遂于十九日午前搬往医院，她的母亲和"姊姊"陪伴着，因为心脏尚须治疗，住在院里较为便利，省得医生早晚两次赶来诊察，现在温度复原，脉搏亦渐恢复，她卧在我曾经住过两个月的病室的床上，只靠着一个冰枕，胸前放着一个小冰囊，伸出两只手来，在那里唱歌。妻同我商量，若干的兄姊十岁的时候，都花过十来块钱，分给佣人并吃点东西当作纪念，去年因为筹不出这笔款，所以没有这样办。这回病好之后，须得设法来补做并以祝贺病愈。她听懂了这会话的意思，便反对说："这样办不好。倘若今年做了十岁，那么明年岂不还是十一岁么？"我们听了不禁破颜一笑。唉，这个小小的情景，我们在一星期前哪里敢梦想到呢？

紧张透了的心一时殊不容易松放开来。今日已是若子病后的第十一日，下午因为稍觉头痛告假在家，在院子里散步，这才见到白的紫的丁香都已盛开，山桃烂漫得开始憔悴了，东边路旁爱罗先珂君回俄国前手植作为纪念的一株杏花已经零落净尽，只剩有好些绿蒂隐藏嫩叶的底下。春天过去了，在我们彷徨惊恐的几天里，北京这好像敷衍人似地短促的春天早已愉愉地走过去了。这或者未免可惜，我们今年竟没有好好地看一番桃杏花。但是花明年会开的，春天明年也会再来的，不妨等明年再看；我们今年幸而能够留住了别个一去将不复来的春光，我们也就够满足了。

今天我自己居然能够写出这篇东西来，可见我的凌乱的头脑也略略静定了，这也是一件高兴的事。

十四年四月二十二日雨夜

（1925 年 4 月作，选自《雨天的书》）

# 关于三月十八日的死者

我是极缺少热狂的人，但同时也颇缺少冷静，这大约因为神经衰弱的缘故，一遇见什么刺激，便心思纷乱，不能思索，更不必说要写东西了。三月十八日下午我往燕大上课，到了第四院时知道因外交请愿停课，正想回家，就碰见许家鹏君受了伤逃回来，听他报告执政府卫兵枪击民众的情形，自此以后，每天从记载谈话中听到的悲惨事实逐日增加，堆积在心上再也摆脱不开，简直什么事都不能做。到了现在已是残杀后的第五日，大家切责段祺瑞贾德耀，期望国民军的话都已说尽，且已觉得都是无用的了，这倒使我能够把心思收束一下，认定这五十多个被害的人都是白死，交涉结果一定要比沪案坏得多，这在所谓国家主义流行的时代或者是当然的，所以我可以把彻底查办这句梦话抛开，单独关于这回遭难的死者说几句感想到的话。——在首都大残杀的后五日，能够说这样平心静气的话了，可见我的冷静也还有一点哩。

## 二

我们对于死者的感想第一件自然是哀悼。对于无论什三死者我们都应当如此，何况是无辜被戕的青年男女，有的还是我们所教过的学生。我的哀感普通是从这三点出来，熟识与否还在其外，即一是死者之惨苦与恐怖，二是未完成的生活之破坏，三是遗族之哀痛与损失。这回的死者在这三点上都可以说是极重的，所以我们哀悼之意也特别重于平常的吊唁。第二件则是惋惜。凡青年夭折无不是可惜的，不过这回特别的可惜，因为病死还是天行而现在的戕害乃是人功。人功的毁坏青春并不一定是最可叹惜，只要是主者自己愿意抛弃，而且去用以求得更大的东西，无论是恋爱或是自由。我前几天在茶话《心中》里说："中国人似未知生命之重。故不知如何善舍其生命，而又随时随地被夺其生命而无所爱惜。"这回的数十青年以有用可贵的生命不自主地被毁于无聊的请愿里，这是我所觉得太可惜的事。我常常独自心里这样痴想："倘若他们不死……"我实在几次感到对于奇迹的希望与要求，但是不幸在这个明亮的世界里我们早知道奇迹是不会出来的了。——我真深切地感得不能相信奇迹的不幸来了。

## 三

这回执政府的大残杀，不幸女师大的学生有两个当场被害。一位杨女士的尸首是在医院里，所以就搬回了；刘和珍女士是在执政府门口往外逃走的时候被卫兵从后面用枪打死的，所以尸首是在执政府，而执政府不知怎地把这二三十个亲手打死的尸体当作宝贝，轻易不肯给人拿去，女师大的职教员用了九牛二虎之力，到十九晚才算好容易运回校里，安放在大礼堂中。第二天上午十时棺殓，我也去一看；真真万幸我没有见到伤痕或血衣，我只见用衾包裹好了的两个人，只余脸上用一层薄纱蒙着，隐约可以望见面貌，似乎都很安闲而庄严地沉睡着。刘女士是我这大半年来从宗帽胡同时代起所教的学生，所以很是面善，杨女士我是不认识的，但我见了她们俩位并排睡着，不禁觉得十分可哀，好像是看见我的妹子——不，我的妹子如活着已是四十岁了，好像是我的现在的两个女儿的姊姊死了似的，虽然她们没有真的姊姊。当封棺的时候，在女同学出声哭泣之中，我陡然觉得空气非常沉重，使大家呼吸有点困难，我见职教员中有须发斑白的人此时也有老泪要流下来，虽然他的下颌骨乱动地想忍住也不可能了。

这是我昨天在《京副》发表的文章中之一节，但是关于刘杨二君的事我不想再写了，所以抄了这篇"刊文"。

# 四

二十五日女师大开追悼会，我胡乱做了一副挽联送去，文曰：

> 死了倒也罢了，若不想到二位有老母倚闾，亲朋盼信。
> 活着又怎么着，无非多经几番的枪声惊耳，弹雨淋头。

殉难者全体追悼会是在二十三日，我在傍晚才知道，也做了一联：

> 赤化赤化，有些学界名流和新闻记者还在那里诬陷。
> 白死白死，所谓革命政府与帝国主义原是一样东西。

惭愧我总是"文字之国"的国民，只会以文字来纪念者。

一九二六年三月十八日之后五日

# 西山小品

## ——一个乡民的死

我住着的房屋后面，广阔的院子中间，有一座罗汉堂。它的左边略低的地方是寺里的厨房，因为此外还有好几个别的厨房，所以特别称它作大厨房。从这里穿过，出了板门，便可以走出山上。浅的溪坑底里的一点泉水，沿着寺流下来，经过板门的前面。溪上架着一座板桥。桥边有两三棵大树，成了凉棚，便是正午也很凉快，马夫和乡民们常常坐在这树下的石头上，谈天休息着。我也朝晚常去散步。适值小学校的暑假，丰一到山里来，住了两礼拜，我们大抵同去，到溪坑底里去捡圆的小石头，或者立在桥上，看着溪水的流动。马夫的许多驴马中间，也有带着小驴的母驴，丰一最爱去看那小小的可爱而且又有点呆相的很长的脸。

大厨房里一总有多少人，我不甚了然。只是从那里出入的时候，在有一匹马转磨的房间的一角里，坐在大木箱的旁边，用脚踏着一枝棒，使箱内扑扑作响的一个男人，却常常见到。丰一教我道，那是寺里养那两匹马的人，现在是在那里把马所磨的麦的皮和粉分作两处呢。他大约时常独自去看寺里的马，所以和那男人很熟习，有时候还叫他，问他各种小孩子气的话。

168

这是旧历的中元那一天。给我做饭的人走来对我这样说，大厨房里有一个病人很沉重了。一个月以前还没有什么，时时看见他出去买东西。旧历六月底说有点不好，到十多里外的青龙桥地方，找中医去看病。但是没有效验，这两三天倒在床上，已经起不来了。今天在寺里作工的木匠把旧板拼合起来，给他做棺材。这病好像是肺病。在他床边的一座现已不用了的旧灶里，吐了许多的痰，满灶都是苍蝇。他说了又劝告我，往山上去须得走过那间房的旁边，所以现在不如暂时不去的好。

我听了略有点不舒服。便到大殿前面去散步，觉得并没有想上山去的意思，至今也还没有去过。

这天晚上寺里有焰口施食。方丈和别的两个和尚念咒，方丈的徒弟敲钟鼓。我也想去一看，但又觉得麻烦，终于中止了，早早的上床睡了。半夜里忽然醒过来，听见什么地方有铙钹的声音，心里想道，现在正是送鬼，那么施食也将完了罢，以后随即睡着了。

早饭吃了之后，做饭的人又来通知，那个人终于在清早死掉了。他又附加一句道："他好像是等着棺材的做成呢。"

怎样的一个人呢？或者我曾经见过也未可知，但是现在不能知道了。

他是个独身，似乎没有什么亲戚。由寺里给他收拾了，便在上午在山门外马路旁的田里葬了完事。

在各种的店里，留下了好些的欠账。面店里便有一元余，油酱店一处大约将近四元。店里的人听见他死了，立刻从账簿上把这一页撕下烧了，而且又拿了纸钱来，烧给死人。木匠的头儿买了五角钱的纸钱烧了。住在山门外低的小屋里的老婆子们，也有拿了一点点的纸钱来吊他的。我听了这话，像平常一样的，说这是迷信，笑着将他抹杀的勇气，也没有了。

一九二一年八月三十日作

# 二、卖汽水的人

我的间壁有一个卖汽水的人。在般若堂院子里左边的一角，有两间房屋，一间作为我的厨房，里边的一间便是那卖汽水的人住着。

一到夏天，来游西山的人很多，汽水也生意很好。从汽水厂用一块钱一打去贩来，很贵的卖给客人。倘若有点认识，或是善于还价的人，一瓶两角钱也就够了，否则要卖三四角不等。礼拜日游客多的时候，可以卖到十五六元，一天里差不多有十元的利益。这个卖汽水的掌柜本来是一个开着煤铺的泥水匠，有一天到寺里来作工，忽然想到在这里来卖汽水，生意一定不错，于是开张起来。自己因为店务及工作很忙碌，所以用了一个伙计替他看守，他不过偶然过来巡阅一回罢了。伙计本是没有工钱的，伙食和必要的零用由掌柜供给。

我到此地来了以后，伙计也换了好几个了，近来在这里的是一个姓秦的二十岁上下的少年，体格很好，微黑的圆脸，略略觉得有点狡狯，但也有天真烂漫的地方。

卖汽水的地方是在塔下，普通称作塔院。寺的后边的广场当中，筑起一座几十丈高的方台，上面又竖着五支石塔，所谓塔院便是这高台的上边。从我的住房到塔院底下，也须走过五六十级的台阶，但是分作四五段，所以还可以上去；至于塔院的台阶总有二百多级，而且很峻急，看了也要目眩，心想这一定是不行吧，没有一回想到要上去过。塔院下面有许多大树，很是凉快，时常同了丰一到那里看石碑，随便散步。

有一天，正在碑亭外走着，秦也从底下上来了。一只长圆形的柳条篮套在左腕上，右手拿着一串连着枝叶的樱桃似的果实。见了丰一，他突然伸出那只手，大声说道："这个送你。"丰一跳着走去，也大声问道：

“这是什么？”

“郁李。”

“哪里拿来的？”

“你不用管。你拿去好了。”他说着，在狡狯似的脸上现出亲和的微笑，将果实交给丰一了。他嘴里动着，好像正吃着这果实。我们拣了一颗红的吃了，有李子的气味，却是很酸。丰一还想问他什么话，秦已经跳到台阶底下，说着“一二三”，便两三级当作一步，走了上去，不久就进了塔院第一个的石的穿门，随即不见了。

这已经是半月以前的事情了。丰一因为学校将要开始，也回到家里去了。

昨天的上午，掌柜的侄子飘然的来了。他突然对秦说，要收店了，叫他明天早上回去。这事情大鹘突，大家都觉得奇怪，后来仔细一打听，才知道因为掌柜知道了秦的作弊，派他的侄子来查办的。三四角钱卖掉的汽水，都登了两角的账，余下的都没收了存放在一个和尚那里，这件事情不知道有谁用了电话告诉了掌柜了。侄子来了之后，不知道又在哪里打听了许多话，说秦买怎样的好东西吃，半个月里吸了几盒的香烟，于是证据确凿，终于决定把他赶走了。

秦自然不愿意出去，非常的颓唐，说了许多辩解，但是没有效。到了今天早上，平常起的很早的秦还是睡着，侄子把他叫醒，他说是头痛，不肯起来。然而这也是无益的了，不到三十分钟的工夫，秦悄然的出了般若堂去了。

我正在有那大的黑铜的弥勒菩萨坐着的门外散步。秦从我的前面走过，肩上搭着被囊，一边的手里提了盛着一点点的日用品的那一只柳条篮。从对面来的一个寺里的佃户见了他问道：

“哪里去呢？”

“回北京去！”他用了高兴的声音回答，故意的想隐藏过他的忧郁的心情。

我觉得非常的寂寥。那时在塔院下所见的浮着亲和的微笑的狡狯似的面貌，不觉又清清楚楚的再现在我的心眼的前面了。我立住了，暂时望着他□的走下那长的石阶去的寂寞的后影。

八月三十日在西山碧云寺

这两篇小品是今年秋天在西山时所作，寄给几个日本的朋友所办的杂志《生长的星之群》，登在一卷九号上，现在又译成中国语，发表一回。虽然是我自己的著作，但是此刻重写，实在只是译的气氛，不是作的气氛。中间隔了一段时光，本人的心情已经前后不同，再也不能唤回那时的情调了。所以我一句一句的写，只是从别一张纸上誊录过来，并不是从心中沸涌而出，而且选字造句等等翻译上的困难也一样的围困着我。这一层虽然不能当作文章拙劣的辩解，或者却可以当作它的说明。

一九二一年十二月十五日附记
（1921年8月作，选自《过去的生命》）

172

# 沉　默

　　林玉堂（即林语堂，编者注）先生说，法国一个演说家劝人缄默，成书三十卷，为世所笑，所以我现在做讲沉默的文章，想竭力节省，以原稿纸三张为度。

　　提倡沉默从宗教方面讲来，大约很有材料，精秘主义里很看重沉默，美忒林克便有一篇极妙的文章。但是我并不想这样做，不仅因为怕有拥护宗教的嫌疑，实在是没有这种知识与才力。现在只就人情世故上着眼说一说罢。

　　沉默的好处第一是省力。中国人说，多说话伤气，多写字伤神。不说话不写字大约是长生之基，不过平常人总不易做到。那么一时的沉默也就很好，于我们大有裨益。三十小时草成一篇宏文，连睡觉的时光都没有，第三天必要头痛；演说家在讲台上呼号两点钟，难免口干喉痛，不值得甚矣。若沉默，则可无此种劳苦——虽然也得不到名声。

　　沉默的第二个好处是省事。古人说"口是祸门"，关上门，贴上封条，祸便无从发生（"闭门家里坐，祸从天上来。"那只算是"空气传染"，又当别论），此其利一。自己想说服别人，或是有所辩解，照例是没什么影响，而且愈说愈是渺茫，不如及早沉默，虽然不能因此而说服或辩明，但至少是不会增添误会。又或别人有所陈说，在这面也照例不很能理解，极不容易答复，这时候沉默是适当的办法之一。

古人说不言是最大的理解，这句话或者有深奥的道理，据我想则在我至少可以藏过不理解，而在他也就可以有猜想被理解了之自由。沉默之好处的好处，此其二。

善良的读者们，不要以我为太玩世（Cynical）了罢？老实说，我觉得人之互相理解是至难——即使不是不可能的事，而表现自己之真实的感情思想也是同样的难。我们说话作文，听别人的话，读别人的文，以为互相理解了，这是一个聊以自娱的如意的好梦，好到连自己觉到了的时候也还不肯立即承认，知道是梦了却还想在梦境中多流连一刻。其实我们这样说话作文无非只是想这样做，想这样聊以自娱，如其觉得没有什么可娱，那么尽可简单的停止。我们在门外草地上翻几个筋斗，想象那对面高楼上的美人看着（明知她未必看见），很是高兴，是一种办法；反正她不会看见，不翻筋斗了，且卧在草地上看云罢，这也是一种办法。两者都是对的，我这回是在做第二个题目罢了。

我是喜翻筋斗的人，虽然自己知道翻得不好。但这也只是不巧妙罢了，未必有什么害处，足为世道人心之忧。不过自己的评语总是不大靠得住的，所以在许多知识阶级的道学家看来，我的筋斗都翻得有点不道德，不是这种姿势足以坏乱风俗，便是这个主意近于妨害治安。这种情形在中国可以说是意表之内的事，我们也并不想因此而变更态度，但如民间这种倾向到了某一程度，翻筋斗的人至少也应有想到省力的时候了。

三张纸已将写满，这篇文应该结束了。我费了三张纸来提倡沉默，因为这是对于现在中国的适当办法——然而这原来只是两种办法之一，有时也可以择取另一办法：高兴的时候弄点小把戏，"藉资排遣"。将来别处看有什么机缘，再来噪聒，也未可知。

十三年七月二十日

（《雨天的书》）

# 中　年

　　虽然四川开县有二百五十岁的胡老人，普通还只是说人生百年，其实这也还是最大的整数，若是人民平均有四五十岁的寿，那已经可以登入祥瑞志，说什么寿星见了。我们乡间称三十六岁为本寿，这时候死了，虽不能说寿考，也就不是夭折。这种说法我觉得颇有意思。日本兼好法师曾说："即使长命，在四十以内死了最为得体。"虽然未免性急一点，却也有几分道理。

　　孔子曰："四十而不惑。"吾友某君则云，人到了四十岁便可以枪毙。两样相反的话，实在原是盾的两面。合而言之，若曰，四十可以不惑，但也可以不不惑，那么，那时就是枪毙了也不足惜云尔。平常中年以后的人大抵胡涂荒谬的多，正如兼好法师所说，过了这个年纪，便将忘记自己的老丑。想在人群中胡混，执著人生，私欲益深，人情物理都不复了解，"至可叹息"是也。不过因为怕献老丑，便想得体的死掉，那也似乎可以不必。为什么呢？假如能够知道这些事情，就很有不惑的希望，让他多活几年也不碍事。所以在原则上我虽赞成兼好法师的话，但觉得实际上还可稍加斟酌，这倒未必全是为自己道地，想大家都可见谅的罢。

　　我决不敢相信自己是不惑，虽然岁月是过了不惑之年好久了，但是我总想努力不至于不不惑，不要人情物理都不了解。本来人生是一贯的，其中却分几个段落，如童年、少年、中年、老年，各有意义，都不容空过。譬如少年时代是浪漫的，中年是理智的时代，到了老年差不多可以说是待死堂的生活罢。然而中国凡事是颠倒错乱的，往往少年老成，摆出道学家超人志士的模样，中年以来重新来秋冬行春令，大讲其恋爱等等，这样的跟着青年跑，或者可以免于落伍之讥，实在犹如将昼作夜，"拽直照原"，只落得不见日光而见月亮，未始没有好些危险。我想最好还是顺其自然，六十过后虽不必急做寿衣，唯一只脚确已踏在坟里，亦无庸再去请斯坦那赫博士结扎生殖腺了。至于恋爱则在中年以前应该毕业，以后便可应用经验与理性去观察人情与物理。即使在市街战斗或示威运动的队伍里少了一个人，实在也有益无损，因为后起的青年自然会去补充（这是说假如少年不是都老成化了，不在那里做各种八股），而别一队伍里也就多了一个人，有如退伍兵去研究动物学，反正于参谋本部的作战计划并无什么妨害的。

话虽如此，在这个当儿要使它不发生乱调，实在是不大容易的事。世间称四十左右曰危险时期，对于名利，特别是色，时常露出好些丑态，这是人类的弱点，原也有可以容忍的地方。但是可容忍与可佩服是绝不相同的事情，尤其是无惭愧的，得意似的那样做，还仿佛是我们的模范似的那样做，那么容忍也还是我们从数十年的世故中来最大的应许，若鼓吹护持似乎可以无须了罢。我们少年时浪漫的崇拜好许多英雄，到了中年再一回顾，那些旧日的英雄，无论是道学家或超人志士，此时也都是老年中年了，差不多尽数的不是显出泥脸便即露出羊脚，给我们一个不客气的幻灭。这有什么办法呢？自然太太的计划谁也难违拗它。风水与流年也好，遗传与环境也好，总之是说明这个的可怕。这样说来，得体的活着这件事或者比得体的死要难得多，假如我们过了四十却还能平凡的生活 虽不见得怎么得体，也不至于怎样出丑，这实在要算是侥天之幸，不能不知所感谢了。

人是动物，这一句老实话，自人类发生以至地球毁灭，永久是实实在在的，但在我们人类则须经过相当年龄才能明白承认。所谓动物，可以含有科学家一视同仁的"生物"与儒教徒骂人的"禽兽"这两种意思 所以对于这一句话人们也可以有两样态度。其一，以为既同禽兽，便异圣贤，因感不满，以至悲观。其二，呼铲曰铲，本无不当，听之可也。我可以说就是这样的想，但是附加一点，有时要去纵核名实言行，加以批评。本来棘皮动物不会肤如凝脂，怒毛上指栋的猫不打着呼噜，原是一定的理，毋庸怎么考核，无如人这动物是会说话的，可以自称什么家或者主唱某主义等，这都是别的众生所没有的。我们如有闲一点儿，免不得要注意及此。譬如普通男女私情我们可以不管，但如见一个社会栋梁高谈女权或社会改革，却照例纳妾等等，那有如无产首领浸在高贵的温泉里命令大众冲锋，未免可笑，觉得这动物有点变质了。我想文明社会上道德的管束应该很宽，但应该要求诚实，言行不一致是一种大欺诈，大家应该留心不要上当。我想，我们与其伪善还不如真恶，真恶还是要负责任，冒危险。

我这些意思恐怕都很有老朽的气味，这也是没有法的事情。年纪一年年的增多，有如走路一站站的过去，所见既多，对于从前的意见自然多少要加以修改。这是得呢失呢，我不能说。不过，走着路专为贪看人物风景，不复去访求奇遇，所以或者比较的看得平静仔细一点也未可知。然而这又怎么能够自信呢？

十九年三月

（《看云集》）

# 上坟船

　　《陶庵梦忆》在乾隆中有两种木刻本，一为砚云本，四十年乙未刻，一卷四十三则，一为王见大本，五十九年甲寅刻，百二十三则，分为八卷。砚云本虽篇幅不多，才及王见大本三分之一，但文句异同亦多可取处，第八则记越中扫墓事，今据录于下：

　　"越俗扫墓，男女炫服靓妆，网船箫鼓，如杭州人游湖，厚人薄鬼，率以为常。二十年前，中人之家尚用平水屋帻船，男女分两截坐，不座船，不鼓吹，先辈谑之曰，以结上文两节之意。后渐华靡，虽监门小户，男女必用两座船，必巾，必鼓吹，必欢呼畅饮，下午必就其路之所近，游庵堂寺院，及士夫家花园，鼓吹近城必吹《海东青》《独行千里》，锣鼓错杂，酒徒沽醉必岸帻嚣嘈，唱无字曲，或舟中攘臂与侪列厮打。自二月朔至夏至，填城溢国，日日如之。乙酉方兵，画江而守，虽鱼艦菱舠收拾略尽，坟垅数十里而遥，子孙数人挑鱼肉楮钱，徒步往返之，妇女不得出城者三岁矣。萧索凄凉，亦物极必返之一。"小序诗有云：

　　"兹编载方言巷咏，嘻笑琐屑之事，然略经点染，便成至文，读者如历山川，如睹风俗，如瞻宫阙宗庙之丽，殆与采薇麦秀同其感慨，而出之以诙谐者与。"数语批评甚得要领，上文可以为证，但是我所觉得最有意思的还是在于如睹风俗这一点上，因为所说上坟情形有大半和我小时候所见者相同。据说乙酉以后妇女已有三年不得出城，似写文时当在丁亥之顷，那么所谓二十年前应该是天启丁卯以往，后渐华靡可见是崇祯间事也。平水屋帻船不知是何物，平水自然是地名，屋帻船则后来不闻此语，若是田庄船，容积不大，未必能男女分两截坐，疑不能明。座船大抵是三道船亦名三明瓦，一船至多也只容七八人，因饭时用方桌坐八人便已很挤了，故不能再分两截而须分船，亦正是事势必然，华靡恐尚在其次。鼓吹后世仍用，普通称吹手或鼓手，有两种，一是乐户，世袭的堕民为之，品最低；二是官吹，原是平民，服务于协台衙门者，唯大家得雇用之官意此当本名鼓手，乐户是吹手，后来乃混为一称耳。上坟用官吹者，归途必令奏《将军令》，似为其特技，或乐户所不能者也，《海东青》等名目则未曾闻。大家丁口众多，遗有祭田者，上坟船之数，大率一房中男女各一只，鼓手船厨司船酒饭船各一只，酒饭船并备祭品，如干三牲，香蜡纸钱爆仗，锡五事，桌帏棕荐等，此其大较也。

顾铁卿《清嘉录》卷三《上坟》条下关于墓祭的事略有考证，兹不赘。绍兴墓祭在一年中共有三次，一在正月曰拜坟，实即是拜岁，一在十月曰送寒衣，别无所谓衣，亦只是平常拜奠而已。这两回都很简单，只有男子参与，亦无鼓吹，至三月则曰上坟，差不多全家出发，旧时女人外出时颇少，如今既是祭礼，并作春游，当然十分踊跃，儿歌有云，正月灯，二月鹞，三月上坟船里看姣姣，即指此。姣姣盖是昔时俗语，绍兴戏说白中多有之，弹词中常云美多姣，今尚存夜姣姣之俗名，谓夜开的一种紫茉莉也。上坟仪式各家多不相同，有时差得极远，吾家旧住东门内东陶坊，西邻甲姓仪注繁重，自进面盆手巾，进茶碗，以至罗拜毕焚帛，在坟头扮演故人生活须小半日之久。坊东端乙姓则只一二男子坐小船，至坟前祭奠，便即下船回城，怀中出数个火烧食之，亦不分享馂余，据划小船者说如此。二者盖是极端的例，普通的办法大抵如下。最先祀后土，墓左例设后土尊神之位，石碑石案，点香烛，陈小三牲果品酒饭，主祭者一人跪拜，有二人赞礼，读祝文，焚帛放爆竹双响者五枚。次为墓祭，祭品中多有肴馔十品，余与后土相似，列石祭桌上，主祭者一人，成年男子均可与祭，但与祭大概只能备棕荐三列，分行辈排班，如人数过多则亦有余剩。祭献读祭文，悉由礼生引赞，献毕行礼，俟与祭者起，礼生乃与余剩的人补拜，其后妇女继之，拜后焚纸钱而礼毕，爆竹本以祀神，但墓祭亦有用者，盖以逐山魈也。回船后分别午餐，各船一桌，照例用"十碗头"，大抵六荤四素，在清末六百文已可用，若八百文则为上等，三鲜改用细十锦，亦称蝴蝶参，扣肉乃用反扣矣。范啸风著《越谚》卷中饮食类下列有六荤四素五荤五素名目，注云："此荤素两全之席，总以十碗头为一席，吉事用全荤，忓事用全素，此席用之祭埽为多，以妇女多持斋也。"此等家常酒席的菜与宴会颇不相同，如白切肉、扣鸡、醋溜鱼、小炒、细炒、素鸡、香菇鳝、金钩之类，皆质朴有味，虽出厨司之手，却尚少市气，故为可取。在"上坟酒"中还有一种食味，似特别不可少者，乃是熏鹅。据《越谚》注云系斗门镇名物，借未得尝，但平常制品亦殊不恶，以醋和酱油蘸食，别有风味，其制法虽与烧鸭相似，唯鸭稍华贵，宜于红灯绿酒，鹅则更具野趣，在野外舟中唼之，正相称耳。孙彦清《寄龛丙志》卷四记孙月湖款待谭子敬："为设烧鹅，越常羞也，子敬食而甘之，谓是便宜坊上品，南中何由得此。盖状适相似，味实县绝，觥觥者乃得此过情之誉，殊非意计所及。已而为质言之，子敬亦哑然失笑。"其实不佞倒是赞成觥觥者的，熏鹅固佳，别样的也好，反正不能统年都吃，虽然医书上说有发气不宜多食，也别无关系。大凡路远时下山即开船，且行且吃，若是路近，多就近地景色稍好处停船，如古冢大庙旁，慢慢的进食，别不以游览为目的，与《梦忆》所云殊异。平常妇女进庙烧香，归途必游庵堂寺院，不知是何意义，民国以前常

180

经历之，近来久不还乡里，未知如何，唯此类风俗大抵根底甚深，即使一时中绝，令人有萧索凄凉之感，不久亦能复兴，正如清末上坟与崇祯时风俗多近似处，盖非偶然也。

廿九年六月二日

## 附　记

　　《癸巳类稿》卷十《书镇洋县志后》，《茶香室续钞》二十三《明人以食鹅为重》条，引王世贞《家乘》及《觚不觚录》，言共父以御史里居，宴客进子鹅必去其首尾，而以鸡首尾盖之，曰御史无食鹅例也。盖明清旧例非上等馔不用鹅云。

（《药味集》）

# 关于扫墓

清明将到了，各处人民都将举行扫墓的仪式。中国社会向来是家族本位的，因此又自然是精灵崇拜的，对于墓祭这件事便十分看得重要。明末张岱著《梦忆》卷一有《越俗扫墓》一则云：

"越俗扫墓，男女炫服靓装，画船箫鼓，如杭州人游湖，厚人薄鬼，率以为常。二十年前，中人之家尚用平水屋帻船，男女分两截坐，不坐船，不鼓吹，先辈谑之曰，以结上文两节之意。后渐华靡，虽监门小户男女必用两座船，必巾，必鼓吹，必欢呼畅饮，下午必就其路之所近游庵堂寺院及士大夫家花园，鼓吹近城必吹海东青独行千里，锣鼓错杂，酒徒沾醉必岸帻嚣嘈，唱无字曲，或舟中攘臂与侪列厮打。自三月朔至夏至，填城溢国，日日如之。乙酉方兵，画江而守，虽鱼艦菱舠收拾略尽，坟垅数十里而遥，子孙数人挑鱼肉楮钱徒步往返之，妇女不得出城者三岁矣。萧索凄凉，亦物极必反之一。"清嘉庆时顾禄著《清嘉录》十二卷，其三月之卷中有纪上坟者云：

"士庶并出祭祖先坟墓，谓之上坟，间有婿拜外父母墓者。以清明前一日至立夏日止，道远则泛舟具馔以往，近则提壶担盒而出。挑新土，烧楮钱，祭山神，奠坟邻，皆向来之旧俗也。凡新娶妇必挈以同行，谓之上花坟。新葬者又皆在社前祭扫，谚云，新坟不过社。"

苏浙风俗本多相同，所以二书所说几乎一致，但是在同一地方却也不是全无差异，盖乡风之下又有不同的家风，如故乡东陶坊中西邻栋姓，上坟仪注极为繁重，自洗脸献茶烟以至三献，费半天的功夫，而东边桥头寿姓又极简单，据说只一人坐脚浆船至坟前焚香楮而回，自己则从袖中出"洞里火烧"数个当饭吃而已。明刘侗著《帝京景物略》卷二春场中云：

"三月清明日男女扫墓，担提尊榼，轿马后挂楮锭，粲粲然满道也。拜者，酹者，哭者，为墓除草添土者，焚楮锭次，以纸钱置坟头，望中无纸钱则孤坟矣。哭罢，不归也，趋芳树，择园圃，列坐尽醉，有歌者。哭笑无端，哀往而乐回也。"清富察敦崇著《燕京岁时记》云：

"清明即寒食，又曰禁烟节，古人最重之，今人不为节，但儿童戴柳，祭扫坟茔而已。世族之祭扫者，于祭品之外以五色纸钱制成幡盖，陈于墓左，祭毕子孙亲执于墓门之外而焚之，谓之佛多，民间无用者。"

以上两则都是说北京的事，可是与苏浙相比又觉得相去不远，所不同者只是没有画船箫鼓罢了。上坟的风俗固然含有伦理的意义，有人很是赞成，就是当作诗画的材料也是颇好的，不过这似乎有点不能长保，是很可惜的事。盖扫墓非土著不可，如《景物略》记清明云："是日簪柳，游高梁桥，曰踏青，多四方客未归者，祭扫日感念出游。"客只能踏青而已，何益于事哉。而近来人民以职业等等关系去其家乡者日益众多，归里扫墓之事很不容易了，欲四方客未归者上坟是犹劝饥民食肉糜也。至于民族扫墓之说，于今二年，鄙人则不大赞同，此事不很好说，但老友张溥泉君久在西北，当能知鄙意耳。

二十四年三月

（《苦茶随笔》）

# 蔡孑民（一）

　　复辟的事既然了结，北京表面上安静如常，一切都恢复原状，北京大学也照常的办下去，到天津去避难的蔡校长也就回来了，因为七月三十一日的记上载着至大学访蔡先生的事情。九月四日记着大学聘书，这张聘书却经历了四十七年的岁月，至今存在，这是很难得的事情，上面写着"敬聘某某先生为文科教授，兼国史编纂处纂辑员"，月薪记得是教授初级为二百四十元，随后可以加到二百八十元为止。到第二年（一九一八）四月却改变章程，由大学评议会议决"教员延聘施行细则"，规定聘书计分两种，第一年初聘系试用性质，有效期间为一学年，至第二年六月致送续聘书，这才长期有效。施行细则关于"续聘书"有这几项的说明：

　　"六、每年六月一日至六月十五日为更新初聘书之期，其续聘书之程式如左，敬续聘某先生为某科教授，此订。

　　七、教授若至六月十六日尚未接本校续聘书，即作为解约。

　　八、续聘书止送一次，不定期限。"这样的办法其实是很好的，对于教员很是尊重，也很客气，在蔡氏"教授治校"的原则下也正合理，实行了多年没有什么流弊。但是物极必反，到了北伐成功，北京大学由蒋梦麟当校长，胡适之当文科学长的时代，这却又有了变更；即自民国十八年（一九二九）以后仍改为每年发聘书，如到了学年末不曾收到新的聘书，那就算是解了聘了。在学校方面，生怕如照从前的办法，有不合适的教授拿着无限期的聘书，学校要解约时硬不肯走，所以改用了这个办法，比较可以运用自如了罢。其实也不尽然，这原在人不在办法，和平的人就是拿着无限期聘书，也会不则一声的走了；激烈的虽是期限已满，也还要争执，不肯罢休的。许之衡便是前者的实例，林损（公铎）则属于后者，他在被辞退之后，大写其抗议的文章，在《世界日报》上发表的致胡博士的信中，"遗我一矢"之语，但是胡博士并不回答，所以这事也就不久平息了。

蔡孑民在民国元年（一九一二）南京临时政府任教育总长的时候，首先即停止祭孔，其次是北京大学废去经科，正式定名为文科，这两件事情在中国的影响极大，是绝不可估计得太低的。中国的封建旧势力依靠孔子圣道的定名，横行了多少年，现在一股脑儿的推倒在地上，便失了威信，虽然它几次想卷土重来，但这有如废帝的复辟，却终于不能成了。蔡孑民虽是科举出身，但他能够毅然决然冲破这重樊篱，不可不说是难能可贵。后来北大旧人仿"柏梁台"做联句，分咏新旧人物，其说蔡孑民的一句是，"毁孔子庙罢其祀"，可说是能得要领，其余咏陈独秀胡适之诸人的惜已忘记，只记得有一句是说黄侃（季刚）的，却还记得，这是"八部书外皆狗屁"，也是适如其分。黄季刚是章太炎门下的弟子，平日专攻击弄新文学的人们，所服膺的是八部古书，既是《毛诗》《左传》《周礼》《说文解字》《广韵》《史记》《汉书》《文选》是也。蔡孑民的办大学，主张学术平等，设立英法日德俄各国文学系，俾得多了解各国文化。他又主张男女平等，大学开放，使女生得以入学。他的思想办法有人戏称之为古今中外派，或以为近于折衷，实则无宁说是兼容并包，可知其并非是偏激一流，我故以为是真正儒家，其与前人不同者，只是收容近世的西欧学问，使儒家本有的常识更益增强，持此以判断事物，以合理为止，所以即可目为唯理主义。《蔡孑民先生言行录》二册，辑成于民国八九年顷，去今已有四十年，但仍为最好的结集；如或肯去虚心一读，当信吾言不谬。旧业师寿洙邻先生是教我读四书的先生，近得见其评语，题在《言行录》面上者，计有两则云：

"孑民学问道德之纯粹高深，和平中正，而世多訾嗷，诚如庄子所谓纯纯常常，乃比于狂者矣。

孑民道德学问，集古今中外之大成，而实践之，加以不择壤流，不耻下问之大度，可谓伟大矣。"

寿先生平常不大称赞人，唯独对于蔡孑民不惜予以极度的赞美，这也并非偶然的，盖因蔡孑民素主张无政府共产，绍兴人士造作种种谣言，加以毁谤事实，证明却乃正相反，这有如蔡孑民自己所说，"唯男女之间一毫不苟者，夫然后可以言废婚姻。"其古今中外派的学说看似可笑，但在那时代与境地却大大的发挥了它的作用，因为这种宽容的态度，正与统一思想相反，可以容得新思想长成发达起来。

# 蔡孑民（二）

讲到蔡孑民的事，非把林蔡斗争来叙说一番不可，而这事又是与复辟很有关系的。复辟这出把戏，前后不到两个星期便收场了，但是它却留下很大的影响，在以后的政治和文化的方面，都是关系极大。在政府上是段祺瑞以推倒复辟的功劳，再做内阁总理，造成皖系的局面，与直系争权利，演成直皖战争；接下去便是直奉战争，结果是张作霖进北京来做大元帅，直到北伐成功，北洋派整个坍台，这才告一结束。在段内阁当权时代，兴起了那有名的五四运动，这本来是学生的爱国的一种政治表现，但因为影响于文化方面者极为深远，所以或又称以后的作新文化运动。这名称是颇为确实的，因为以后蓬蓬勃勃起来的文化上诸种运动，几乎无一不是受了复辟事件的刺激而发生而兴旺的。即如《新青年》吧，它本来就有，叫作青年杂志，也是普通的刊物罢了，虽是由陈独秀编辑，看不出什么特色来。后来有胡适之自美国寄稿，说到改革文体，美其名曰"文学改革"，可是说也可笑，自己所写的文章都还没有用白话文。第三卷里陈独秀答胡适书中，尽管很强硬的说：

"独至改良中国文学当以白话文学正宗之说，其是非甚明，必不容反对者有讨论余地，必以吾辈所主张者为绝对之是，而不容他人之匡正也。"可是说是这么说，做却还是做的古文，和反对者一般（上边的这一节话，是抄录黎锦熙在《国语周刊》创刊号所说的）。我初来北京，鲁迅曾以《新青年》数册见示，并且述许季茀的话道，"这里边颇有些谬论，可以一驳"。大概许君是用了《民报》社时代的眼光去看它，所以这么说的吧。但是我看了却觉得没有什么谬，虽然也并不怎么对，我那时也是写古文的，增订本《域外小说集》所说梭罗古勃的寓言数篇，便都是复辟前后这一个时期所翻译的。经过那一次事件的刺激，和以后的种种考虑，这才翻然改变过来，觉得中国很有"思想革命"之必要，光只是"文学革命"实在不够，虽然表现的文字改革自然是联带的应当做到的事，不过不是主要的目的罢了。所以我所写的第一篇白话文，乃是《古诗今译》，内容是古希腊谛阿克列多思的牧歌第十，在九月十八日译成，十一月十四日又加添了一篇题记，送给《新青年》去，在第四卷中登出的。题记原文如下：

"一、谛阿克列多思（The Okritos）牧歌是希腊二千年前的古诗，今却用口语来译它，因为我觉得不好，又相信中国只有口语可以译它。

什法师说，译书如嚼饭哺人，原是不错。真要译得好，只有不译，若译它时，总有两件缺点，但我说，这却正是翻译的要素。（一）不及原本，因为已经译成中国语。如果还同原文一样好，除非请谛阿克列多思学了中国文自己来做。（二）不像汉文——有声调好读的文章——因为原是外国著作。如果用汉文一般样式，那就是我随意乱改的胡涂文，算不了真翻译。

二、口语作诗不能用五七言，也不必定要押韵，只要照呼吸的长短作句便好。现在所译的歌就用此法，且试试看，这就是我所谓新体诗。

三、外国字有两不译，一人名地名（原来著者姓名系用罗马字拼，如今用译音了），二特别名词，以及没有确当译语，或容易误会的，都用原语，但以罗马字作标准。

四、以上都是此刻的见解，倘若日后想出更好的方法，或者有人别有高见的时候，便自然从更好的走。"

这篇译诗与题记，都经过鲁迅的修改，题记中第二节的第二段由他添改了两句，即是"如果"云云，口气非常的强有力，其实我在那里边所说，和我早年的文章一样，本来也颇少婉曲的风致，但是这样一改便显得更是突出了。其次是鲁迅个人，从前那么隐默，现在却动手写起小说来，他明说是由于"金心异"（钱玄同的诨名）的劝驾，这也是复辟以后的事情。钱君从八月起，开始到会馆来访问，大抵是午后四时来，吃过晚饭，谈到十一二点钟回师大寄宿舍去。查旧日记八月中的九日、十七日、廿七日来了三回，九月以后每月只来过一回。鲁迅文章中所记谈话，便是问抄碑有什么用，是什么意思，以及末了说"我想你可以做一点文章"，这大概是在头两回所说的。"几个人既然起来，你不能说决没有毁灭这铁屋的希望。"这个结论承鲁迅接受了，结果是那篇《狂人日记》，在《新青年》次年四月号发表，它的创作时期当在那年初春了。如众所周知，这篇《狂人日记》不但是篇白话文，而且是攻击人吃人的礼教的第一炮，这便是鲁迅钱玄同所关心的思想革命问题，其重要超过于文学革命了。

# 蔡子民（三）

　　如今说到了林蔡斗争的问题，不由得我在这里不作一次"文抄公"了，但在抄袭之先，还须得让我来说明几句。北洋派的争斗，如果只是几个军阀的争权夺利，那就是所谓狗咬狗的把戏，还没有多大的害处，假如这里边夹杂着一两个文人，便容易牵涉到文化教育上来，事情就不是那么的简单了。段祺瑞派下有一个徐树铮，是他手下顶得力的人，不幸又是能写几句文章，自居于桐城派的人，他办着一个成达中学，拉拢好些文人学士，其中有一个自称清室举人的林纾，以保卫圣道自居，想借了这武力，给北大以打击；又连络校内的人做内线，于是便兴风作浪起来了。最初他在上海《新申报》上发表《蠡叟丛谈》，是《谐铎》一流的短篇，以小说的形式，对于北大的《新青年》的人物加以辱骂与攻击，记得头一篇名叫《荆生》，说有田必美，狄莫与金心异——影射陈独秀、胡适与钱玄同的姓名——三个人，放言高论，诋毁前贤，被荆生听见了，把这班人痛加殴打，这所谓荆生乃是暗指徐树铮。用意既极为恶劣，文词亦多草率不通，如说金心异"畏死如猬"，畏死并不是刺猬的特性，想见写的时候是气愤极了，所以这样的乱涂。随后还有一篇《妖梦》，说梦见这班非圣无法的人都给一个怪物拿去吃了，里边有一个名元绪公，即是说的蔡子民，因为《论语》注有"蔡，大龟也"的话，所以比他为乌龟，这元绪公尤是刻薄的骂人话。蔡子民答复法科学生张厚载的信里说得好：

"得书知林琴南君攻击本校教员之小说，均由兄转寄新申报。在兄与林君有师生之谊，宜爱护林君；兄为本校学生，宜爱护母校，林君作此等小说，意在毁坏本校名誉，兄徇林君之意而发布之，于兄爱护母校之心，安乎否乎？仆生平不喜作谩骂语轻薄语，以为受者无伤，而施者实为失德。林君詈仆，仆将哀矜之不暇，而又何憾焉。唯兄反诸爱护本师之心，安乎否乎？往者不可追，望以后注意。"

林琴南的小说并不只是谩骂，还包含着恶意的恐吓，想假借外来的力量，摧毁异己的思想；而且文人笔下辄含杀机，动不动便云宜正两观之诛，或曰寝皮食肉，这些小说也不是例外；前面说作者失德，实在是客气话，失之于过轻了。虽然这只是推测的话，但是不久渐见诸事实，即是报章上正式的发表干涉，成为林蔡斗争的公案，幸而军阀还比较文人高明，他们忙于自己的政治的争夺，不想就来干涉文化，所以幸得苟安无事，而这场风波终于成为一场笔墨官司而完结了。我因为要抄录这场斗争的文章，先来说明几句，都是写得长了，姑且作为一段，待再从《公言报》的记事说起吧。

# 卯字号的名人（一）

为了记录林蔡二人的笔墨官司，把两方面的文件抄写了一遍，不意有六七千字之多，做了一回十足的"文抄公"，给"谈往"增加了不少的材料，但是这实在乃是欲了解"五四"以前的北大情形的资料，不过现在已经很是难得，我恰有一册《蔡孑民先生言行录》下，里边收有此文，所以拿来利用了。我本来还有《公言报》上的原本，却已经散失，这回转录难免有些错字，只是随了文气加以订正，恐怕是不很靠得住的。现在这重公案既然交代清楚，我们还是回过头去，再讲北京大学的事情。那时是民国六年（一九一七）的秋天，距我初到北京才五六个月，所以北大的情形还是像当初一个样子，所谓北大就是在马神庙的这一处，第一院的红楼正在建筑中，第三院的译学馆则是大学预科，文理本科完全在景山东街，即是马神庙的"四公主府"；而且其时那正门也还未落成，平常进出总是走西头的便门，即后来叫作西斋的寄宿舍的门的。进门以后，往北一带靠西边的围墙有若干间独立的房子，当时便是讲堂，进去往东是教员的休息室，也是一带平房。靠近南墙，外边便是马路，不知什么缘故，普通叫作"卯字号"，随后改作校医室，一时又当作女生寄宿舍。但在最初却是文科教员的预备室，一个人一间，许多名人每日都在这里聚集，如钱玄同、朱希祖、刘文典以及胡适博士，还有谈红楼故事的人所常谈起的，沈二马诸公——但其时实在只有沈尹默与马裕藻而已；沈兼士在香山养病，沈士远与马衡都还未进北大；刘半农虽然与胡适之是同在这一年里进北大来，但是他担任的是预科功课，所以住在译学馆里。卯字号的最有名的逸事，便是这里所谓两个老兔子和三个小兔子的事，这件事说明了极是平常，却很有考据的价值；因为文科有陈独秀与朱希祖是己卯年生的，又有三人则是辛卯年生，那时胡适之刘半农和刘文典，在民六才只二十七岁，过了四十多年之后再提起来说，陈朱二刘已早归了道山，就是当时翩翩年少的胡君，也已成了十足古希的老博士了（胡氏亦已逝世）。

　　这五位卯年生的名人之中，在北大资格最老的要算朱希祖，他还是民国初年进校的吧，别人都在蔡子民长校之后，陈独秀还在民五冬天，其他则在第二年里了，朱希祖是章太炎先生的弟子，在北大主讲中国文学史，但是他的海盐话很不好懂，在江苏浙江的学生还不妨事，有些北方人听到毕业，还是不明白。有一个同学说，他听讲文学史到了周朝，教师反复的说孔子是"厌世思想"的，心里很是奇怪，又看黑板上所写引用孔子的话，都是积极的，一点看不出厌世的痕迹，尤其觉得纳闷；如是过了好久，后来不知因了什么机会，忽然省悟教师所说的"厌世"思想，实在乃是说"现世"思想，因为朱先生读"现"字不照国语发音如"线"，仍用方音读若"艳"，与厌字音便很相近似了。但是北方学生很是老实，虽然听不懂他的说话，却很安分，不曾表示反对，那些出来和他为难的反而是南方尤其是浙江的学生，这也是一件很有趣的事。在同班的学生中有一位姓范的，他捣乱得顶厉害，可是外面一点都看不出来，大家还觉得他是用功安分的好学生。在他毕业了过了几时，才自己告诉我们说，凡遇见讲义上有什么漏洞可指的时候，他自己并不出头开口，只写一小纸条搓团，丢给别的学生，让他起来说话，于是每星期几乎总有人对先生质问指摘。这已经闹得教员很窘了，末了不知怎么又有什么匿名信出现，作恶毒的人身攻击，也不清楚这是什么人的主动。学校方面终于弄得不能付之不问了，于是把一位向来出头反对他们的学生，在将要毕业的直前除了名，而那位姓范的仁兄安然毕业，成了文学士。这位姓范的是区区的同乡，而那顶了缸的姓孙的则是朱老夫子自己的同乡，都是浙江人，可以说是颇有意思的一段因缘。

后来还有一回类似的事，在五四的前后，文学革命运动兴起，校内外都发生了反应，校外的反对派代表是林琴南。他在《新申报》《公言报》上发表文章，肆行攻击，顶有名的是《新申报》上的《蠡叟丛谈》，本是假聊斋之流，没有什么价值，其中有一篇名叫《荆生》和《妖梦》的小说，是专门攻击北大，想假借武力来加以摧毁的。北大法科有一个学生叫作张镣子，是徐树铮所办的立达中学出身，林琴南在那里教书时的学生，平常替他做些情报，报告北大的事情，又给林琴南寄稿至《新申报》。这些事上文都曾经说及，当时蔡子民的回信虽严厉而仍温和的加以警告，但是事情演变下去，似乎也不能那么默尔而歇；所以随后北大评议会终于议决开除他的学籍，虽然北大是向来不主张开除学生，特别是在毕业的直前，但这两件事似乎都是例外。从来学校里开除的，都是有本领好闹事的好学生，北大也是如此。张镣子是个剧评专家，在北大法科的时候便为了辩护京戏，关于脸谱和所谓捧壳子的问题，在《新青年》上发生过好几次笔战。范君是历史大家，又关于《文心雕龙》得到黄季刚的传授，有特别的造诣。孙世旸是章太炎先生家的家庭教师还是秘书，也是黄季刚的高足弟子，大概是由他的关系而进去的。这样看来，事情虽是在林琴南的信发表以前，这正是所谓新旧文学派之争的一种表现，黄季刚与朱希祖虽然同是章门，可是他排除异己，却是毫不留情的。我为黄季刚同在北大多年，但是不曾见过面，和刘申叔也是这样，虽然他在办《天义报》《河南》的时候，我都寄过稿，随后又同在北大，却只有在教授会议的会场上远远的望见过一次颜色；若黄季刚连这也没有，也不曾见过照相，这不能不说是一个缺恨了。

# 卯字号的名人（二）

这里第二位的名人乃是陈独秀。他是蔡孑民长校以后所聘的文科学长，大约当初也认识吧，但是他进北大去，据说是由沈君默（当时他不叫尹默，后来因为有人名沈默君，所以他把口字去了，改作尹默，老朋友叫他却仍然是君默，他也不得不答应）的推荐，其时他还没有什么急进的主张，不过是一个新的名士而已，看早期的《青年杂志》当可明了，乃至杂志改称《新青年》，大概在民六这一年里，逐渐有新的发展。胡适之在美国，刘半农在上海，校内则有钱玄同，起而响应，由文体改革进而为对于旧思想之攻击，便造成所谓文学革命运动。到了学年开始，胡适之、刘半农都来北大任教，于是《新青年》的阵容愈加完整，而且这与北大也就发生不可分的关系了。但是月刊的效力，还觉得是缓慢，何况《新青年》又并不能按时每月出版，所以大家商量再来办一个周刊类的东西，可以更为灵活方便一点。这事仍由《新青年》同人主持，在民七（一九一八）的冬天筹备起来，在日记上找到这一点记录：

"十一月廿七日，晴。上午往校，下午至学长室议创刊《每周评论》，十二月十四日出版，每月助刊资三元。"那时与会的人记不得了，主要的是陈独秀、李守常、胡适之等人。结果是十四日来不及出，延至廿一日才出第一号，也是印刷得很不整齐。当初我做了一篇《人的文学》，送给《每周评论》，得独秀复信云：

"大著《人的文学》做得极好，唯此种材料以载月刊为宜，拟登入《新青年》，先生以为如何？周刊已批准，定于本月二十一日出版，印刷所之要求，下星期三即须交稿，唯纪事文可在星期五交稿。文艺时评一栏，望先生有一实物批评之文。豫才先生处，亦求先生转达。十四日"

我接到此信，改写《平民的文学》与《论黑幕》二文，先后在第四五两期上发表。随后接连地遇见"五四"和"六三"两次风潮，《每周评论》着实发挥了实力，其间以陈独秀守常之力为多。但是北洋的反动派，却总是对于独秀眈眈虎视，欲得而甘心，六月十二日独秀在东安市场散发传单，遂被警厅逮捕，拘押了起来。日记上说：

"六月十四日，同李辛白王抚等五六人至警厅，以北大代表名义访问仲甫，不得见。"

"九月十七日，知仲甫昨出狱。"

"十八日下午，至箭竿胡同访仲甫，一切尚好，唯因粗食，故胃肠受病。"在这以前，北京御用报纸经常攻击仲甫，以彼不谨细行，常作狭斜之游，故报上纪载时加渲染，说某日因争风抓伤某妓下部，欲以激起舆论，因北大那时有进德会不嫖不赌不娶妾之禁约也。至此遂以违警见捕，本来学校方面也可以不加理睬。但其时蔡校长也经出走，校内评议会多半是"正人君子"之流，所以任凭陈氏之辞职，于是拔去了眼中钉，反动派乃大庆胜利了。独秀被捕后，《每周评论》由李守常胡适之主持，二人本来是薰莸异器，合作是不可能的，但事实上没有别的办法。日记上说：

"六月廿三日，晴。下午七时至六味斋，适之招饮，同席十二人，共议《每周评论》善后事，十时散。"来客不大记得了，商议的结果，大约也只是维持现状，由守常、适之共任编辑，生气虎虎的《每周评论》，已经成了强弩之末，有几期里大幅的登载学术讲演，此外胡适之的有名的"少谈主义多谈问题"的议论，恐怕也是在这上边发表的。但是反动派还不甘心，在过了一个多月之后，《每周评论》终于在八月三十日被停刊了，总共出了卅六期。《新青年》的事情，以后仍归独秀去办，日记上记有这一节话：

"十月五日，晴。下午二时至适之寓所，议《新青年》事，自七卷始，由仲甫一人编辑，六时散，适之赠所著《实验主义》一册。"在这以前，大约是第五六卷吧，曾议决由几个人轮流担任编辑，记得有独秀、适之、守常、半农、玄同和陶孟和这六个人，此外有没有沈尹默，那就不记得了，我特别记得是陶孟和主编的这一回。我送去一篇译稿，是日本江马修的小说，题目是《小的一个人》，无论怎么总是译不好，陶君给我添了一个字，改作《小小的一个人》，这个我至今不能忘记，真可以说是"一字师"了。关于《新青年》的编辑会议，我一直没有参加过，《每周评论》的也是如此，因为我们只是客员，平常写点稿子，只是遇着兴废的重要关头，才会被邀列席罢了。

# 卯字号的名人（三）

　　上边说陈仲甫的事，有一半是关系胡适之的；现在要讲刘半农，这也与胡适之有关，因为他之成为法国博士，乃是胡适之所促成的。我们普通称胡适之为胡博士，也叫刘半农为刘博士，但是很有区别，刘的博士是被动的，多半含有同情和怜悯的性质。胡的博士却是能动的，纯粹是出于嘲讽的了。刘半农当初在上海卖文为活，写"礼拜六"派的文章，但是响应了《新青年》的号召，成为文学革命的战士，确有不可及的地方。来到北大以后，我往预科宿舍区访问他，承他出示所作《灵霞馆笔记》的资料，原是些极为普通的东西，但经过他的安排组织，却成为很可诵读的散文，当时就很佩服他的聪明才力。可是英美派的绅士很看它不起，明嘲暗讽，使他不安于位，遂想往外国留学，民九乃以公费赴法国。留学六年，始终获得博士学位，而这学位乃是国家授与的，与别国的由私立大学所授的不同，他屡自称国家博士，虽然有点可笑，但这是很可原谅的。他最初参加《新青年》，出力奋斗，顶重要的是和钱玄同合唱"双簧"，由玄同扮作旧派文人化名王敬轩，写信抗议，半农主持答复，痛加反击，这些都做得有些幼稚，在当时却是很有振聋发聩的作用的。他不曾与闻《每周评论》，在"五四"时，胡主持高等学校教职合会事务，后来归国加入《语丝》，作文十分勇健，最能吓破绅士派的苦胆。后来去绥远作学术考察，生了回还热，这本来可以医好，为中医所误，于一九三四年去世。在追悼会的时候，我总结他的好处共有两点；其一是他的真，他不装假，肯说话，不投机，不怕骂，一方面却是天真烂漫，对什么人都无恶意。其二是他的杂学，他的专门是语音学，但他的兴趣很广博，文学美术他都喜欢，做诗、写字、照相、搜书、谈文法、谈音乐，有人或者嫌他杂，我觉得这正是好处，方面广，理解多，于处世和治学都有用。当时并做了一副挽联送去，其名曰：

> 十七年尔汝旧交，追忆还从卯字号。
>
> 廿余日驰驱大漠，归来竟作丁令威。

在第二年的夏天，下葬于北京西郊，刘夫人命作墓志刻石，我遂破天荒第一次正式做起文章来，写成《故国立北京大学教授刘君墓志》一篇，其文如下：

> "君姓刘，名复，号半农，江苏江阴县人，生于清光绪十七年辛卯四月二十日，以中华民国二十三年七月十四卒于北平，年四十四。夫人朱惠，生子女三人，育厚、育伦、育敦。
>
> 君少时曾奔走革命，已而卖文为活，民国六年被聘为国立北京大学预科教授，九年，教育部派赴欧洲留学，凡六年；十四年应巴黎大学考试，受法国国家文学博士学位，返北京大学，任中国文学系教授，兼研究所国学门导师。二十年为文学院研究教授，兼研究院文史部主任。二十三年六月至绥远调查方音，染回归热，返北平，遂卒。二十四年五月葬于北平西郊香山之玉皇顶。

君状貌英特，头大，眼有芒角，生机勃勃，至中年不少衰。性果毅，勤劳苦，专治语音学，多所发明。又爱好文学艺术，以余力照相、写字、作诗文，皆精妙。与人交游，和易可亲，善谈谐，老友或与戏谑以为笑。及今思之，如君之人已不可再得。呜呼，古人伤逝之意，其在兹乎。

　　将葬，夫人命友人绍兴周作人撰墓志，如皋魏建功书石，鄞马衡篆盖。作人，建功，衡于谊不能辞，故谨志而书之。"

　　第五个卯字号的名人乃是刘文典，但是这里余白已经不多，只好来少为讲几句，虽然他的事情说来很多。他是安徽合肥县人，乃是段祺瑞的小同乡，为刘申叔的弟子，擅长那一套学问，所著有《淮南子集解》（？），有名于时。其状貌甚为滑稽，口多微词，凡词连段祺瑞的时候，辄曰，"我们的老中堂……"以下便是极不雅驯的话语，牵连到"太夫人"等人的身上去。刘号曰叔雅，常自用文字学上变例改为"狸豆乌"，友人则戏称之为"刘格拉玛"，用代称号。因为昔曾吸食鸦片烟，故面目黧黑，亦不讳言，又性喜猪肉，尝见钱玄同在餐馆索素食，便来辩说其不当，庄谐杂出，玄同匆遽避去。后来北大避难迁至昆明，于是相识友人遂进以尊号，曰二云居士，谓云土与云腿，皆所素嗜也。平日很替中医辩护，谓世上混账人太多，他们"一线死机"唯以有若辈在耳，其持论奇辟，大抵类此。

# 三沈二马（上）

　　平常讲起北大的人物，总说有三沈二马，这是与事实有点不很符合的。事实上北大里后来是有三个姓沈的和两个姓马的人，但在我们所说的"五四"前后却不能那么说，因为那时只有一位姓沈的即是沈尹默，一位姓马的即是马幼渔，别的几位都还没有进北大哩。还有些人硬去拉哲学系的马夷初来充数，殊不知这位"马先生"——这是因为他发明一种"马先生汤"，所以在北京饭馆里一时颇有名——乃是杭县人，不能拉他和鄞县的人做是一家，这尤其是可笑了。沈尹默与马幼渔很早就进了北大，还在蔡子民长北大之前，所以资格较老，势力也比较的大。实际上两个人有些不同，马君年纪要大几岁，人却很是老实，容易发脾气，沈君则更沉着，有思虑，因此虽凡事退后，实在却很起带头作用。朋友们送他一个徽号叫"鬼谷子"，他也便欣然承受。钱玄同尝在背地批评，说这诨名起得不妙，鬼谷子是阴谋大家，现在这样的说，这岂不是自己去找骂么？但就是不这样说，人家也总是觉得北大的中国文学系里的浙江人专权；因为沈是吴兴人，马是宁波人，所以有"某籍某系"的谣言，虽是"查无实据"，却也是"事出有因"；但是这经过闲话大家陈源的运用，转移过来说绍兴人，可以说是不虞之誉了。我们绍兴人在"正人君子"看来，虽然都是绍兴师爷一流人，性好舞文弄墨，但是在国文系里，我们是实在毫不足轻重的。他们这样的说，未必是不知道事实，但是为的"挑剔风潮"，别有作用，却也可以说弄巧成拙，留下了这一个大话柄了吧。

如今闲话休题，且说那另外的两位沈君，一个是沈兼士，沈尹默的老弟，他的确是已经在北大里了，因为民六那一年，我接受北大国史编纂处的聘书为纂译员，共有两个人，一个便是沈兼士，不过他那时候不在城里，实在香山养病。他生的是肺病，可不是肺结核，乃是由于一种名叫二口虫的微生物，在吃什么生菜的时候进到肚里，侵犯肺脏，发生吐血；这是他在东京留学时所得的病，那时还没有痊愈。他也曾经从章太炎问学，他的专门是科学一面，在"物理学校"上课，但是兴味却是国学的"小学"一方面，以后他专搞文字学的形声，特别是"右文问题"，便是凡从某声的文字也含有这声字的意义。他在西山养病时，又和基督教的辅仁学社的陈援庵相识，陈研究元史，当时著《一赐乐业考》《也里可温考》等，很有些新气象；逐渐二人互相提携，成为国学研究的名流。沈兼士任为北大研究所国学门主任，陈援庵则由导师，转升燕京大学的研究所主任，再进而为辅仁大学校长，更转而为师范大学校长，至于今日。沈兼士随后亦脱离北大，跟陈校长任辅仁大学的文学院长，终于因同乡朱家骅的关系，给国民党做教育的特务工作，胜利以后匆遽死去。陈援庵同胡适之也是好朋友，但胡适之在解放的前夕乘飞机仓皇逃到上海，陈援庵却在北京安坐不动；当时王古鲁在上海，特地去访胡博士，劝他回北京至少也不要离开上海，可是胡适之却不能接受这个好意的劝告。由此看来，沈兼士和胡适之都不能及陈援庵的眼光远大，他的享有高龄与荣誉，可见不是偶然的事了。

另外一个是沈大先生沈士远，他的名气都没有两个兄弟的大，人却顶是直爽，有北方人的气概；他们虽然本籍吴兴，可是都是在陕西长大的。钱玄同尝形容他说，譬如有几个朋友聚在一起谈天，渐渐的由正经事谈到不很雅驯的事，这是凡在聚谈的时候常有的现象，他却在这时特别表示一种紧张的神色，仿佛在声明道，现在我们要开始说笑话了！这似乎形容得很是得神。他最初在北大预科教国文，讲解得十分仔细，讲义中有一篇《庄子》的《天下篇》，据说这篇文章一直要讲上一学期，这才完了，因此学生们送他一个别号便是"沈天下"。随后转任为北大的庶务主任，到后来便往燕京大学去当国文教授，时间大约在民国十五年（一九二六）吧，因为第二年的四月，李守常被捕的那天，大家都到他海甸家里去玩；守常的大儿子也同了同学们去，那天就住在他家里；及至次晨这才知道昨日发生的事情，便由尹默打电话告知他的老兄，叫暂留守常的儿子住在城外。因此可以知道他转往燕大的时期，这以后他就脱离了北大，解放后他来北京在故宫博物院任职，但是不久也就故去了。至今三位沈君之中，只有尹默还是健在；但他也已早就离开北大，在民国十八年北伐成功之后，他陆续担任河北省教育厅长、北平大学校长、女子文理学院院长，后到上海任中法教育职务，他擅长书法，是旧日朋友中很难得的一位艺术家。

# 三沈二马（下）

　　现在要来写马家列传了。在北大的虽然只有两位马先生，但是他家兄弟一共有九个，不过后来留存的只有五人，我都见到过，而且也都相当的熟识。马大先生不在了，但留下一个儿子，时常在九先生那里见着。二先生即是北大的马幼渔，名裕藻，本来他们各有一套标准的名号，很是整齐，大约还是他们老太爷给定下来的，即四先生名衡，字叔平，五先生名鉴，字季明，七先生名准，本字绳甫，后来曾一度出家，因改号太玄，九先生名廉，字隅卿，照例二先生也应该是个单名，字为仲什么；但是他都改换掉了，大约也在考取"百名师范"，往日本留学去的时候吧。不晓得他的师范是哪一门，但他在北大所教的乃是章太炎先生所传授的文字学的音韵部分，和钱玄同的情形正是一样。他进北大很早，大概在蔡子民长校之前，以后便一直在里边，与北大共始终。民国廿六年（一九三七），学校迁往长沙，随后又至昆明，他没有跟了去，学校方面承认几个教员有困难的不能离开北京，名为北大留校教授，凡有四人，即马幼渔、孟心史、冯汉叔和我，由学校每月给予留京津贴五十元，但在解放以前他与冯孟两位却已去世了。

　　马幼渔性甚和易，对人很是谦恭，虽是熟识朋友，也总是称某某先生，这似乎是马氏弟兄的一种风气，因为他们都是如此的。与旧友谈天颇喜诙谐，唯自己不善剧谈，只是傍听微笑而已，但有时迹近戏弄的也不赞成。有一次刘半农才到北京不久，也同老朋友一样和他开玩笑，在写信给他的时候，信面上写作"鄞县马厩"，主人见了觍然不悦，这其实要怪刘博士的过于轻率的。他又容易激怒，在评议会的会场上遇见不合理的议论，特别是后来"正人君子"的一派，他便要大声叱咤，一点不留面子，与平常的态度截然不同。但是他碰见了女学生，那就要大倒其楣，他平时的那种客气和不客气的态度都没有用处。现在来讲这种轶事，似乎对于故人有点不敬的意思。本来在知识阶级中间这是很寻常的事，居家相敬如宾，出外说到太太时，总是说自己不如，或是学问好，或是治家有方；有些人听了也不大以为然，但那毕竟与季常之惧稍有不同，所以并无什么可笑之处，至多是有点幽默味罢了。他有一个时候曾在女师大或者还是女高师兼课，上课的时候不知怎的说及那个问题，关于"内人"讲了些话，到了下星期的上课时间，有两个女同学提出请求道：

"这一班还请老师给我们讲讲内人的事吧。"这很使得他有点为难，大概只是嗨嗨一笑，翻开讲义夹来，模糊过去了吧。这班学生里很出些人物，即如那捣乱的学生就是那有名的黄瑞筠，当时在场的她的同学后来出嫁之后讲给她的"先生"听，所以虽然是间接得来，但是这故事的真实性是十分可靠的。说到这里，联想所及不禁笔又要岔开去，来记刘半农的一件轶事了。这些如教古旧的道学家看来，就是"谈人闺阃"，是很缺德的事，其实讲这故事其目的乃是来表彰他，所以乃是当作一件盛德事来讲的。当初刘半农从上海来北京，虽然有志革新，但有些古代传来的"才子佳人"的思想还是存在，时常在谈话中间要透露出来，仿佛有羡慕"红袖添香"的口气，我便同乐了同加以讽刺，将他的号改为龚孝拱的"半伦"，因为龚孝拱不承认五伦，只余下一妾，所以自认只有半个"伦"了。半农禁不起朋友们的攻击，逐渐放弃了这种旧感情和思想，后来出洋留学，受了西欧尊重女性的教训，更是显著的有了转变了。归国后参加《语丝》的工作，及张作霖入关，《语丝》被禁，我们两人暂避在一个日本武人的家里，半农有《记砚兄之称》一小文，记其事云：

"余与知堂老人每以砚兄相称，不知者或以为儿时同窗友也。其实余二人相识，余已二十七，岂明已三十三。时余穿鱼皮鞋，犹存上海少年滑头气，岂明则蓄浓髯，戴大绒帽，披马夫式大衣，俨然一俄国英雄也。越十年，红胡入关主政，北新封，语丝停，李丹忱捕，余与岂明同避菜厂胡同一友人家。小厢三楹，中为膳食所，左为寝室，席地而卧，右为书室，室仅一桌，桌仅一砚。寝、食、相对枯坐而外，低头共砚写文而已。居停主人不许多友来视，能来者余妻岂明妻而外，仅有徐耀辰兄传递外间消息，日或三四至也。时为民国十六年，以十月二十四日去，越一星期归，今日思之，亦如梦中矣。"我所说的便是躲在菜厂胡同的事，有一天半农夫人来访，其时适值余妻亦在，因避居右室，及临去乃见其潜至门后，亲吻而别，此盖是在法国学得的礼节，维持至今者也。此事适为余妻窥见，相与叹息刘博士之盛德，不敢笑也。刘胡二博士虽是品质不一样，但是在不忘故剑这一点上，却是足以令人钦佩的，胡适之尚健在，若是刘半农则已盖棺论定的了。

# 二马之余

上边讲马幼渔的事，不觉过于冗长，所以其他的马先生只能写在另外的一章了。马四先生名叫马衡，他大约是民国八九年才进北大的吧，教的是金石学一门，始终是个讲师，于校务不发生什么关系；说的人也只是拼凑"二马"的人数，拉来充数的罢了。他的夫人乃是宁波巨商叶澄衷堂家里的小姐，却十分看不起大学教授的地位，曾对别人说：

"现在好久没有回娘家去了，因为不好意思，家里问起叔平干些什么，要是在银行什么地方，那也还说得过去，但是一个大学的破教授，教我怎么说呢？"可是在那些破教授中间，马叔平却是十分阔气的；他平常总是西服，出入有一辆自用的小汽车，胡博士买到福特旧式的"高轩"，恐怕还要在他之后呢。他待人一样的有礼貌，但好谈笑，和钱玄同很说得来；有一次玄同与我转托黎劭西去找白石刻印，因为黎齐有特别关系，刻印可以便宜，只要一块半钱一个字，叔平听见了这个消息，便特地坐汽车到孔德学校宿舍里去找玄同，郑重的对他说：

"你有钱尽管有可花的地方，为什么要去送给齐白石？"他自己也会刻印，但似乎是仿汉的一派，在北京的印人，经他许可的只有王福庵和寿石工，他给我刻过一方名印，仿古人："庾公之斯"的例，印文云"周公之作"，这与陈师曾刻的省去"人"字的"周作"正好是一对了。他又喜欢喝酒，玄同前去谈天留着吃饭的时候，常劝客人同喝，玄同本来也会喝酒，只因血压高怕不敢多吃，所以曾经写过一张《酒誓》，留在我这里，因为他写了同文的两张，一张是给我的，却不知道是什么缘故，都寄到这里来了。原文系用九行行七字的急就贩自制的红格纸所写，其文曰：

"我从中华民国二十二年七月二日起，当天发誓，绝对戒酒，即对于马凡将周苦雨二氏，亦不敷衍矣。恐后无凭，立此存照。钱龟竞十。"下盖朱文方印曰龟竞，十字甚粗笨，则是花押也。给我的一纸文字相同，唯周苦雨的名字排在前面而已。看了这写给"凡将斋"的酒誓，也可以想见主人是个有风趣的人了。他于赏鉴古物也很有工夫，有一年正月逛厂甸，我和玄同叔平大家适值会在一起，又见黎子鹤张凤举一同走来，子鹤拿出来新得来的"酱油青田"的印章，十分得意的给他看，他将石头拿得很远的一看（因为有点眼花），不客气的说道：

"西贝，西贝！"意思是说"假"的。玄同后来时常学他的做法，这也是可以表现他的一种性格。自从一九二四年宣统出宫，故宫博物院逐渐成立以后，马叔平遂有了他适当的工作，后来正式做了院长，直到解放之后这才故去了。

此外还有几位马先生，虽然只有一位与北大有关系，也顺便都记在这里。马五先生即是马鉴、季明，他一向在燕京大学任教，我在那里和他共事好几年，也是很熟的朋友，后来转到香港大学，到近年才归道山。马七先生马准，法号太玄，也是一个很可谈话有风趣的人，在有些地方大学教书，只是因为曾有嗜好，所以不大能够得意，在他的兄弟处时常遇见，颇为稔熟。末了一个是马九先生隅卿，他曾在鲁迅之后任中国小说史的功课，至民国二十四年（一九三五）二月十九日在北京大学第一院课堂上因脑出血去世。隅卿的专门研究是明清的小说戏曲，此外又搜集四明的明末文献，这件事是受了清末的民族革命运动的影响，大抵现今的老年人都有过这种经验，不过表现略有不同，如七先生写到清乾隆必称曰弘历，亦是其一。因为这些小说戏曲从来是不登大雅之堂的，所以隅卿自称曰不登大雅文库，隅卿殁后，听说这文库以万元售给北大图书馆了。后来得到一部二十回本的《平妖传》，又称平妖堂主人，赏复刻书中插画为笺纸，大如册页，分得一匣，珍惜不敢用。又别有一种画笺，系《金瓶梅》中插图，似刻成未印，今不可得矣。居南方时得话本二册，题曰《雨窗集》《欹枕集》，审定为清平山堂同型之木，旧藏天一阁者也。因影印行世，请沈兼士书额云雨窗欹枕室，友人或称之为雨窗先生。隅卿用功甚勤，所为札记甚多，平素过于谦逊不肯发表，尝考冯梦龙事迹著作甚详备，又抄集遗文成一卷，屡劝其付印亦未允。二月十八日是阴历上元，他那时还出去看街上的灯，一直兴致很好，不意到了第二天，便尔溘然了。我送去一副挽联，只有十四个字：

> 月夜看灯才一梦，
> 雨窗欹枕更何人。

中年以后丧朋友是很可悲的事，有如古书，少一部就少一部，此意惜难得恰好的达出，挽联亦只能写得像一副挽联就算了。当时写一篇纪念文，是这样的结末的。

# 章太炎的北游

　　北伐方才告一段落，一二三四集团便搞了起来，这便是专心内战，没有意思对付外敌，予敌人以可乘之机，于是本来就疯狂了的日本军阀闹起"九一八"事件来了。随后是伪满洲国的成立，接着是长城战役，国民党政府始终是退让主义，譬犹割肉饲狼，欲求得暂时安静，亦不可得，终至卢沟桥一役乃一发而不可收拾。计自一九三一以后前后七年间，无日不在危险之中，唯当时人民亦如燕雀处堂，明知祸至无日，而无处逃避，所以也就迁延的苦住下来。在这期间也有几件事情可以纪述的，第一件便是章太炎先生的北游。

　　北京是太炎旧游之地，革命成功以后这五六年差不多就在北京过的，一部分时间则被囚禁在龙泉寺里，但自从洪宪倒后，他复得自由，便回到南方去了。他最初以讲学讲革命，随后是谈政治，末了回到讲学，这北游的时候似乎是在最后一段落里，因为再过了四年他就去世了。他谈政治的成绩最是不好，本来没有真正的政见，所以很容易受人家的包围和利用，在民国十六年以浙绅资格与徐伯荪的兄弟联名推荐省长，当时我在《革命党之妻》这篇小文里稍为加以不敬，后来又看见论大局的电报，主张北方交给张振威，南方交给吴孚威，我就写了《谢本师》那篇东西，在《语丝》上发表，不免有点大不敬了。但在那文章中，不说振威孚威，却借了曾文正李文忠字样来责备他，与实在情形是不相符合的。到得国民党北伐成功，奠都南京，他也只好隐居苏州，在锦帆路又开始讲学的生活；逮"九一八"后淞沪战事突发，觉得南方不甚安定，虽然冀东各县也一样的遭到战火，北京却还不怎么动摇，这或者是他北游的意思，心想来看一看到底是什么情形的吧。

他的这次北游，大约是在民国二十一年（一九三二）的春天，不知道的确的日子，只是在旧日记里留有这几项记载，今照抄于下：

"三月七日晚，夷初招饮，辞未去，因知系宴太炎先生，座中有黄侃，未曾会面，今亦不欲见之也。"

"四月十八日，七时往西板桥照幼渔之约，见太炎先生，此外有逖先、玄同、兼士、平伯、半农、天行、适之、梦麟，共十一人，十时回家。"

"四月二十日，四时至北大研究所，听太炎先生讲《论语》。六时半至德国饭店，应北大校长之招，为宴太炎先生也，共二十余人，九时半归家。"当日讲演系太炎所著《广论语骈枝》，就中择要讲述，因学生多北方人，或不能懂浙语，所以特由钱玄同为翻译，国语重译，也是颇有意思的事。

"四月二十二日，下午四时，至北大研究所听太炎先生讲，六时半回家。"

"五月十五日，下午天行来，共磨墨以待，托幼渔以汽车迓太炎先生来，玄同、逖先、兼士、平伯亦来，在院中照一相，又乞书条幅一纸，系陶渊明《饮酒》之十八，'子云性嗜酒'云云也。晚饭用日本料理生鱼片等五品，绍兴菜三品，外加常馔，十时半，仍以汽车由玄同送太炎先生回去。"

太炎是什么时候回南边去的，我不曾知道，大约总在冬天以前吧。接着便是刊刻《章氏丛书续编》的商量，这事在什么时候由何人发起，我也全不知道，只是听见玄同说，由在北平的旧日学生出资，交吴检斋总其成，付文瑞斋刻木，便这样决定了。二十二年的日记里有这一条云：

"六月七日下午，四时半往孟邻处，于永滋、张申府、王令之、幼渔、川岛均来，会谈守常子女教养事。六时半返，玄同来谈，交予太炎先生刻《续编》资一百元，十时半去。"因为出资的关系，在书后面得刊载弟子某人复校字样，但实际上的校勘，则已由钱吴二公办了去了。后来全书刊成，各人分得了蓝印墨印的各二部，不过早已散失，只记得七种分订四册，有几部卷首特别有玻璃版的著者照相，仍是笑嘻嘻的口含纸烟，烟气还仿佛可见。此书刻版原拟赠送苏州国学讲习会的，不知怎样一来，不曾实行；只存在油房胡同的吴君，印刷发兑。后来听说苏州方面因为没有印版，还拟重新排印行世，不久战祸勃发，这事也就搁置，连北京这副精刻的木版，也弄得不知下落了。

当时因为刊刻《续编》的缘故，一时颇有复古或是好名的批评，其实刊行国学这类的书，要说复古多少是难免的，至于好名那恐怕是出于误会了。在这事以前，苏州方面印了一种同门录，罗列了些人名，批评者便以为这是攀龙附凤者的所为，及至经过调查，才知道中国所常有的所谓事出有因查无实据了。恰巧手头有一封钱玄同的来信，说及此事，便照录于下，不过他的信照例是喜讲笑话的，有些句子须要说明，未免累坠一点：

"此外该老板（指吴检斋因其家开吴隆泰茶叶庄）在老夫子那边携归一张《点鬼簿》（即上边所说的同门录），大名赫然在焉，但并无鲁迅、许寿裳、钱均甫、朱蓬仙诸人，且并无其大姑爷（指龚未生），甚至无国学讲习会之发祥人，董修武、董鸿诗，则无任叔永与黄子通，更无足怪矣。该老板面询老夫子，去取是否有义？答云，绝无，但凭记忆所及耳。然则此《春秋》者断烂朝报而已，无微言大义也。

二十二，七，四。"

民国二十五年（一九三六）太炎去世了，我写了一篇文章纪念他，讲他学梵文的事。梵文他终于没有学成，但他在这里显示出来，同样的使人佩服的热诚与决心，以及近于滑稽的老实与执意。他学梵文并不专会得读佛教书，乃是来读吠檀多派，而且末了去求救于正统护法的杨仁山，结果只得来一场的申饬。这来往信札，见于杨仁山的《等不等观杂录》卷八，时间大概在己酉（一九〇九）夏天，《太炎文录》中不收，所以是颇有价值的。我的结论是太炎讲学是儒佛兼收，佛里边也兼收婆罗门，这种精神最为可贵：

"太炎先生以朴学大师兼治佛法，又以依自不依他为标准，故推重法华与禅宗，而净土秘密二宗，独所不取，此即与普通信徒大异，宜其与杨仁山辈格格不相入。且先生不但承认佛教出于婆罗门正宗，又欲翻读吠檀多奥义书，中年以后发心学习梵天语，不辞以外道为师，此种博大精进的精神，实为凡人所不能及，足为后学之模范者也。"

（《知堂回想录》，香港三育版）

214

## 第四辑　草木虫鱼

　　无论在都会或乡村，薄暮的景色与蝙蝠都相调和，但热闹杂沓的地方其调和之度较薄。大路不如行人稀少的小路，都市不如寂静的小城，更密切的适合。看蝙蝠时的心情，也要仿佛感着一种萧寂的微淡的哀愁那种心情才好。

# 金　鱼

## ——草木虫鱼之一

　　我觉得天下文章共有两种，一种是有题目的，一种是没有题目的。普通做文章大都先有意思，却没有一定的题目，等到意思写出了之后，再把全篇总结一下，将题目补上。这种文章里边似乎容易出些佳作，因为能够比较自由的发表，虽然后写题目是一件难事，有时竟比写本文还要难些。但也有时候，思想散乱不能集中，不知道写什么好，那么先定下一个题目，再做文章，也未始没有好处，不过这有点近于赋得，很有做出试帖诗来的危险罢了。偶然读英国密伦（A.A.Milnc）的小品文集，有一处曾这样说，有时排字房来催稿，实在想不出什么东西来写，只好听天由命，翻开字典，随手抓到的就是题目。有一回抓到金鱼，结果果然有一篇金鱼收在集里。我想这倒是很有意思的事，也就来一下子，写一篇金鱼试试看，反正我也没有什么非说不可的大道理，要尽先发表，那么来做赋得的咏物诗也是无妨，虽然并没有排字房催稿的事情。

　　说到金鱼，我其实是很不喜欢金鱼的，在豢养的小动物里边，我所不喜欢的，依着不喜欢的程度其名次是，叭儿狗，金鱼，鹦鹉。鹦鹉身上穿著大红大绿，满口怪声，很有野蛮气；叭儿狗的身体固然太

217

小，还比不上一只猫（小学教科书上却还在说，猫比狗小，狗比猫大），而鼻子尤其耸得难过。我平常不大喜欢耸鼻子的人，虽然那是人为的、暂时的，把鼻子耸动，并没有永久的将它缩作一堆。人的脸上固然不可没有表情，但我想只要淡淡的表示就好，譬如微微一笑，或者在眼光中露出一种感情——自然，恋爱与死等可以算是例外，无妨有较强烈的表示，但也似乎不必那样掀起鼻子，露出牙齿，仿佛是要咬人的样子。这种嘴脸只好放到影戏里去，反正与我没有关系，因为二十年来我不曾看电影。然而金鱼恰好兼有叭儿狗与鹦鹉二者的特点，它只是不用长绳子牵了在贵夫人的裙边跑，所以减等发落，不然这第一名恐怕准定是它的了。

我每见金鱼一团肥红的身体，突出两只眼睛，转动不灵的在水中游泳，总会联想到中国的新嫁娘，身穿红布袄裤，扎着裤腿，拐着一对小脚伶俜的走路。我知道自己有一种毛病，最怕看真的或是类似的小脚。十年前曾写过一篇小文曰《天足》，起头第一句云"我最喜欢看见女人的天足"，曾蒙友人某君所赏识，因为他也是反对"务必脚小"的人。我倒并不是怕做野蛮，现在的世界正如美国洛威教授的一本书名，谁都有"我们是文明么"的疑问，何况我们这道统国，剐呀割呀都是常事，无论个人怎么努力，这个野蛮的头衔休想去掉，实在凡是稍有自知之明，不是夸大狂的人，恐怕也就不大有想去掉这种野心与妄想。小脚女人所引起的另一种感想乃是残废，这是极不愉快的事，正如驼背或颈子上挂着一个大瘤，假如这是天然的，我们不能说是嫌恶，但总之至少不喜欢看总是确实的了。有谁会赏鉴驼背或大瘤呢？金鱼突出眼睛，便是这一类的现象。另外有叫作绯鲤的，大约是它的表兄弟罢，一样的穿着大红棉袄，只是不开衩，眼睛也是平平地装在脑袋瓜儿里边，并不比平常的鱼更为鼓出，因此可见金鱼的眼睛是一种残疾，无论碰在水草上时容易戳瞎乌珠，就是平常也一定近视得了不得，要吃馒头末屑也不大方便罢。照中国人喜欢小脚的常例推去，金鱼之爱可以说宜乎众矣，但在不佞实在是两者都不敢爱，我所爱的还只是平常的鱼而已。

想象有一个大池——池非大不可，须有活水，池底有种种水草才行，如从前碧云寺的那个石池。虽然老实说起来，人造的死海似的水洼都没有多大意思，就是三海也是俗气寒伧气，无论这是那一个大皇帝所造，因为皇帝压根儿就非俗恶粗暴不可，假如他有点儿懂得风趣，那就得亡国完事，至于那些俗恶的朋友也会亡国，那是另一回事。如今话又说回来，一个大池，里边如养着鱼，那最好是天空或水的颜色的，如鲫鱼，其次是鲤鱼。我这样的分等级，好像是以肉的味道为标准，其实不然。我想水里游泳着的鱼应当是暗黑色的才好，身体又不可太大，人家从水上看下去，窥探好久，才看见隐隐的一条在那里，有时或者简直就在你的鼻子前面，等一忽儿却又不见了。这比一件红冬冬的东西渐渐的近摆来，好像望那西湖里的广告船（据说是点着红灯笼，打着鼓），随后又渐渐的远开去，更为有趣得多。鲫鱼便具备这种资格，鲤鱼未免个儿太大一点，但它是要跳龙门去的，这又难怪他。此外有些白鲦，细长银白的身体，游来游去，仿佛是东南海边的泥鳅龙船，有时候不知为什么事出了惊，拨刺的翻身即逝，银光照眼，也能增加水界的活气。在这样地方，无论是金鱼，就是那平眼睛的绯鲤，也是不适宜的。红袄裤的新嫁娘，如其脚是小的，那只好就请她在炕上爬或坐着，即使不然，也还是坐在房中，在油漆气芸香或花露水气中，比较的可以得到一种调和。所以金鱼的去处还是富贵人家的绣房，浸在五彩的磁缸中，或是玻璃的圆球里，去和叭儿狗与鹦鹉做伴侣罢了。

几个月没有写文章，天下的形势似乎已经大变了，有志要做新文学的人，非多讲某一套话不容易出色。我本来不是文人，这些时式的变迁好歹于我无干，但以旁观者的地位看去，我倒是觉得可以赞成的。

为什么呢？文学上永久有两种潮流，言志与载道。二者之中，则载道易而言志难。我写这篇赋得金鱼，原是有题目的文章，与帖括有点相近，盖已少言志而多载道欤。我虽未敢自附于新文学之末，但自己觉得颇有时新的意味，故附记于此，以志作风之转变云耳。

十九年三月十日

（《看云集》）

# 虱　子

## ——草木虫鱼之二

　　偶读罗素所著的《结婚与道德》，第五章讲中古时代思想的地方，有这一节话：

　　"那时教会攻击洗浴的习惯，以为凡使肉体清洁可爱好者皆有发生罪恶之倾向。肮脏不洁是被赞美，于是圣贤的气味变成更为强烈了。圣保拉说，身体与衣服的洁净，就是灵魂的不净。虱子被称为神的明珠，爬满这些东西是一个圣人的必不可少的记号。"我记起我们东方文明的选手辜鸿铭先生来了，他曾经礼赞过不洁，说过相仿的话，虽然我不能知道他有没有把虱子包括在内，或者特别提出来过。但是，即是辜先生不曾有什么颂词，虱子在中国文化历史上的位置也并不低，不过这似乎只是名流的装饰，关于古圣先贤还没有文献上的证明罢了。晋朝的王猛的名誉，一半固然在于他的经济的事业，他的捉虱子这一件事恐怕至少也要居其一半。到了二十世纪之初，梁任公先生在横滨办《新民丛报》，那时有一位重要的撰述员，名叫扪虱谈虎客，可见这个还很时髦，无论他身上是否真有那晋朝的小动物。

　　洛威（R.H.Lowie）博士是旧金山大学的人类学教授，近著一本很有意思的通俗书《我们是文明么》，其中有好些可以供我们参考的地方。

第十章讲衣服与时装，他说起十八世纪时妇人梳了很高的髻，有些矮的女子，她的下巴颏儿正在头顶到脚尖的中间。在下文又说道：

"宫里的女官坐车时只可跪在台板上，把头伸在窗外，她们跳着舞，总怕头碰了挂灯。重重扑粉厚厚衬垫的三角塔终于满生了虮子，很是不舒服，但西欧的时风并不就废止这种时装。结果发明了一种象牙钩钗，拿来搔痒，算是很漂亮的。"第二十一章讲卫生与医药，又说到"十八世纪的太太们头上成群的养虮子"。又举例说明道：

"一三九三年，一个法国著者教给他美丽的读者六个方法，治她们的丈夫的跳蚤，一五三九年出版的一本书列有奇效方，可以除灭跳蚤、虮子、虮卵以及臭虫。"照这样看来，不但证明"西洋也有臭虫"，更可见贵夫人的青丝上也满生过虮子。在中国，这自然更要普遍了，褚人获编《坚瓠集》丙集卷三有一篇《须虱颂》，其文曰：

"王介甫王禹玉同侍朝，见虱自介甫襦领直缘其须，上顾而笑，介甫不知也。朝退，介甫问上笑之故，禹玉指以告，介甫命从者去之。禹玉曰，未可轻去，愿颂一言。介甫曰，何如？禹玉曰，屡游相须，曾经御览，未可杀也，或曰放焉。众大笑。"我们的荆公是不修边幅的，有一个半个小虫在胡须上爬，原算不得是什么奇事，但这却令我想起别一件轶事来，据说徽宗在五国城，写信给旧臣道，"朕身上生虫，形如琵琶。"照常人的推想，皇帝不认识虮子，似乎在情理之中，而且这样传说，幽默与悲感混在一起，也颇有意思，但是参照上文，似乎有点不大妥帖了。宋神宗见了虮子是认得的，到了徽宗反而退步，如果属实，可谓不克绳其祖武了。《坚瓠集》中又有一条《恒言》，内分两节如下：

"张磊塘善清言，一日赴徐文贞公席，食鲳鱼鳇鱼。庖人误不置醋。张云，仓皇失措。文贞腰扪一虱，以齿毙之，血溅以上。张云，大率类此。文贞亦解颐。"

"清客以齿毙虱有声，妓哂之。顷妓亦得虱，以添香置炉中而爆。客顾曰，熟了。妓曰，愈于生吃。"

这一条笔记是很重要的虱之文献，因为他在说明贵人清客妓女都有扪虱的韵致外，还告诉我们毙虱的方法。《我们是文明么》第二十一章中说：

"正如老鼠离开将沉的船，虱子也会离开将死的人，依照冰地的学说。所以一个没有虱子的爱斯吉摩人是很不安的。这是多么愉快而且适意的事，两个好友互捉头上的虱以为消遣，而且随复庄重的将它们送到所有者的嘴里去。在野蛮世界，这种交互的服务实在是很有趣的游戏。黑龙江边的民族不知道有别的更好的方法，可以表示夫妇的爱情与朋友的交谊。在亚尔泰山及南西伯利亚的突厥人也同样的爱好这个玩艺儿。他们的皮衣里满生着虱子，那妙手的土人便永远在那里搜查这些生物，捉到了的时候，咂一咂嘴儿把它们都吃下去。拉得洛夫博士亲自计算过，他的向导在一分钟内捉到八九十匹。在原始民间故事里多讲到这个普遍而且有益的习俗，原是无怪的。"由此可见普通一般毙虱法都是同徐文贞公一样，就是所谓"生吃"的，只可惜"有礼节的欧洲人是否吞咽他们的寄生物查不出证据"，但是我想这总也可以假定是如此罢，因为世上恐怕不会有比这个更好的方法，不过史有阙文，洛威博士不敢轻易断定罢了。

但世间万事都有例外，这里自然也不能免。佛教反对杀生，杀人是四重罪之一，犯者波罗夷不共住，就是杀畜生也犯波逸提罪，他们还注意到水中土中几乎看不出的小虫，那么对于虱子自然也不肯忽略过去。《四分律》卷五十《房舍犍度法》中云：

"于多人住处拾虱弃地，佛言不应尔。彼上座老病比丘数数起弃虱，疲极，佛言应以器，若毳，若劫贝，若敝物，若绵，拾著中。若虱走出，应作筒盛。彼用宝作筒，佛言不应用宝作筒，听用角牙，若骨，若铁，若铜，若铅锡，若竿蔗草，若竹，若苇，若木，作筒，虱若出，应作盖塞。彼宝作塞，佛言不应用宝作塞，应用牙骨乃至木作，无安处，应以缕系着床脚里。"小林一茶（一七六三———一八二七）是日本近代的诗人，又是佛教徒，对于动物同圣芳济一样，几乎有兄弟之爱，他的咏虱的诗句据我所见就有好几句，其中有这样一首，曾译录在《雨天的书》中，其词曰：

"捉到一个虱子，将它掐死固然可怜，要把它舍在门外，让他绝食，也觉得不忍，忽然想到我佛从前给与鬼子母的东西，成此。

"虱子呵，放在和我味道一样的石榴上爬着。"

（注：日本传说，佛降伏鬼子母，给与石榴实食之，以代人肉，因榴实味酸甜似人肉云。据《鬼子母经》说，她后来变为生育之神，这石榴大约只是多子的象征罢了。）

这样的待遇在一茶可谓仁至义尽，但虱子恐怕有点觉得不合式，因为像和尚那么吃净素他是不见得很喜欢的。但是，在许多虱的本事之中，这些算是最有风趣了。佛教虽然也重圣贫，一面也还讲究——这称作清洁未必妥当，或者总叫作"威仪"罢，因此有些法则很是细密有趣，关于虱的处分即其一例，至于一茶则更是浪漫化了一点罢了。中国扪虱的名士无论如何不能到这个境界，也决做不出像一茶那样的许多诗句来，例如——

"喂，虱子呵，爬罢爬罢，向着春天的去向。"

实在译不好，就此打住罢。今天是清明节，野哭之声犹在于耳，回家写这小文，聊以消遣，觉得这倒是颇有意义的事。

民国十九年四月五日，于北平

224

# 附　记

友人指示，周密《齐东野语》中有材料可取，于卷十七查得《嚼虱》一则，今补录于下：

"余负日茅檐，分渔樵半席，时见山翁野媪扪身得虱，则致之口中，若将甘心焉，意甚恶之。然揆之于古，亦有说焉。应侯谓秦王曰，得宛临，流阳夏，断河内，临东阳，邯郸犹口中虱。王莽校尉韩威曰，以新室之威而吞胡虏，无异口中蚤虱。陈思王著论亦曰，得虱者莫不糜之齿牙，为害身也。三人皆当时贵人，其言乃尔，则野老嚼虱亦自有典故，可发一笑。"

我当推究嚼虱的原因，觉得并不由于"若将甘心"的意思，其实只因虱子肥白可口，臭虫固然气味不佳，蚤又大小一点了，而且放在嘴里跳来跳去，似乎不大容易咬着。今见韩校尉的话，仿佛基督同时的中国人曾两者兼嚼，到得后来才人心不古，取大而舍小，不过我想这个证据未必怎么可靠，恐怕这单是文字上的支配，那么跳蚤原来也是一时的陪绑罢了。

四月十三日又记

（《看云集》）

# 两株树

## ——草木虫鱼之三

我对于植物比动物还要喜欢，原因是因为我懒，不高兴为了区区视听之娱一日三餐的去饲养照顾，而且我也有点相信"鸟身自为主"的迂论，觉得把他们活物拿来做囚徒当奚奴，不是什么愉快的事。若是草木便没有这些麻烦，让它们直站在那里便好，不但并不感到不自由，并且还真是生了根的不肯再动一动哩。但是要看树木花草也不必一定种在自己的家里，关起门来独赏，让它们在野外路旁，或是在人家粉墙之内也并不妨，只要我偶然经过时能够看见两三眼，也就觉得欣然，很是满足的了。

树木里边我所喜欢的第一种是白杨。小时候读古诗十九首，读过"白杨何萧萧，松柏夹广路"之句，但在南方终未见过白杨，后来在北京才初次看见。谢在杭著《五杂组》中云：

"古人墓树多植梧楸，南人多种松柏，北人多种白杨。白杨即青杨也，其树皮白如梧桐，叶似冬青，微风击之辄淅沥有声，故古诗云，白杨多悲风，萧萧愁杀人。予一日宿邹县驿馆中，甫就枕即闻雨声，竟夕不绝，侍儿曰，雨矣。予讶之曰，岂有竟夜雨而无檐溜者？质明视之，乃青杨树也。南方绝无此树。"

《本草纲目》卷三五下引陈藏器曰："白杨北土极多，人种墟墓间，树大皮白，其无风自动者乃杨栌，非白杨也。"又寇宗奭云："风才至，叶如大雨声，谓无风自动则无此事，但风微时其叶孤极处则往往独摇，以其蒂长叶重大，势使然也。"王象晋《群芳谱》则云杨有二种，一白杨，一青杨，白杨蒂长两两相对，遇风则簌簌有声，人多植之坟墓间，由此可知白杨与青杨本自有别，但"无风自动"一节却是相同。在史书中关于白杨有这样的两件故事：

《南史》萧惠开传："惠开为少府，不得志，寺内斋前花草甚美，悉铲除，别植白杨。"

《唐书》契苾何力传："龙翔中司稼少卿梁修仁新作大明宫，植白杨于庭，示何力曰，此木易成，不数年可芘。何力不答，但诵白杨多悲风萧萧愁杀人之句，修仁惊悟，更植以桐。"

这样看来，似乎大家对于白杨都没有什么好感。为什么呢？这个理由我不大说得清楚，或者因为它老是簌簌的动的缘故罢。听说苏格兰地方有一种传说，耶稣受难时所用的十字架是用白杨木做的，所以白杨自此以后就永远在发抖，大约是知道自己的罪孽深重。但是做钉的铁却似乎不曾因此有什么罪，黑铁这件东西在法术上还总有点位置的，不知何以这样的有幸有不幸（但吾乡结婚时忌见铁，凡门窗上铰链等悉用红纸糊盖，又似别有缘故）。我承认白杨种在墟墓间的确很好看，然而种在斋前又何尝不好，它那瑟瑟的响声第一有意思。我在前面的院子里种了一棵，每逢夏秋有客来斋夜话的时候，忽闻淅沥声，多疑是雨下，推户出视，这是别种树所没有的佳处。梁少卿怕白杨的萧萧改植梧桐，其实梧桐也何尝一定吉祥，假如要讲迷信的话，吾乡有一句俗谚云，"梧桐大如斗，主人搬家走"，所以就是别庄花园里也很少种梧桐的，这实在是一件很可惜的事，梧桐的枝干和叶子真好看，且不提那一叶落知天下秋的兴趣了。在我们的后院里却有一棵，不知已经有若干年了，我至今看了它十多年，树干还远不到五合的粗，看它大有黄杨木的神气，虽不厄闰也总长得十分缓慢呢——因此我想到避忌梧桐大约只是南方的事，在北方或者并没有这句俗谚，在这里梧桐想要如斗大恐怕不是容易的事罢。

第二种树乃是乌桕，这正与白杨相反，似乎只生长于东南，北方很少见。陆龟蒙诗云"行歇每依鸦舅影"，陆游诗云"乌桕赤于枫，园林二月中"，又云"乌桕新添落叶红"，都是江浙乡村的景象。《齐民要术》卷十列"五谷果蓏菜茹非中国物产者"，下注云"聊以存其名目，记其怪异耳，爰及山泽草木任食非人力所种者，悉附于此"，其中有乌桕一项，《引玄中记》云"荆阳有乌臼，其实如鸡头，迸之如胡麻子，其汁味如猪脂。"《群芳谱》言："江浙之人，凡高山大道溪边宅畔无不种。"此外则江西安徽盖亦多有之。关于它的名字，李时珍说："乌喜食其子，因以名之……或曰，其木老则根下黑烂成臼，故得此名。"我想这或曰恐太迂曲，此树又名鸦舅，或者与乌不无关系，乡间冬天卖野味有柏子鸟（读如呆鸟字），是道墟地方名物，此物殆是乌类乎，但是其味颇佳，平常所谓乌肉几乎便指此鸟也。

柏树的特色第一在叶，第二在实。放翁生长稽山镜水间，所以诗中常常说及柏叶，使是那唐朝的张继寒山寺诗所云江枫渔火对愁眠，也是在说这种红叶。王端履著《重论文斋笔录》卷九论及此诗，注云："江南临水多植乌桕，秋叶饱霜，鲜红可爱，诗人类指为枫，不知枫生山中，性最恶湿，不能种之江畔也。此诗江枫二字亦未免误认耳。"范寅在《越谚》卷中柏树项下说："十月叶丹，即枫，其子可榨油，农皆植田边。"就把两者误合为一。罗逸长《青山记》云："山之麓朱村，盖考亭之祖居也，自此倚石啸歌，松风上下，遥望木叶着霜如渥丹，始见怪以为红花，久之知为乌桕树也。"《蓬窗续录》云："陆子渊《豫章录》言，饶信间桕树冬初叶落，结子放蜡，每颗作十字裂，一丛有数颗，望之若梅花初绽，枝柯诘曲，多在野水乱石间，远近成林，真可作画。此与柿树俱称美荫，园圃植之最宜。"这两节很能写出桕树之美，它的特色仿佛可以说是中国画的，不过此种景色自从我离了水乡的故国已经有三十年不曾看见了。

柏树子有极大的用处，可以榨油制烛。《越谚》卷中蜡烛条下注曰："卷芯草干，熬柏油拖蘸成烛，加蜡为皮，盖紫草汁则红。"汪曰帧著《湖雅》卷八中说得更是详细：

"中置烛心，外裹乌桕子油，又以紫草染蜡盖之，曰桕油烛。用棉花子油者曰青油烛，用牛羊油者曰荤油烛。湖俗祀神祭先必燃两炬，皆用红桕烛。婚嫁用之曰喜烛，缀蜡花者曰花烛，祝寿所用曰寿烛，丧家则用绿烛或白烛，亦桕烛也。"

日本寺岛安良编《和汉三才图会》五八引《本草纲目》语云："烛有蜜蜡烛虫蜡烛牛脂烛柏油烛，"后加案语曰：

"案唐式云少府监每年供蜡烛七十挺，则元以前既有之矣。有数品，而多用木蜡牛脂蜡也。有油桐子蚕豆苍耳子等为蜡者，火易灭。有鲸鲵油为蜡者，其焰甚臭，牛脂蜡亦臭。近年制精，去其臭气，故多以牛蜡伪为木蜡，神佛灯明不可不辨。"

但是近年来蜡烛恐怕已是倒了运，有洋人替我们造了电灯，其次也有洋蜡洋油，除了拿到妙峰山上去之外大约没有它的什么用处了。就是要用蜡烛，反正牛羊脂也凑合可以用得，神佛未必会得见怪——日本真宗的和尚不是都要娶妻吃肉了么？那么桕油并不再需要，田边水畔的红叶白实不久也将绝迹了罢。这于国民生活上本来没有什么关系，不过在我想起来的时候总还有点怀念，小时候喜读《南方草木状》《岭表录异》和《北户录》等书，这种脾气至今还是存留着，秋天买了一部大板的《本草纲目》，很为我的朋友所笑，其实也只是为了这个缘故罢了。

十九年十二月二十五日，于北平煅药庐

（《看云集》）

# 苋菜梗

## ——草木虫鱼之四

近日从乡人处分得腌苋菜梗来吃，对于苋菜仿佛有一种旧雨之感。苋菜在南方是平民生活上几乎没有一天缺的东西，北方却似乎少有，虽然在北平近来也可以吃到嫩苋菜了。查《齐民要术》中便没有讲到，只在卷十列有人苋一条，引《尔雅》郭注，但这一卷所讲都是"五谷果蓏菜茹非中国物产者"，而《南史》中则常有此物出现，如《王智深传》云："智深家贫无人事，尝饿五日不得食，掘苋根食之。"又《蔡樽附传》云："樽在吴兴不饮郡斋井，斋前自种白苋紫茄以为常饵，诏褒其清。"都是很好的例。

苋菜据《本草纲目》说共有五种，马齿苋在外。苏颂曰："人苋白苋俱大寒，其实一也，但大者为白苋，小者为人苋耳，其子霜后方熟，细而色黑。紫苋叶通紫，吴人用染爪者，诸苋中唯此无毒不寒。赤苋亦谓之花苋，茎叶深赤，根茎亦可糟藏，食之甚美味辛。五色苋今亦稀有，细苋俗谓之野苋，猪好食之，又名猪苋。"李时珍曰："苋并三月撒种，六月以后不堪食，老则抽茎如人长，开细花成穗，穗中细子扁而光黑，与青箱子鸡冠子无别，九月收之。"《尔雅·释草》："蒉赤苋"，郭注云："今之苋赤茎者。"郝懿行疏乃云："今验赤苋茎叶纯紫，浓如燕支，根浅赤色，人家或种以饰园庭，不堪啖也。"照我们经验来说，嫩的紫苋固然可以瀹食，但是"糟藏"的却都用白苋，这原只是一乡的习俗，不过别处的我不知道，所以不能拿来比较了。

说到苋菜同时就不能不想到甲鱼。《学圃余疏》云："苋有红白二种，素食者便之，肉食者忌与鳖共食。"《本草纲目》引张鼎曰："不可与鳖同食，生鳖瘕，又取鳖肉如豆大，以苋菜封裹置土坑内，以土盖之，一宿尽变成小鳖也。"其下接联地引汪机曰："此说屡试不验。"《群芳谱》采张氏的话稍加删改，而末云"即变小鳖"之后却接写一句"试之屡验"，与原文比较来看未免有点滑稽。这种神异的物类感应，读了的人大抵觉得很是好奇，除了雀入大水为蛤之类无可着手外，总想怎么来试他一试，苋菜鳖肉反正都是易得的材料，一经实验便自分出真假，虽然也有越试越胡涂的，如《酉阳杂俎》所记："蝉未脱时名复育，秀才韦翾庄在杜曲，常冬中掘树根，见复育附于朽处，怪之，村人言蝉固朽木所化也，翾因剖一视之，腹中犹实烂木。"这正如剖鸡胃中皆米粒，遂说鸡是白米所化也。苋菜与甲鱼同吃，在三十年前曾和一位族叔试过，现在族叔已将七十了，听说还健在，我也不曾肚痛，那么鳖瘕之说或者也可以归入不验之列了罢。

苋菜梗的制法须俟其"抽茎如人长"，肌肉充实的时候，去叶取梗，切作寸许长短，用盐腌藏瓦坛中，候发酵即成，生熟皆可食。平民几乎家家皆制，每食必备，与干菜腌菜及螺蛳霉豆腐千张等为日用的副食物，苋菜梗卤中又可浸豆腐干，卤可蒸豆腐，味与"溜豆腐"相似，稍带枯涩，别有一种山野之趣。读外乡人游越的文章，大抵众口一词的讥笑土人之臭食，其实这是不足怪的，绍兴中等以下的人家大都能安贫贱，敝衣恶食，终岁勤劳，其所食者除米而外唯菜与盐，盖亦自然之势耳。干腌者有干菜，湿腌者以腌菜及苋菜梗为大宗，一年间的"下饭"差不多都在这里。《诗》云，我有旨蓄，可以御冬，是之谓也，至于存置日久，干腌者别无问题，湿腌则难免气味变化，顾气味有变而亦别具风味，此亦是事实，原无须引西洋干酪为例者也。

《邵氏闻见录》云，汪信民常言，人常咬得菜根则百事可做，胡康侯闻之击节叹赏。俗语亦云，布衣暖，菜根香，读书滋味长。明洪应明遂作《菜根谭》以骈语述格言，《醉古堂剑扫》与《婆罗馆清言》亦均如此，可见此体之流行一时了。咬得菜根，吾乡的平民足以当之，所谓菜根者当然包括白菜芥菜头，萝卜芋艿之类，而苋菜梗亦附其下，至于苋根虽然救了王智深的一命，实在却无可吃，因为在只是梗的末端罢了，或者这里就是梗的别称也未可知。咬了菜根是否百事可做，我不能确说，但是我觉得这是颇有意义的，第一可以食贫，第二可以习苦，而实在却也有清淡的滋味，并没有戴这样难吃，胆这样难尝。这个年头儿人们似乎应该学得略略吃得起苦对好。中国的青年有些太娇养了，大抵连冷东西都不会吃，水果冰激淋除外，我真替他们忧虑，将来如何上得前敌，至于那粉泽不去手，和穿红里子的夹袍的更不必说了。其实我也并不激烈的想禁止跳舞或抽白面，我知道在乱世的生活中耽溺亦是其一，不满于现世社会制度而无从反抗，往往沉浸于醇酒妇人以解忧闷，与中山饿夫殊途而同归，后之人略迹原心，也不敢加以菲薄，不过这也只是近于豪杰之徒才可以，决不是我们凡人所得以援引的而已。喔，似乎离本题太远了，还是就此打住，有话改天换了题目再谈罢。

二十年十月二十六日，于北平

（《看云集》）

# 水里的东西

## ——草木虫鱼之五

　　我是在水乡生长的，所以对于水未免有点情分。学者们说，人类曾经做过水族，小儿喜欢弄水，便是这个缘故。我的原因大约没有这样远，恐怕这只是一种习惯罢了。

　　水，有什么可爱呢？这件事是说来话长，而且我也有点儿说不上来。我现在所想说的单是水里的东西。水里有鱼虾、螺蚌、茭白、菱角，都是值得记忆的，只是没有这些工夫来一一纪录下来，经了好几天的考虑，决心将动植物暂且除外。那么，是不是想来谈水底里的矿物类么？不，决不。我所想说的，连我自己也不明白它是哪一类，也不知道它究竟是死的还是活的，它是这么一种奇怪的东西。

　　我们乡间称它作 Ghosychiü，写出字来就是"河水鬼"。它是溺死的人的鬼魂。既然是五伤之一——五伤大约是水、火、刀、绳、毒罢，但我记得又有虎伤似乎在内，有点弄不清楚了，总之水死是其一，这是无可疑的，所以它照例应"讨替代"。听说吊死鬼时常骗人从圆窗伸出头去，看外面的美景（还是美人？），倘若这人该死，头一伸时可就上了当，再也缩不回来了。河水鬼的法门也就差不多是这一类，它每幻化为种种物件，浮在岸边，人如伸手想去捞取，便会被拉下去，虽然看来似乎是他自己钻下去的。假如吊死鬼是以色迷，那么河水鬼可以说是以利诱了。它平常喜欢变什么东西，我没有打听清楚，我所记得的只是说变"花棒槌"，这是一种玩具，我在儿时听见所以特别留意，至于所以变这玩具的用意，或者是专以引诱小儿亦未可知。但有时候它也用武力，往往有乡人游泳，忽然沉了下去，这些人都是像虾蟆一样的"识水"的，论理决不会失足，所以这显然是河水鬼的勾当，只有外道才相信是由于什么脚筋拘挛或心脏麻痹之故。

照例，死于非命的应该超度，大约总是念经拜忏之类，最好自然是"翻九楼"，不过翻的人如不高妙，从七七四十九张桌子上跌了下来的时候，那便别样的死于非命，又非另行超度不可了。翻九楼或拜忏之后，鬼魂理应已经得度，不必再讨替代了，但为防万一危险计，在出事地点再立一石幢，上面刻南无阿弥陀佛六字，或者也有刻别的文句的罢，我却记不起来了。在乡下走路，突然遇见这样的石幢，不是一件很愉快的事，特别是在傍晚，独自走到渡头，正要下四方的渡船亲自拉船索渡过去的时候。

话虽如此，此时也只是毛骨略略有点耸然，对于河水鬼却压根儿没有什么怕，而且还简直有点儿可以说是亲近之感。水乡的住民对于别的死或者一样的怕，但是淹死似乎是例外，实在怕也怕不得许多。俗语云，瓦罐不离井上破，将军难免阵前亡，如住水乡而怕水，那么只好搬到山上去，虽然那里又有别的东西等着，老虎、马熊。我在大风暴中渡过几回大树港，坐在二尺宽的小船内在白鹅似的浪上乱滚，转眼就可以沉到底去，可是像烈士那样从容的坐着，实在觉得比大元帅时代在北京还要不感到恐怖。还有一层，河水鬼的样子也很有点爱娇。普通的鬼保存它死时的形状，譬如虎伤鬼之一定大声喊阿唷，被杀者之必用一只手提了它自己的六斤四两的头之类，唯独河水鬼则不然，无论老的小的村的俊的，一掉到水里去就都变成一个样子。据说是身

235

体矮小，很像是一个小孩子，平常三五成群，在岸上柳树下"顿铜钱"，正如街头的野孩子一样，一被惊动便跳下水去，有如一群青蛙，只有这个不同，青蛙跳时"不东"的有水响，有波纹，它们没有。为什么老年的河水鬼也喜欢摊钱之戏呢？这个，乡下懂事的老辈没有说明给我听，我也没有本领自己去找到说明。

我在这里便联想到了在日本的它的同类。在那边称作"河童"，读如 Kappa，说是 Kawawappa 之略，意思即是川童二字，仿佛芥川龙之介有过这样名字的一部小说，中国有人译为"河伯"，似乎不大妥帖。这与河水鬼有一个极大的不同，因为河童是一种生物，近于人鱼或海和尚。它与河水鬼相同要拉人下水，但也喜欢拉马，喜欢和人角力。它的形状大概如猿猴，色青黑，手足如鸭掌，头顶下凹如碟子，碟中有水时其力无敌，水涸则软弱无力，顶际有毛发一圈，状如前刘海，日本儿童有蓄此种发者至今称作河童发云。柳田国男在《山岛民谭集》（1914）中有一篇《河童驹引》的研究，冈田建文的《动物界灵异志》（1927）第三章也是讲河童的，他相信河童是实有的动物，引《幽明录》云："水蝹一名蝹童，一名水精，裸形人身，长三五尺，大小不一，眼耳鼻舌唇皆具，头上戴一盆，受水三五升，只得水勇猛，失水则无勇力。"以为就是日本的河童。关于这个问题我们无从考证，但想到河水鬼特别不像别的鬼的形状，却一律的状如小儿，仿佛也另有意义，即使与日本河童的迷信没有什么关系，或者也有水中怪物的分子混在里边，未必纯粹是关于鬼的迷信了罢。

十八世纪的人写文章，末后常加上一个尾巴，说明寓意，现在觉得也有这个必要，所以添写几句在这里。人家要怀疑，即使如何有闲，何至于谈到河水鬼去呢？是的，河水鬼大可不谈，但是河水鬼的信仰以及有这信仰的人却是值得注意的。我们平常只会梦想，所见的或是天堂，或是地狱，但总不大愿意来望一望这凡俗的人世，看这上边有些什么人，是怎么想。社会人类学与民俗学是这一角落的明灯，不过在中国自然还不发达，也还不知道将来会不会发达。我愿意使河水鬼来做个先锋，引起大家对于这方面的调查与研究之兴趣。我想恐怕喜欢顿铜钱的小鬼没有这样力量，我自己又不能做研究考证的文章，便写了这样一篇闲话，要想去抛砖引玉实在有点惭愧。但总之关于这方面是"伫候明教"。

十九年五月

（《看云集》）

# 案山子

——草木虫鱼之六

前几天在市场买了一本《新月》，读完罗隆基先生的论文之后，再读《四十自述》，这是《在上海》的下半篇，胡适之先生讲他自己作诗文的经验，觉得很有趣味。其中特别是这一节："我记得我们试译 Thomas Campbell 的 Soldier's Dream 一篇诗，中有 scarecrow 一个字，我们大家想了几天，想不出一个典雅的译法。"这个 scarecrow 不知道和我有什么情分，总觉得他是怪好玩的东西，引起我的注意。我查下页胡先生的译诗，第五六两句云："枕戈藉草亦蓬然，时见刍人影摇曳。"末后附注云："刍人原作刍灵，今年改。"案《礼记·檀弓下》郑氏注云："刍灵，束茅为人马，谓之灵者神之类。"可见得不是田家的东西，叫他作刍人，正如叶圣陶先生的"稻草人"，自然要好一点了。但是要找一个的确的译语，却实在不容易，所谓华英字典之流不必说了，手头也一册都没有，所以恕不查考。严几道的《英文汉诂》在一九〇四年出版，是同类中最典雅最有见识的一本书，二十七八年来我这意见还是一致，记得在"制字"篇中曾有译语，拿出来一翻，果然在第一百十节中有这一行云："Scarecrow，吓鸦，草人用于田间以逐鸟雀者。"这个吓鸦的名称我清清楚楚的记在心里，今天翻了出来，大有旧雨重逢的快乐，这明白的是意译，依照"惊闺"等的例，可以算作一个很好的物名，可是，连他老人家也只能如此对付，更可见我们在刍人草人之外想去找更典雅的译名之全无希望了。

日本语中有案山子这个名称，读作加贺之（Kagashi），即是吓鸦。寺岛安良编《和汉三才图会》卷三十五农具部中有这一条，其文云："《艺文类聚》，古者人民质朴，死则裹以白茅，投之中野，孝子不忍父母为禽兽所食，则作弹以守之，绝鸟兽之害。

案，弹俗云案山子，今田圃中使草偶持弓，以防鸟雀也。备中国汤川寺玄宾僧都晦迹于民家之奴，入田护稻，以惊鸟雀为务，至今惧鸟雀刍灵称之僧都。"

上文所引《艺文类聚》原语多误，今依原书及《吴越春秋》改正。陈音对越王说，弩生于弓，弓生于弹，大约是对的，但是说弹起古之孝子，我颇有点怀疑，弹应该起于投石，是养生而不是送死的事罢。《说文解字》第八篇云："吊，问终也，从人弓，古之葬者厚衣之以薪，故人持弓会驱禽也。"《急就章》第二十五云："丧吊悲哀面目肿。"颜氏注："吊，谓问终者也，于字人持弓为吊，上古葬者衣之以薪，无有棺椁，常苦禽鸟为害，故吊问者持弓会之，以助弹射也。"先有弓矢而后持弓吊丧助驱禽鸟，这比弹说似近于事实，虽然古代生活我们还未能怎么知道。或者再用刍灵代人持弓，设在墓地，后来移用田间，均属可能，不过都是推测渺茫之词，有点无征不信，而且我们谈吓鸦也不必苦苦研求他的谱系，所以就此搁起似乎也没有什么妨碍。

日本语加贺之的语源解释不一，近来却似乎倾向于《俚言集览》之旧说，云起于以串夹烧灼的兽肉，使闻臭气，以惊鸟兽也，故原语的意思可解作"使嗅"。川口孙治郎在所著《飞驒之鸟》中卷论案山子的地方说飞驒南部尚有此俗，田间植竹片，上缠毛发，涂猪油，烧使发臭气，以避野兽。早川孝太郎编《野猪与鹿与狸》中讲三河设乐郡村人驱野猪的方法，其一即是烟熏，"用破布为心，上包稻草，做成长的草苞模样，一头点火，挂竹竿尖上，插于田边。有极小者，夏天割草的女人挂在腰边，可避蚊虻，野猪闻布片焦臭气味亦不敢近也。"书中并图其形，与草人亦相去不远。二书皆近年新刊，为乡土研究社丛书之一，故所说翔实可信，早川氏之文尤可喜。

至于案山子三字全系汉文，日本不过借用，与那使他嗅是毫无关系的。这是怎么来的呢？《飞驒之鸟》中卷云：

"《嬉游笑览》云，惊鸟的加贺之，或写作案山子，是盖由于山寺禅僧之戏书罢。但是还不能确定，到了《梅园日记》，才说得稍详，今试引其大要于下。

据《随斋谐话》，惊鸟偶人写作案山子，友人芝山曰，在《传灯录》《普灯录》《历代高僧录》等书中均有面前案山子之语，注曰，民俗刈草作人形，令置山田之上，防禽兽，名曰案山子。又《五灯会元》，五祖师戒禅师章有主山高，案山低，主山高崄崄，案山翠青青等语。案主山高，意为山之主，案山低，意当为上平如几案。低山之间必开田畴事耕种，惊鸟草人亦立于案山之侧，故山僧戏呼为案山子，后遂成为通称欤。"

上文征引层次不甚清，又虑有阙误，今姑仍之，只一查《景德传灯录》，在第十七卷洪州云居山道膺禅师条下有这一节：

"问孤迥且巍巍时如何，师曰，孤迥且巍巍。僧曰，不会。师言，面前案山子也不会。"

注不知是那里的，我查不出，主山案山到底怎么讲我此刻也还不大明白。但是在第二十七卷找到了拾得大士的一件逸事，虽然没有说案山子，觉得仿佛有点儿关连："有护伽蓝神庙，每日僧厨下食为乌所食，拾得以杖抶之曰，汝食不能护，安能护伽蓝乎？此夕神附梦于合寺僧曰，拾得打我。"把金刚当作案山子，因为乌鸦吃了僧厨下食，被和尚打得叫苦不迭，这里边如没有什么世间味，也总可以说有些禅味的罢。

中国诗文讲到案山子似乎很少，我是孤陋寡闻，真一句都想不出来，还是在《飞驒之鸟》里见到一首七绝，说是宋人所作，其词曰：

"小雨初晴岁事新，一犁江上趁初春。豆畦种罢无人守，缚得黄茅更似人。"

在日本文学里案山子时常出现，它有时来比落拓无能的人物，有时是用它的本色，这在俳句中尤为普通，今举两三句来做例，虽然这种诗是特别不能译的，译了之后便不成样子，看不出它原来的好处来了。

> 田水落了，细腰高撑的案山子呵。（芜村）
>
> 身的老衰呵，案山子的面前也觉得羞惭。（一茶）
>
> 夕阳的影，出到大路来的案山子呵。（召波）
>
> 每回下雨，老下去的田间案山子呵。（马琴）
>
> 偷来的案山子的笠上雨来得急了。（虚子）

末了一句是现代的诗，曾经被小泉八云所赏识，说只用了十七个拼音成一句诗，描写流浪书生的穷困，此上想加以修正恐怕是不可能的罢。临了我想一看英国诗人怎样的歌唱我们的案山子，便去找寻胡适之先生所译的那篇《军人梦》的原诗，最初翻阅奥斯福本《英诗选》，里边没有，再看《英诗金库》，居然在第二百六十七首找到了。可是看到第六行却大吃一惊，胡先生译作"时见刍人影摇曳"的，其原文乃是"By the wolf-scaring faggot that guarded the slain"，直译是"在那保护战死者的，吓狼的柴火旁边"，却不见案山子的踪迹。我用两种小丛书本来对比，结果是一样。因为甘倍耳先生的诗句，引起我对于案山子的兴趣，可是说了一通闲话之后回过头来一看，穿蓑笠持弓矢的草人变了一堆火烟，案山子现出使他闻闻的本相来了，这又使我感到了另外一种的趣味。今天写完此文，适之想正在玩西湖罢，等他回北平来时再送给他看看去。

二十年十月十一日

（《看云集》）

# 关于蝙蝠

——草木虫鱼之七

苦雨翁：

　　我老早就想写一篇文章论论这位奇特的黑夜行脚的蝙蝠君。但终于没有写，不，也可以说是写过的，只是不立文字罢了。

　　昨夜从苦雨斋谈话归来，车过西四牌楼，忽然见到几只蝙蝠沿着电线上面飞来飞去，似乎并不怕人，热闹市口他们这等游逛，说起来我还是第一次看见，岂未免有点儿乡下人进城乎。

　　"奶奶经"告诉我，蝙蝠是老鼠变的。怎样的一个变法呢？据云，老鼠嘴馋，有一回口渴，错偷了盐吃，于是脱去尾巴，生上翅膀，就变成了现在的蝙蝠这般模样。这倒也十分自在，未免更上一层楼，从地上的活动，进而为空中的活动，飘飘乎不觉羽化而登仙。但另有一说，同为老鼠变的则一，同为口渴的也则一，这个则是偷吃了油。我佛面前长明灯，每晚和尚来添油，后来不知怎的，却发现灯盘里面的油，一到隔宿便涓滴也没有留存。和尚好生奇怪，有一回，夜半，私下起来探视，却见一个似老鼠而又非老鼠的东西昏卧在里面。也许它正在朦胧罢，和尚轻轻的捻起，蓦然间它惊醒了，不觉大声而疾呼，"叽！叽！"

　　和尚慈悲，走出门，一扬手，喝道：

善哉——

有翅能飞，

有足能走。

于是蝙蝠从此遍天下。

生物学里关于蝙蝠是怎样讲法，现在也不大清楚了。只知道它是胎生的，怪别致的，走兽而不离飞鸟，生上这么两扇软翅，分明还记得，小时候读小学教科书（共和国的），曾经有过蝙蝠君的故事。唉，这太叫人什么了，想起那教科书，真未免对于此公有些不敬，仿佛说他是被厌弃者，走到兽群，兽群则曰，你有两翅，非我族类。走到鸟群，鸟群则曰，你是胎生，何与吾事。这似乎是因为蝙蝠君会有挑唆和离间的本事。究竟它和它的同辈争过怎样的一席长短，或者与它的先辈先生们有过何种利害冲突的关系，我俱无从知道，固然在事实上好像也找不出什么证据来，大抵这些都是由于先辈的一时高兴，任意赐给它的头衔罢。然而不然，不见夫钟馗图乎，上有蝙蝠飞来，据说这就是"福"的象征呢。在这里，蝙蝠君倒又成为"幸运儿"了。本来末，举凡人世所谓拥护呀、打倒呀之类，压根儿就是个倚伏作用，孟轲不也说过么，"赵孟之所贵，赵孟能贱之。"蝙蝠君自然还是在那里过它的幽栖生活。但使我耽心的，不知现在的小学教科书或者儿童读物里面，还有这类不愉快的故事没有。

夏夜的蝙蝠，在乡村里面的，却有着另一种风味。日之夕矣，这一天的农事告完。麦粮进了仓房。牧人赶回猪羊，老黄牛总是在树下多歇一会儿，嘴里懒懒嚼着干草，白沫一直拖到地，照例还要去南塘喝口水才进牛栏的罢。长工几个人老是蹲在场边，腰里拔出旱烟袋在那里彼此对火。有时也默默然不则一声。场面平滑如一汪水，我们一

244

群孩子喜欢再也没有可说的，有的光了脚在场上乱跑。这时不知从哪里来的蝙蝠，来来往往的只在头上盘旋，也不过是树头高罢，孩子们于是慌了手脚，跟着在场上兜转，性子急一点的未免把光脚乱跺。还是大人告诉我们的，脱下一只鞋，向空抛去，蝙蝠自会钻进里边来，就容易把它捉住了。然而蝙蝠君却在逗弄孩子们玩耍，倒不一定会给捉住的。不过我们跷一只脚在场上跳来跳去，实在怪不方便的，一不慎，脚落地，踏上满袜子土，回家不免要挨父亲瞪眼。有时在外面追赶蝙蝠直至更深，弄得一身土，不敢回家，等到母亲出门呼唤，才没精打采的归去。

年来只在外面漂泊，家乡的事事物物，表面上似乎来得疏阔，但精神上却也分外的觉得亲近。偶尔看见夏夜的蝙蝠，因而想起小时候听白发老人说"奶奶经"以及自己顽皮的故事，真大有不胜其今昔之感了。

关于蝙蝠君的故事，我想先生知道的要多许多，写出来也定然有趣。何妨也就来谈谈这位"夜行者"呢？

Grahame 的《杨柳风》（The Wind in the Willows）小书里面，不知曾附带提到这小动物没有，顺便的问一声。

七月二十日，启无

启无兄：

关于蝙蝠的事情我所知道的很少，未必有什么可以补充。查《和汉三才图会》卷四十二原禽类，引《本草纲目》等文后，按语曰："伏翼身形色声牙爪皆似鼠而有肉翅，盖老鼠化成，故古寺院多有之。性好山椒，包椒于纸抛之，则伏翼随落，竟捕之。若所啮手指则难放，急以椒与之，即脱焉。其为鸟也最卑贱者，故俚语云，无鸟之乡蝙蝠为王。"案日本俗语"无鸟的乡村的蝙蝠"，意思就是矮子队里的长子。

蝙蝠喜欢花椒，这种传说至今存在，如东京儿歌云：

> 蝙蝠，蝙蝠，
> 给你山椒吧，
> 柳树底下给你水喝吧。
> 蝙蝠，蝙蝠，
> 山椒的儿，
> 柳树底下给你醋喝吧。

北原白秋在《日本的童谣》中说："我们做儿童的时候，吃过晚饭就到外边去，叫蝙蝠或是追蝙蝠玩。我的家是酒坊，酒仓左近常有蝙蝠飞翔，而且蝙蝠喜欢喝酒。我们捉到蝙蝠，把酒倒在碟子里，拉住它的翅膀，伏在里边给它酒喝。蝙蝠就红了脸，醉了，或者老鼠似的吱吱的叫了。"日向地方的童谣云：

> 酒坊的蝙蝠，给你酒喝吧。
> 喝烧酒么，喝清酒么？
> 再下一点来再给你喝吧。

有些儿童请它吃糟喝醋，也都是这个意思的变换。不过这未必全是好意，如长野的童谣便很明白，即是想脱一只鞋向空抛去也。其词曰：

> 蝙蝠，来，
> 快来！
> 给你草鞋，快来！

雪如女士编《北平歌谣集》一〇三首云：

> 檐蝙蝠，穿花鞋，
> 你是奶奶我是爷。

这似乎是幼稚的恋爱歌，虽然还是说的花鞋。

蝙蝠的名誉我不知道是否系为希腊老奴伊索所弄坏，中国向来似乎不大看轻它的。它是暮景的一个重要的配色，日本《俳句辞典》中说："无论在都会或乡村，薄暮的景色与蝙蝠都相调和，但热闹杂沓的地方其调和之度较薄。大路不如行人稀少的小路，都市不如寂静的小城，更密切的适合。看蝙蝠时的心情，也要仿佛感着一种萧寂的微淡的哀愁那种心情才好。从满腔快乐的人看去，只是皮相的观察，觉得蝙蝠在暮色中飞翔罢了，并没有什么深意，若是带了什么败残之憾或历史的悲愁那种情调来看，便自然有别种的意趣浮起来了。"这虽是《诗韵含英》似的解说，却也颇得要领。小时候读唐诗（韩退之的诗么？），有两句云："山石荦确行径微，黄昏到寺蝙蝠飞。"至今还觉得有趣味。会稽山下的大禹庙里，在禹王耳朵里做窠的许多蝙蝠，白昼也吱吱的乱叫，因为我们到庙时不在晚间，所以总未见过这样的情景。日本俳句中有好些咏蝙蝠的佳作，举其一二：

> 蝙蝠呀，
> 屋顶草长——
> 圆觉寺。
>          ——亿兆子作

> 蝙蝠呀，

人贩子的船
靠近了岸。

————水乃家作


土牢呀，
卫士所烧的火上的
食蚊鸟。

————芋村作


Kakuidori，吃蚊子鸟，即是蝙蝠的别名。

格来亨的《杨柳风》里没有说到蝙蝠，他所讲的只是土拨鼠、水老鼠、獾、獭和癞蛤蟆。但是我见过一本《蝙蝠的生活》，很有文学的趣味，是法国 Charles Derennes 所著，Willcox 女士于一九二四年译成英文，我所见的便是这一种译本。

十九年七月二十三日，岂明

（《看云集》）

# 蚯 蚓

　　忽然想到，草木虫鱼的题目很有意思，抛弃了有点可惜，想来续写，这时候第一想起的就是蚯蚓，或者如俗语所云是曲蟮。小时候每到秋天，在空旷的院落中，常听见一种单调的鸣声，仿佛似促织，而更为低微平缓，含有寂寞悲哀之意，民间称之曰曲蟮叹窠，倒也似乎定得颇为确当。案崔豹《古今注》云：

　　"蚯蚓一名蜿蟺，一名曲蟺，善长吟于地中，江东谓为歌女，或谓鸣砌。"由此可见蚯蚓歌吟之说古时已有，虽然事实上并不如此，乡间有俗谚其原语不尽记忆，大意云，蝼蛄叫了一世，却被曲蟮得了名声，正谓此也。

　　蚯蚓只是下等的虫豸，但很有光荣，见于经书。在书房里念《四书》，念到《孟子·滕文公》下，论陈仲子处有云：

　　"充仲子之操，则蚓而后可者也，夫蚓上食槁壤，下饮黄泉。"这样他至少可以有被出题目做八股的机会，那时代圣贤立言的人们便要用了很好的声调与字面，大加以赞叹，这与蟹同是难得的名誉。后来《大戴礼·劝学篇》中云：

　　"蚓无爪牙之利，筋脉之强，上食埃土，下饮黄泉，用心一也。"又杨泉《物理论》云：

“检身止欲，莫过于蚓，此志士所不及也。”此二者均即根据孟子所说，而后者又把邵武士人在《孟子正义》中所云但上食其槁壤之上，下饮其黄泉之水的事，看作理想的极廉的生活，可谓极端的佩服矣。但是现在由我们看来，蚯蚓固然仍是而且或者更是可以佩服的东西，它却并非陈仲子一流，实在乃是禹稷的一队伙里的，因为它是人类——农业社会的人类的恩人，不单是独善其身的廉士志士已也。这种事实在中国书上不曾写着，虽然上食槁壤，这一句话也已说到，但是一直没有看出其重要的意义，所以只好往外国的书里去找。英国的怀德在《色耳彭的自然史》中，于一七七七年写给巴林顿第三十五信中曾说及蚯蚓的重大的工作，它掘地钻孔，把泥土弄松，使得雨水能沁入，树根能伸长，又将稻草树叶拖入土中，其最重要者则是从地下抛上无数的土块来，此即所谓曲蟮粪，是植物的好肥料。他总结说：

“土地假如没有蚯蚓，则即将成为冷、硬、缺少发酵，因此也将不毛了。”达尔文从学生时代就研究蚯蚓，他收集在一年中一方码的地面内抛上来的蚯蚓粪，计算在各田地的一定面积内的蚯蚓穴数，又估计他们拖下多少树叶到洞里去。这样辛勤的研究了大半生，于一八八一年乃发表他的大著《由蚯蚓而起的植物性壤土之造成》，证明了地球上大部分的肥土都是由这小虫的努力而做成的。他说：

“我们看见一大片满生草皮的平地，那时应当记住，这地面平滑所以觉得很美，此乃大半由于蚯蚓把原有的不平处所都慢慢的弄平了。想起来也觉得奇怪，这平地的表面的全部都从蚯蚓的身子里通过，而且每隔不多几年，也将再被通过。耕犁是人类发明中最为古老也最有价值之一，但是在人类尚未存在的很早以前，这地乃实在已被蚯蚓都定期的耕过了。世上尚有何种动物，像这低级的小虫似的在地球的历史上，担任着如此重要的职务者，这恐怕是个疑问吧。”

蚯蚓的工作大概有三部分，即是打洞、碎土、掩埋。关于打洞，我们根据汤木孙的一篇《自然之耕地》，抄译一部分于下：

"蚯蚓打洞到地底下深浅不一，大抵二英尺之谱。洞中多很光滑，铺着草叶。末了大都是一间稍大的房子，用叶子铺得更为舒服一点。在白天里洞门口常有一堆细石子，一块土或树叶，用以阻止蜈蚣等的侵入者，防御鸟类的啄毁，保存穴内的润湿，又可抵挡大雨点。

在松的泥土打洞的时候，蚯蚓用它身子尖的部分去钻。但泥土如是坚实，它就改用吞泥法打洞了。它的肠胃充满了泥土，回到地面上把它遗弃，成为蚯蚓粪，如在草原与打球场上所常见似的。

蚯蚓吞咽泥土，不单是为打洞，它们也吞土为的是土里所有的腐烂的植物成分，这可以供他们做食物。在洞穴已经做好之后，抛出在地上的蚯蚓粪那便是为了植物食料而吞的土了，假如粪出得很多，就可推知这里树叶比较的少用为食物，如粪的数目很少，大抵可以说蚯蚓得到了好许多叶子。在洞穴里可以找到好些吃过一半的叶子，有一回我们得到九十一片之多。

在平时白天里蚯蚓总是在洞里休息，把门关上了。在夜间他才活动起来了，在地上寻找树叶和滋养物，又或寻找配偶。打算出门去的时候，蚯蚓便头朝上的出来，在抛出蚯蚓粪的时候，自然是尾巴在上边，它能够在路上较宽的地方或是洞底里打一个转身的。"

碎土的事情很是简单，吞下的土连细石子都在胃里磨碎，成为细腻的粉，这是在蚯蚓粪可以看得出来的。掩埋可以分作两点。其上是把草叶树子拖到土里去，吃了一部分以外多腐烂了，成为植物性壤土，使得土地肥厚起来，大有益于五谷和草木。其二是从底下抛出粪土来把地面逐渐掩埋了。地平并未改变，可是底下的东西搬到了上边来。这是很好的耕田。据说在非洲西海岸的一处地方，每一方里面积每一年里有六万二千二百三十三吨的土搬到地面上来，又在二十七年中，二英尺深地面的泥土将颗粒不遗的全翻转至地上云。达尔文计算在英国平常耕地每一亩中平均有蚯蚓五万三千条，但如古旧休闲的地段其数目当增至五十万。此一亩五万三千的蚯蚓在一年中将把十吨的泥土悉自肠胃通过，再搬至地面上。在十五年中此土将遮盖地面厚至三寸，如六十年即积一英尺矣。这样说起来，蚯蚓之为物虽微小，其工作实不可不谓伟大。古人云，民以食为天，蚯蚓之功在稼穑，谓其可以与禹稷或后稷相比，不亦宜欤。

末后还想说几句话，不算什么辟谣，亦只是聊替蚯蚓表明真相而已。《太平御览》九四七引郭景纯《蚯蚓赞》云：

"蚯蚓土精，无心之虫，交不以分，淫于阜螽，触而感物，乃无常雄。"又引刘敬叔《异苑》，云宋元嘉初有王双者，遇一女与为偶，后乃见是一青色白领蚯蚓，于时咸谓双暂同阜螽矣。案由此可知晋宋时民间相信蚯蚓无雄，与阜螽交配，这种传说后来似乎不大流行了，可是它总有一种特性，也容易被人误解，这便是雌雄同体这件事。怀德的《观察录》中昆虫部分有一节关于蚯蚓的，可以抄引过来当资料，其文云：

"蚯蚓夜间出来躺在草地上，虽然把身子伸得很远，却并不离开洞穴，仍将尾巴末端留在洞内，所以略有警报就能急速的退回地下去。这样伸着身子的时候，凡是够得着的什么食物也就满足了，如草叶、稻草、树叶，这些碎片它们常拖到洞穴里去。就是在交配时，它的下半身也决不离开洞穴，所以除了住得相近互相够得着的以外，没有两个可以得有这种交际，不过因为它们都是雌雄同体的，所以不难遇见一个配偶，甚是雌雄异体则此事便很是困难了。"案雌雄同体与自为雌雄本非一事，而古人多混而同之。《山海经》—《南山经》中云：

"有兽焉，其状如狸而有毛，其名曰类，自为牝牡，食者不妒。"郝兰皋疏转引《异物志》云：灵猫一体，自为阴阳。又三《北山经》云，带山有鸟名曰鹣鹣，是自为牝牡，亦是一例。而王崇庆在释义中乃评云：

"鸟兽自为牝牡，皆自然之性，岂特鹣鹣也哉。"此处唯理派的解释固然很有意思，却是误解了经文，盖所谓自者非谓同类而是同体也。郭景纯《类赞》云：

"类之为兽，一体兼二，近取诸身，用不假器，窃窕是佩，不知妒忌。"说的很是明白。但是郭君虽博识，这里未免小有谬误，因为自为牝牡在事实上是不可能的，只有笑话中说说罢了，粗鄙的话现在也无须传述。《山海经》里的鸟兽我们不知道，单只就蚯蚓来说，它的性生活已由动物学者调查清楚，知道它还是二虫相交，异体受精的。瑞德女医师所著《性是什么》，书中第二章论动物间性，举水螅、蚯蚓、蛙、鸡、狗五者为例，我们可以借用讲蚯蚓的一小部分来做说明。据说蚯蚓全身约共有百五十节，在十三节有卵巢一对，在十及十一节有睾丸各两对，均在十四节分别开口，最奇特的是在九至十一节的下面左右各有二口，下为小囊，又其三二至三七节背上颜色特殊，在产卵时分泌液质作为茧壳。凡二虫相遇，首尾相反，各以其九至十三节一部分下面相就，输出精子入于对方的四小囊中，乃各分散，及卵子成熟时，背上特殊部分即分泌物质成筒形，蚯蚓乃缩身后退，筒身擦过十三四节，卵子与囊中精子均黏着其上，遂以并合成胎。蚓首缩入筒之前端，此端即封闭，及首退出后端，亦随以封固而成茧矣。以上所述因力求简要，说的很有欠明白的地方，但大抵可以明了蚯蚓生殖的情形，可知雌雄同体与自为牝牡原来并不是一件事。蚯蚓的名誉和我们本是风马牛不相及，也不必替它争辩，不过为求真实起见，不得不说明一番，目的不是写什么科学小品，而结果搬了些这一类的材料过来，虽不得已，亦是很抱歉的事也。

民国甲申九月二十四日所写，续草木虫鱼之一

（《立春以前》）

# 萤　火

　　近年多看中国旧书，因为外国书买不到，线装书虽也很贵，却还能入手，又卷帙轻便，躺着看时拿了不吃力，字大悦目，也较为容易懂。可是看得久了多了，不免会发生厌倦，第一是觉得单调，千年前后的人所说的话没有多大不同，有时候或者后人比前人还要胡涂点也不一定，因此第二便觉得气闷。从前看过的书，后来还想拿出来看，反复读了不厌的实在很少，大概只有《诗经》，其中也以《国风》为主，《陶渊明集》和《颜氏家训》而已。在这些时候，从书架上去找出尘土满面的外国书来消遣，也是常有的事。

　　前几天忽然想到关于萤火说几句闲话，可是最先记起来总是腐草化为萤以及丹鸟羞白鸟的典故，这虽然出在正经书里，也颇是新奇，却是靠不住，至少是不能通行的了。案《礼记·月令》云："季夏之月，腐草为萤。"《逸周书时训解》云：

　　"大暑之日，腐草化为萤。腐草不化为萤，谷实鲜落。"

　　这里说得更是严重，仿佛是事关化育，倘若至期腐草不变成萤火，便要五谷不登，大闹饥荒了。《尔雅》，萤火即炤。郭璞注，夜飞，腹下有火。这里并没有说到化生，但是后来的人总不能忘记《月令》的话，邢昺《尔雅疏》，陆佃《新义》及《埤雅》，罗愿《尔雅翼》，都是如此，邵晋涵《正义》不必说了，就是王引之《广雅疏证》也难免这样。《本草纲目》引陶弘景曰：

"此是腐草及烂竹根所化，初时如蛹，腹下已有光，数日变而能飞。"
李时珍则详说之曰：

"萤有三种。一种小而宵飞，腹下光明，乃茅根所化也。吕氏《月令》所谓腐草化为萤者也。一种长如蛆蠋，尾后有光，无翼不飞，乃竹根所化也。一名蠲，俗名萤蛆。《明堂》《月令》所谓腐草化为蠲者是也，其名宵行。茅竹之根夜视有光，复感湿热之气，遂变化成形尔。一种水萤，居水中。唐李子卿《水萤赋》所谓彼何为而化草，此何为而居泉，是也。"
钱步曾《百廿虫吟》中萤项下自注云：

"萤有金银二种。银色者早生，其体纤小，其飞迟滞，恒集于庭际花草间，乃宵行所化。金色者入夏季方有，其体丰腴，其飞迅疾，其光闪烁不定，恒集于水际茭蒲及田塍丰草间，相传为牛粪所化。盖牛食草出粪，草有融化未净者，受雨露之沾濡，变而为萤，即《月令》腐草为萤之意也。余尝见牛溲垄积处飞萤丛集，此其验矣。"又汪曰桢《湖雅》卷六萤下云：

"按，有化生，初似蛹，名蠲，亦名萤蛆，俗呼火百脚，后乃生翼能飞为萤。有卵生，今年放萤于屋内，明年夏必出细萤。"案以上诸说均主化生，唯郝懿行《尔雅义疏》反对《本草》陶李二家之说，云：

"今验萤火有二种，一种飞者，形小头赤，一种无翼，形似大蛆，灰黑色，而腹下火光大于飞者，乃诗所谓宵行，《尔雅》之即烟亦当兼此二种，但说者止见飞萤耳。又说茅竹之根夜皆有光，复感湿热之气，遂化成形，亦不必然。盖萤本卵生，今年放萤火于屋内，明年夏细萤点点生光矣。"寥寥百十字，却说得确实明白，所云萤之二种实即是雌雄两性，至断定卵生尤为有识，汪谢城引用其说，乃又模棱两可，以为卵生之外别有化生，未免可笑。唯郝君亦有格致未精之处，如下

255

文云：

"《夏小正》，丹鸟羞白鸟。丹鸟谓丹良，白鸟谓蚊蚋。《月令疏》引皇侃说，丹良是萤火也。"罗端良在宋时却早有异议提出，《尔雅翼》卷二十七萤下云：

"《夏小正》曰，丹鸟羞白鸟。此言萤食蚊蚋。又今人言，赴灯之蛾以萤为雌，故误赴火而死。然萤小物耳，乃以蛾为雄，以蚊为粮，皆未可轻信。"

从中国旧书里得来的关于萤火的知识就是这些，虽然也还不错，可是披沙拣金，殊不容易，而且到底也不怎么精确，要想知道得更多一点，只好到外国书中去找寻了。专门书本是没有，就是引用了来也总是不适合，所以这里所说也无非是普通的，谈生物而有文学的趣味的几册小书而已。英国怀德以《色耳彭的自然史》著名于世，在这里边却未尝讲到萤火，但是《虫豸观察杂记》中有一则云：

"观察两个从野间捉来放在后园的萤火，看出这些小生物在十一二点钟之间熄灭他们的灯光，以后通夜间不再发亮。雄的萤火为蜡烛光所引，飞进房间里来。"这虽是短短的一两句话，却很有意思，都是出于实验，没有一点儿虚假。怀德生于千七百二十年，即清康熙五十九年，我查考疑年录，发见他比戴东原大三岁，比袁子才却还要小四岁，论时代不算怎么早，可是这样有趣味的记录在中国的乾嘉诸老辈的著作中却是很不容易找到，所以这不能不说是很可珍重的了。其次法国的法勃耳，在他的大著《昆虫记》中有一篇谈萤火的文章，告诉我们好些新奇的事情。最奇怪的是关于萤火的吃食，据他说，萤火虽然不吃蚊子，所吃的东西却比蚊子还要奇特，因为这乃是樱桃大小的带壳的蜗牛。若是蜗牛走着路，那是最好了，即使停留着，将身子缩到壳里去，脚部总有一点儿露出，萤火便上前去用它嘴边的小钳子轻轻的掰上几下。这钳子其细如发，上边有一道槽，用显微镜才看得出，从这里流出毒药来，注射进蜗牛身里去，其效力与麻醉药相等。法勃耳曾试验过，他把被萤火掰过四五下的蜗牛拿来检查，显已人事不知，用针刺它也无知觉，可是并未死亡，经过昏睡两日夜之后，蜗牛便即恢复健康，行动如常了。由此可知萤火所用的乃是全身麻醉的药，正如果蠃之类用毒针麻倒桑虫蚱蜢，存起来供幼虫食用，现在不过是现麻现吃，似乎与《水浒》里的下迷药比较倒更相近。萤火的身体很小，要想吃蚊子便已不大可能，如罗端良所怀疑的，现在却来吃蜗牛，可以说是大奇事。法勃耳在《萤火》一文中云：

"萤火并不吃，如严密的解释这字的意义。它只是饮，它喝那薄粥，这是它用了一种方法，令人想起那蛆虫来，将那蜗牛制造成功的。正如麻苍蝇的幼虫一样，它也能够先消化而后享用，他在将吃之前把那食物化成液体。"《昆虫记》中有几篇讲金苍蝇麻苍蝇的文章，从实验上说明蛆虫食肉的情形，它们吐出一种消化药，大概与高级动物的胃液相同，涂在肉上，不久肉即销融成为流质。萤火所用的也就是这种方法，它不能咬了来吃，却可以当作粥喝，据说在好几个萤火畅饮一顿之后，蜗牛只是一个空壳，什么都没有余剩了。丹鸟羞白鸟，我们知道它不合理，事实上却是萤火吃蜗牛，这自然界的怪异又是谁所料得到的呢。

法勃耳生于一八二三年，即清道光三年，与李少荃是同年的，所以还是近时人，其所发现的事知道得不很多，但即使人家都知道了萤火吃蜗牛，也不见得会使他怎么有名，本来萤火之所以为萤火的乃别有在，即是它在尾巴上点着灯火。中国名称除萤火之外还有即炤，辉夜、景天、夜光、宵烛等，都与火光有关。希腊语曰阑普利斯，意云亮尾巴，拉丁文学名沿称为阑辟利思，英法则名之为发光虫。据《昆虫记》所说，在萤火腹中的卵也已有光，从皮外看得出来，及至孵化为幼虫，不问雌雄尾上都点着小灯，这在郝兰皋也已经知道了。雄萤火蜕化生翼，即是形小头赤者，灯光并不加多，雌者却不蜕化，还是那大蛆的状态，可是亮光加上两节，所以腹下火光大于飞者了。这是一种什么物质，法勃耳说也并不是磷，与空气接触而发光，腹部有孔可开闭以为调节。法勃耳叙述夜中往捕幼萤，长仅五公厘，即中国尺一分半，当初看见在草叶上有亮光，但如误触树枝少有声响，光即熄灭，遂不可复见。迨及长成，便不如此，他曾在萤火笼旁放枪，了无闻知，继以喷水或喷烟，亦无甚影响，间有一二熄灯者，不久立即复燃，光明如旧。夜半以前是否熄灯，文中未曾说及，但怀德前既实验过，想亦当是确实的事。萤火的光据法勃耳说：

"其光色白，安静，柔软，觉得仿佛是从满月落下来的一点火花。可是这虽然鲜明，照明力却颇微弱。假如拿了一个萤火在一行文字上面移动，黑暗中可以看得出一个个的字母，或者整个的字，假如这并不太长，可是这狭小的地面以外，什么也都看不见了。这样的灯光会得使读者失掉耐性的。"看到这里，我们又想起中国书里的一件故事来。《太平御览》卷九百四十五引《续晋阳秋》云：

"车胤，字武子，好学不倦，家贫不常得油，夏月则练囊盛数十萤火，以夜继日焉。"这囊萤照读成为读书人的美谈，流传很远，大抵从唐朝以后一直传诵下来，不过与上边《昆虫记》的话比较来看，很有点可笑。说是数十萤火，烛火能有几何，即使可用，白天花了工夫去捉，却来晚上用功，岂非徒劳，而且风雨时有，也是无法。《格致镜原》卷九十六引成应元《事统》云：

"车胤好学，常聚萤光读书，时值风雨，胤叹曰，天不遣我成其志业耶。言讫，有大萤傍书窗，比常萤数倍，读书讫即去，其来如风雨至。"这里总算替车君弥缝了一点过来，可是已经近于志异，不能以常情实事论了。这些故事都未尝不妙，却只是宜于消闲，若是真想知道一点事情的时候，便济不得事。近若干年来多读线装旧书，有时自己疑心是否已经有点中了毒，像吸大烟的一样，但是毕竟还是常感觉到不满意，可见真想做个国粹主义者实在是大不容易也。

三十三年十一月二日所写，续草木虫鱼之二

（《立春以前》）

# 猫头鹰

陆玑《毛诗草木鸟兽虫鱼蔬》卷下，"流离之子"条下云：

"流离，枭也，自关而西谓枭为流离。适长大还食其母，故张奂云鹡鹠食母，许慎云，枭不孝鸟，是也。"赵佑《校正》案语云："窃以鸮枭自是一物，今俗所谓猫头鹰，谓即古之鸮鸟一名休鹠者，人常捕之。头似猫而翼尾似鹰，目昼昏夜明，故捕之常以昼，其鸣常以夜，如号泣。哺其子既长，母老不能取食以应子求，则挂身树上，子争啄之飞去。其头悬着枝，故字从木上鸟，而枭首之象取之。以其性贪善饿，又声似号，故又从号，而枵腹之义取之。"

枭鸮害母这句话，在中国大约是古已有之。其实猫头鹰只是容貌长得古怪，声音有点特别罢了。除了依照肉食鸟的规矩而行动之外，并没有什么恶性，世人却很不理解它，不但十分嫌恶，还要加以意外的毁谤。中国文人不知从那里想出来的说它啄母食母，赵鹿泉又从而说明之，好像是实验过的样子，可是那头挂得有点蹊跷，除非是像胡蜂似的咬住了树枝睡午觉。姚元之《竹叶亭杂记》卷六有一则云：

"乙卯二月余在籍，一日喧传涤岑有大树自鸣，闻者甚众，至晚观者亦众。以爆驱之，声少歇；少顷复鸣，如此数夜。其声若人长吟，乍高乍低，不知何怪，言者俱以为不祥，后亦无他异。有老人云，鸮

260

鸟生子后即不飞，俟其子啄其肉以自哺。啄时即哀鸣，数日食尽则止。有人搜树视之，果然。可知少见多怪，天下事往往如是也。"还有一本什么人的笔记，我可惜忘记了，里边也谈到这个问题，说枭鸟不一定食母，只是老了大抵被食，窠内有毛骨可以为证。这是说它未必不孝，不过要吃同类，却也同样的不公平，而且还引毛骨证明其事，尤其是莫须有的冤狱了。英国怀德(Gilbert White)在《色耳邦自然史》中所说却很不同，这在一七七三年七月八日致巴林顿氏第十五信中：

"讲到猫头鹰，我有从威耳兹州的绅士听来的一件事可以告诉你。他们正在挖掘一棵空心的大秦皮树，这里边做了猫头鹰的馆舍已有百十来年了，那时他在树底发见一堆东西，当初简直不知道是什么。略经检查之后，他看出乃是一大团的鼷鼠的骨头（或者还有小鸟和蝙蝠的），这都从多少代的住客的嗉囊中吐出，原是小团球，经过岁月便积成大堆了。盖猫头鹰将所吞吃的东西的骨头毛羽都吐出来，同那鹰一样。他说，树底下这种物质一共总有好几斗之多。"姚元之所记事为乾隆六十年，即西历一七九五，为怀德死后二年，而差异如此，亦大奇也。据怀德说，猫头鹰吞物而吐出其毛骨，可知啄母云云盖不可能。斯密士（R.B.Smith）著《鸟生活与鸟志》，凡文十章皆可读，第一章谈猫头鹰，叙其食鼠法甚妙：

"驯养的白猫头鹰——驯者如此，所以野生者亦或如此——处分所捉到的一个鼷鼠的方法甚是奇妙。它衔住老鼠的腰约有一两分钟，随后忽然把头一摆，将老鼠抛到空中，再接住了，头在嘴里。头再摆，老鼠头向前吞到喉里去了，只剩尾巴拖在外边，经过一两分钟沉思之后，头三摆，尾巴就不见了。"上边又有一节讲它吐出毛骨的事，不辞烦聒，抄录在这里，引文文章也写得清疏，不但可为猫头鹰作辩护也。

"它的家如在有大窟洞的树里的时候，你将时常发见在洞底里有一种软块，大约有一斗左右的分量，这当初是一个个的长圆的球，里边全是食物之不消化部分，即它所吞食的动物的毛羽骨头。这是自然的一种巧妙安排，使得猫头鹰还有少数几种鸟如马粪鹰及鱼狗凡是囫囵吞食物的，都能因了猛烈的接连的用力把那些东西从嘴里吐出来。在检查之后，这可以确实的证明，就是猎场监督或看守人也都会明白，它不但很有益于人类，而且向来人家说它所犯的罪如杀害小竹鸡小雉鸡等事它也完全没有。在母鸟正在孵蛋的树枝间或地上，又在它的忠实的配偶坐着看护着的邻近的树枝间，都可以见到这些毛团保存着完整的椭圆形。这软而湿的毛骨小块里边，我尝找出有些甲虫或蚯蚓的硬甲，这类食物从前不曾有人会猜想到是白猫头鹰所很爱吃的。德国人是大统计学家，德国博物学者亚耳通博士曾仔细的分析过许多猫头鹰所吐的毛团。他在住仓猫头鹰的七百另六个毛团里查出二千五百二十五个大鼠、鼹鼠、田鼠、臭老鼠、蝙蝠的残骨，此外只有二十二个小鸟的屑片，大抵还是麻雀。检查别种的猫头鹰，其结果也相仿佛。据说狗如没有骨头吃便要生病，故鼠类的毛骨虽然是不消化的东西，似乎在猫头鹰的消化作用上却是一种必要的帮助，假如专用去了毛骨的肉类饲养猫头鹰，他就将憔悴而死。"这末了的一句话是确实的，我在民国初年养过一只小猫头鹰，不过半年就死了，因为专给他好肉吃，实在也无从去捉老鼠来饲它。《一切经音义》七引舍人曰，狂一名茅鸱，喜食鼠，大目也。中国古人说枭鸱说得顶好的恐怕要算这一节的吧。

中国关于动物的谣言向来很多，一直到现在没有能弄清楚。螟蛉有子的一件梁朝陶弘景已不相信，又有后代好些学者附议，可是至今还有好古的人坚持着化生之说的。事实胜于雄辩，然而观察不清则实验也等于幻想，《酉阳杂俎》十六《广动植》中云：

"蝉未脱时名复育，相传言蛣蜣所化。秀才韦翾庄在社曲，尝冬中掘树根，见复育附于朽处，怪之，村人言蝉固朽木所化也。翾因剖一视之，腹中犹实烂木。"即其一例。姚元之以树中鸣声为老鸹被食，又有人以所吐毛骨为证，是同一覆辙，但在英国的乡下绅士见之便不然了，他知道猫头鹰是吞食而又吐出毛骨的，这些又都是什么小动物的毛骨。中国学者如此格物，何能致知，科学在中国之不发达盖自有其所以然也。

二十四年五月

（《苦茶随笔》）

# 谈土拨鼠

平白兄：

每接读手书，就想到《杨柳风》译本的序，觉得不能再拖延了，应该赶紧写才是。可是每想到后却又随即搁下，为什么呢？第一，我写小序总想等到最后截止的那一天再看，而此书出版的消息杳然，似乎还不妨暂且偷懒几天。第二，实在是写不出，想了一回只好搁笔。但是前日承令夫人光临面催，又得来信说书快印成了，这回觉得真是非写不可了。然而怎么写呢？

五年前在《骆驼草》上我曾写过一篇绍介《杨柳风》的小文，后来收在《看云集》里。我所想说的话差不多写在那里了，就是现在也还没有什么新的意思要说。我将所藏的西巴特（Sheppard）插画本《杨柳风》，兄所借给我的查麦士（Chalmers）著《格来亨传》，都拿了出来翻阅一阵，可是不相干，材料虽有而我想写的意思却没有。庄子曰，日月出矣而爝火不息，其为光也不亦微乎。《杨柳风》的全部译本已经出来了，而且译义又是那么流丽，只待人家直接去享受，于此又有何言说，是犹在俱胝和尚说法后去竖指头，其不被棒喝撵出去者盖非是今年真好运气不可也。

这里我只想说一句话，便是关于那土拨鼠的。据传中说此书原名《芦中风》，后来才改今名，于一九○八年出版。第七章《黎明的门前之吹箫者》仿佛是其中心部分，不过如我前回说过这写得很美，却也就太玄一点了，于我不大有缘分。它的别一个题目是《土拨鼠先生与他的伙伴》，这我便很喜欢。密伦（Milne）所编剧本名曰《癫施堂的癫施先生》，我疑心这是因为演戏的关系所以请出这位癫虾蟆来做主人翁，若在全书里最有趣味的恐怕倒要算土拨鼠先生。密伦序中有云：

"有时候我们该把它想作真的土拨鼠，有时候是穿着人的衣服，有时候是同人一样的大，有时候用两只脚走路，有时候是四只脚。它是一个土拨鼠，它不是一个土拨鼠。它是什么？我不知道。而且，因为不是认真的人，我并不介意。"这话说得很好，这不但可以见他对于土拨鼠的了解，也可以见他的爱好。我们能够同样的爱好土拨鼠，可是了解稍不容易，而不了解也就难得爱好。我们固然可以像密伦那样当它不是一个土拨鼠，然而我们必须先知道什么是一个土拨鼠，然后才能够当它不是。那么什么是土拨鼠呢？据原文曰 mole，《牛津简明字典》注云：

"小兽穿地而居，微黑的绒毛，很小的眼睛。"中国普通称云鼹鼠，不过与那饮河满腹的似又不是一样，《本草纲目》卷五十一下列举各家之说云：

"弘景曰，此即鼢鼠也，一名隐鼠，形如鼠而大，无尾，黑色，尖鼻甚强，常穿地中行，讨掘即得。

"藏器曰，隐鼠阴穿地中而行，见日月光则死，于深山林木下土中有之。

"宗奭曰，鼹脚绝短，仅能行，尾长寸许，目极小，项尤短，最易取，或安竹弓射取饲鹰。

"时珍曰，田鼠偃行地中，能壅土成垄，故得诸名。"

寺岛良安编《和汉三才图会》卷三十九引《本纲》后云：

"案鼢状似鼠而肥，毛带赤褐色，颈短似野猪，其鼻硬白，长五六分，而下嘴短，眼无眶，耳无珥而聪，手脚短，五指皆相屈，但手大倍于脚。常在地中用手掘土，用鼻拨行，复还旧路，时仰食蚯蚓，柱础为之倾，根树为之枯焉。闻人音则逃去，早朝窥拨土处，从后掘开，从前穿追，则穷迫出外，见日光即不敢动，竟死。"这所说最为详尽，土拨鼠这小兽的情状大抵可以明白了，如此我们对于"土拨鼠先生"也才能发生兴趣，欢迎它出台来。但是很不幸平常我们和它缺少亲近，虽然韦门道氏著的《百兽图说》第二十八项云"寻常田鼠举世皆有"，实际上大家少看见它，无论少年以至老年提起鼹鼠、鼢鼠、隐鼠、田鼠或是土龙的雅号，恐怕不免都有点茫然，总之没有英国人听到摩耳（mole）或日本人听到摩悟拉（mogura）时的那种感觉吧。英国少见蝼蛄，称之曰 molecricket（土拨鼠蟋蟀），若中国似乎应该呼土拨鼠为蝼蛄老鼠才行，准照以熟习形容生疏之例。那好些名称实在多只在书本上活动，土龙一名或是俗称我却不明了，其中田鼠曾经尊译初稿采用，似最可取，但又怕与真的田鼠相混，在原书中也本有"田鼠"出现，所以只好用土拨鼠的名称了。这个名词大约是西人所定，查《百兽图说》中有几种的土拨鼠，却是别的鼠类，在什么书中把它对译"摩耳"，我记不清了，到得爱罗先珂的《桃色的云》出版，土拨鼠才为世所知，而这却正是对译"摩悟拉"的，现在的译语也就衍袭这条系统，它的好处是一个新名词，还有点表现力，字面上也略能说出它的特性。然而当然也有缺点，这表示中国国语的——也即是人的缺少对于"自然"之亲密的接触，对于这样有趣味的寻常小动物竟这么冷淡没有给它一个好名字，可以用到国语文章里去，不能不说是一件大大的不名誉。人家给小孩讲土拨鼠的故事，"小耗子"（原书作者的小儿子的诨名）高高兴兴的听了去安安静静的睡，我们和那土拨鼠却是如此生疏，在听故事之先还要来考究其名号脚色，如此则听故事的乐趣究有几何可得乎，此不佞所不能不念之惘然者也。

兄命我写小序，而不佞大谈其土拨鼠，此正是文不对题也。既然不能做切题的文章，则不切题亦复佳。孔子论《诗》云可以兴观群怨，末曰多识于草木鸟兽之名，我不知道《杨柳风》可以兴观群怨否，即有之亦非我思存，若其草木鸟兽则我甚欢喜者也。有人想引导儿童到杨柳中之风里去找教训，或者是正路也未可知，我总不赞一辞，但不佞之意却希望他们于军训会考之暇去稍与癞虾蟆水老鼠游耳，故不辞词费而略谈土拨鼠，若然，吾此文虽不合义法，亦尚在自己的题目范围内也。

中华民国二十四年十一月廿三日，在北平，知堂书记

## 补 记

《尔雅》释兽鼠属云，鼢鼠。郭璞注云，地中行者。陆佃《新义》卷十九云，今之犁鼠。邵晋涵《正义》卷十九云："《庄子·逍遥游》云，偃鼠饮河，不过满腹。今人呼地中鼠为地鼠，窃出饮水，如庄子所言，李颐注以偃鼠为鼷鼠，误矣。"郝懿行《义疏》下之六云："案此鼠今呼地老鼠，产生田间，体肥而扁，尾仅寸许，潜行地中，起土如耕。"

以上三书均言今怎么样，当系其时通行的名称，但是这里颇有疑问。犁鼠或系宋时的俗名，现在已不用，不佞忝与陆农师同乡，鲁墟到过不少回数，可以证明不误者也。邵二云亦是同府属的前辈，乾隆去今还不能算很远，可是地鼠这名字我也不知道。还有一层，照文义看去这地鼠恐有误，须改作"偃鼠"二字这才能够与"庄子所言"接得上气。绍兴却也没有偃鼠的名称，正与没有犁鼠一样，虽然有一种小老鼠俗呼

隐鼠，实际上乃是鼹鼠也。

　　郝兰皋说的地老鼠——看来只有这个俗名是靠得住的。这或者只是登莱一带的方言，却是很明白老实，到处可以通行。我从前可惜中国不给土拨鼠起个好名字，现在找到这个地老鼠，觉得可以对付应用了。对于纪录这名称留给后人的郝君我们也该表示感谢与尊敬。

二十五年一月十日记

（《苦竹杂记》）

# 赋得猫

## ——猫与巫术

我很早就想写一篇讲猫的文章。在我的《书信》里《与俞平伯君书》中有好几处说起，如廿一年十一月十三日云：

"昨下午北院叶公过访，谈及索稿，词连足下，未知有劳山的文章可以给予者欤。不佞只送去一条穷裤而已，虽然也想多送一点，无奈材料缺乏，别无可做，想久写一小文以猫为主题，亦终于未著笔也。"叶公即公超，其时正在编辑《新月》。十二月一日又云：

"病中又还了一件文债，即新印《越谚》跋文，此后拟专事翻译，虽胸中尚有一猫，盖非至一九三三年未必下笔矣。"但二十二年二月二十五日又云：

"近来亦颇有志于写小文，仍有暇而无闲，终未能就，即一年前所说的猫亦尚任其屋上乱叫，不克捉到纸上来也。"如今已是一九三七，这四五年中信里虽然不曾再说，心里却还是记着，但是终于没有写成。这其实倒也罢了，到现在又来写，却为什么缘故呢？

当初我想写猫的时候，曾经用过一番工夫。先调查猫的典故，并觅得黄汉的《猫苑》二卷，仔细检读，次又读外国小品文。如林特（R.Lynd）、密伦（A.A.Milne）却贝克（K.CaPek）等，公超又以路加思（E.V.Lucas）

文集一册见赠，使我得见所著谈动物诸文，尤为可感。可是愈读愈胡涂，简直不知道怎样写好，因为看过人家的好文章，珠玉在地，不必再去摆上一块砖头，此其一。材料太多，贪吃便嚼不烂，过于踌躇，不敢下笔，此其二。大约那时的意思是想写草木虫鱼一类的文章，所以还要有点内容，讲点形式，却是不大容易写，近来觉得这也可以不必如此，随便说说话就得了，于是又拿起那个旧题目来，想写几句话交卷。这是先有题目而作文章的，故曰赋得，不过我写文章是以不切题为宗旨的，假如有人想拿去当作赋得体的范本，那是上当非浅，所以请大家不要十分认真才好。

现在我的写法是让我自己来乱说，不再多管人家的鸟事。以前所查过的典故看过的文章幸而都已忘却了，《猫苑》也不翻阅，想到什么可写的就拿来用。这里我第一记得清楚的是一件老姨与猫的故事，出在霁园主人著的《夜谈随录》里。此书还是前世纪末读过，早已散失，乃从友人处借得一部检之，在第六卷中，是《夜星子》二则中之一。其文云：

"京师某宦家，其祖留一妾，年九十余，甚老耄，居后房，上下呼为老姨。日坐炕头，不言不笑，不能动履，形似饥鹰而健饭，无疾病。尝畜一猫，与相守不离，寝食共之。宦一有子尚在襁褓，夜夜啼号，至睡方辍，匝月不愈，患之。俗传小儿夜啼谓之夜星子，即有能捉之者。于是延捉者至家，礼待甚厚，捉者一半老妇人耳。是夕就小儿旁设桑弧桃矢，长大不过五寸，矢上系素丝数丈，理其端于无名之指而拈之。至夜半月色上窗，儿啼渐作，顷之隐隐见窗纸有影倏进倏却，仿佛一妇，长六七寸，操戈骑马而行。捉者摆手低语曰，夜星子来矣来矣！亟弯弓射之，中肩，卿卿有声，弃戈返驰，捉者起急引丝率众逐之。拾其戈观之，一搓线小竹签也。迹至后房，其丝竟入门隙，群呼老姨，不应，因共排闼燃烛入室，遍觅无所见。搜索久久，忽一小婢惊指曰，老姨中箭矣！众视之，果见小矢钉老姨肩上，呻吟不已，而所畜猫犹在胯下也，咸大错愕，亟为拔矢，血流不止。捉者命扑杀其猫，小儿因不复夜啼，老姨亦由此得病，数日亦死。"后有兰岩评语云；

"怪出于老姨，诚不知其何为，想系猫之所为，老姨龙钟为其所使耳。卒乃中箭而亡，不亦冤乎。"同卷中又有《猫怪》三则，今悉不取，此处评者说是猫之所为亦非，盖这篇夜星子的价值重在是一件巫蛊案，猫并不是主，乃是使也。我很想知道西汉的巫蛊详情，可是没有工夫去查考，所以现在所说的大抵是以西欧为标准，巫蛊当作witch-craft 的译语，所谓使即是 familiars 也。英国蔼堪斯泰因女士（Lina Eckenstein）曾著《儿歌之研究》，二十年前所爱读，其遗稿《文字的咒力》（A Spell of Words，1932）中第一篇云《猫及其同帮》，于我颇有用处。第一章《猫或狗》中云：

"在北欧古代猫也算是神圣不可犯的，又用作牺牲。木桶里的猫那种残酷的游戏在不列颠一直举行，直至近代。这最好是用一只猫，在得不到的时候，那就用烟煤，加入桶中。"

"在法兰西比利时直至近代，都曾举行公开的用猫的仪式。圣约翰祭即中夏夜，在巴黎及各处均将活猫关在笼里，抛到火堆里去。在默兹地方，这个习俗至一七六五年方才废除。比利时的伊不勒思及其他城市，在圣灰日即四旬斋的第一日举行所谓猫祭，将活猫从礼拜堂塔顶掷下，意在表示异端外道就此都废弃了。猫是与古代女神萧赖耶有系属的，据说女神尝跟着军队，坐了用许多猫拉着的车子。书上说现在伊不勒思尚留有遗址，原是献给一个女神的庙宇。"第二章《猫与巫》中又云：

"猫在欧洲当作家畜，其事当直在母权社会的时代。猫是巫的部属，其关系极密切，所以巫能化猫，而猫有时亦能幻作巫形。兔子也有同样的情形，这曾被叫作草猫的。德国有俗谚云，猫活到二十岁便变成巫，巫活到一百岁时又变成一只猫。

一五八四年出版的巴耳温的《留心猫儿》中有这样的话，巫是被许可九次把她自己化为猫身。《罗米欧与朱丽叶》中谛巴耳特说，你要我什么呢？麦邱细阿答说，美猫王，我只要你九条性命之一而已。据英法人说，女人同猫一样也有九条性命，但在格伦绥则云那老太太有七条性命正如一只黑猫。

又有俗谚云，猫有九条性命，而女人有九只猫的性命（案此即八十一条性命矣。）

巫可以变化为猫或兔，十七世纪的知识阶级还都相信这是可能的事。"

烧猫的习俗，茀来则博士（J.G.Frazer）自然知道得最多，可惜我只有一册节本的《金枝》（The Golden Bough），只可简单的抄几句。在六十四章《火里烧人》中云：

"在法国阿耳登思省，四旬斋的第一星期日，猫被扔到火堆里去，有时候残酷稍为醇化了，便将猫用长竿挂在火上，活活的烤死。他们说，猫是魔鬼的代表，无论怎么受苦都不冤枉。"他又解释烧诸动物的理由云：

"我们可以推想，这些动物大约都被算作受了魔法的咒力的，或者实在就是男女巫，他们把自己变成兽形，想去进行他们的鬼计，损害人类的福利。这个推测可以证实，只看在近代火堆里常被烧死的牺牲是猫，而这猫正是据说巫所最喜变的东西，或者除了兔以外。"

这样大抵可以说明老姨与猫的关系。总之老姨是巫无疑了，猫是她的不可分的系属物。理论应该是老姨她自己变了猫去作怪，被一箭射中猫肩，后来却发见这箭是在她的身上。如散茂斯（M．Summers）在所著《僵尸》（The Vampire，1928）第三章《僵尸的特性及其习惯》中云：

"这是在各国妖巫审问案件中常见的事，有巫变形为猫或兔或别的动物，在兽形时遇着危险或是受了损伤，则回复原形之后在他的人身上也有着同样的伤或别的损害。"这位散茂斯先生著作颇多，此外我还有他的名著《变狼人》《巫术的历史》与《巫术的地理》，就只可惜他是相信世上有巫术的，这又是非圣无法故该死的，因此我有点不大敢请教，虽然这些题目都颇珍奇，也是我所想知道的事。吉忒勒其教授（G.L.Kittredge）的《旧新英伦之巫术》（The Witch-craft in Old and New England，1929）第十章《变形》中亦云：

"关于猫巫在兽形时受害，在其原形受有同样的伤，有无数的近代的例证。"在小注中列举书名出处甚多。吉忒勒其曾编订英国古民谣为我所记忆，今此书亦是我爱读的，其小序中有小节云：

"有见于近时所出讲巫术的诸书，似应慎重一点在此声明，我并不相信黑术（案即害他的巫术），或有魔鬼干预活人的日常生活。"由是可知他的态度是与《僵尸》的著者相反的，我很有同感，可是文献上的考据还是一样，盖档案与大众信心固是如此，所谓泰山可移而此案难翻者也。

话又说回来，老姨却并不曾变猫，所以不是属于这一部类的。这头猫在老姨只是一种使，或者可称为鬼使（familiar spirit）。茂来女上（M.A.Murray）于一九二一年著《西欧的巫教》（The Witch-cult in Western Europe），辨明所谓巫术实是古代的原始宗教之余留，也是我所尊重的一部书，其第八章论《使与变形》是最有价值的论断。据她在这里说：

"苏格兰法律家福布斯说过，魔鬼对于他们给与些小鬼，以通信息，或供使令，都称作古怪名字，叫着时它们就答应。这些小鬼放在瓦罐或是别的器具里。"大抵使有两种；一云占卜使，即以通信息，犹中国的樟柳神，一云畜养使，即以供使令，犹如蛊也。书中又云：

"畜养使平常总是一种小动物，特别用面包牛乳和人血喂养，又如福布斯所云，放在木匣或瓦罐里，底垫羊毛。这可以用了去对于别人的身体或财产使行法术，却决不用以占卜。吉法特在十六世纪时记述普通一般的所信云：巫有她们的鬼使，有的只一个，有的更多，自二以至四五，形状各不相同，或像猫、黄鼠狼、癞虾狼或小老鼠，这些她们都用牛乳或小鸡喂养，或者有时候让它们吸一点血喝。

在早先的审问案件里巫女招承自刺手或脸，将流出来的血滴给鬼使吃。但是在后来的案件里这便转变成鬼使自己喝巫女的血，所以在英国巫女算作特色的那穴乳（案即赘疣似的多余的乳头）普通都相信就是这样舔吮而成的。"吉戎勒其教授云：

"一五五六年在千斯福特举行的伊里查白时代巫女大审问的第一案里，猫就是鬼使。这是一头白地有斑的猫，名叫撒旦，喝血吃。"恰好在茂来女士书里有较详的记载，我们能够知道这猫本来是法兰色斯从祖母得来的，后来她自己养了十五六年，又送给一位老太太华德好司，再养了九年，这才破案。因为本来是小鬼之流，所以又会转变，如那头猫后来就化为一只癞虾蟆了。法廷记录（见茂来书中）说：

"据该妪华德好司供，伊将该猫化为蟾蜍，系因当初伊用瓦罐中垫羊毛养放该猫，历时甚久，嗣因贫穷不能得羊毛，伊遂用圣父圣子圣灵之名祷告愿其化为蟾蜍，于是该猫化为蟾蜍，养放罐中，不用羊毛。"这是一个理想的好例，所以大家都首先援引，此外鬼使作猫形的还不少，茂来女士书中云：

"一六二一年在福斯东地方扰害费厄法克思家的巫女中，有五人都有畜养使的。惠忒的是一个怪相的东西，有许多只脚，黑色，粗毛，像猫一样大。惠忒的女儿有一鬼使，是一只猫，白地黑斑，名叫印及思。狄勃耳有一大黑猫，名及勃，已经跟了她有四十年以上了。她的女儿所有鬼使是鸟形的，黄色，大如鸦，名曰啁嗯。狄更生的鬼使形如白猫，名菲利，已养了有二十年。"由此可知猫的地位在那里是多么高的了。

吉忒勒其教授书中（仍是第十章）又云：

"驯养的乡村的猫，在现今流行的迷信里，还保存着好些他的魔性。猫会得吸睡着的小孩的气，这个意见在旧的和新的英伦（案即英美两国）仍是很普遍。又有一种很普遍的思想，说不可令猫近死尸，否则会把尸首毁伤。这在我们本国（案即美国）变成了一种高明的说法，云：勿使猫近死人，怕他会捕去死者的灵魂。我们记得，灵魂常从睡着的人的嘴里爬出来，变成小老鼠的模样！"讲到这里我们可以知道老姨的猫是属于这一类的畜养使，无论是鬼王派遣来，或是养久成了精，总之都是供老姨的使令用的，所以跨了当马骑正是当然的事。到了后来时不利兮骓不逝，主人无端中了流矢，猫也就殉了义，老姨一案遂与普通巫女一样的结局了。

我听人家所讲猫的故事里，还有一件很有意思的，即是猫替猴子伸手到火炉里抓煨栗子吃，觉得十分好玩，想拿来做文章的主题，可是末了终于决定借用这老姨的猫。为什么呢？这件故事很有意思，因为这与中国的巫蛊和欧洲的巫术都有关系，虽然原只是一篇志异的小说。以汉朝为中心的巫蛊事情我很想知道，如上边所已说过，只是尚无这个机缘，所以我在几本书上得来的一点知识单是关于巫术的。那些巫、马披、沙满、药师等的哲学与科学，在我都颇有兴趣而且稍能理解，其荒唐处固自言之成理，亦复别有成就，克拉克教授在《西欧的巫教》附录中论一女所用飞行药膏的成分，便是很有趣的一例。其结论云：

"我不能说是否其中那一种药会发生飞行的感觉，但这里使用乌头（aconite）我觉得很有意思。睡着的人的心脏动作不匀使人感觉突然从空中下堕，今将用了使人昏迷的莨菪与使心脏动作不匀的乌头配合成剂，令服用者引起飞行的感觉，似是很可能的事。"这样戳穿西洋镜似乎有点杀风景，不如戈耶所画老少二女白身跨一扫帚飞过空中的好，我当然也很爱好这西班牙大匠的画；但是我也很喜欢知道这三个药方，有如打听得祝由科的几门手法或会党的几句口号，虽不敢妄希仙人的他心通，唯能多察知一点人情物理，亦是很大的喜悦。茂来女士更证明中古巫术原是原始的地亚那教（Diana-Cult）之留遗，其男神名地亚奴思，亦名耶奴思（Janus），古罗马称正月即从此神名衍出，通行至今，女神地亚那之徒即所谓巫，其仪式乃发生繁殖的法术也。虽然我并不喜吃菜事魔，自然更没有骑扫帚的兴趣，但对于他们鬼鬼祟祟的花样却不无同情，深觉得宗教审问院的那些拷打杀戮大可不必。多年前我读英国克洛特（E.Clodd）的《进化论之先驱》与勒吉（W.E.H.Lecky）的《欧洲唯理思想史》，才对于中古的巫术案觉得有注意的价值，就能力所及略为涉猎，一面对那时政教的权威很生反感，一面也深感危惧，看了心惊眼跳，不能有隔岸观火之乐，盖人类原是一个，我们也有文字狱思想狱，这与巫术案本是同一类也。欧洲的巫术案，中国的文字狱思想狱，都是我所怕却也就常还想（虽然想了自然又怕）的东西，往往互相牵引连带着，这几乎成了我精神上的压迫之一。想写猫的文章，第一挑到老姨，就是为这缘故。该姨的确是个老巫，论理是应该重办的，幸而在中国偶得免肆诸市朝，真是很难得的，但是拿来与西洋的巫术比较了看也仍是极有意思的事。中国所重的文字狱思想狱是儒教的——基督教的教士敬事上帝，异端皆非圣无法，儒教的文士谄事主君，犯上即大逆不道，其原因有宗教与政治之不同，故其一可以随时代过去，其一则不可也。我们今日且谈巫术，论老姨与猫，若文字狱等亦是很好题目，容日后再谈，盖其事言之长矣。

民国二十六年一月二十六日于北平

# 附 记

　　黄汉《猫苑》卷下，引《夜谈随录》，云有李侍郎从苗疆携一苗婆归，年久老病，尝养一猫酷爱之，后为夜星子，与原书不合，不知何所本，疑未可凭信。

（《秉烛谈》）

# 苍 蝇

苍蝇不是一件很可爱的东西，但我们在做小孩子的时候都有点喜欢他。我同兄弟常在夏天乘大人们午睡，在院子里弃着香瓜皮瓢的地方捉苍蝇。苍蝇共有三种，饭苍蝇太小，麻苍蝇有蛆太脏，只有金苍蝇可用。金苍蝇即青蝇，小儿谜中所谓"头戴红缨帽，身穿紫罗袍"者是也。我们把它捉来，摘一片月季花的叶，用月季的刺钉在背上，便见绿叶在桌上蠕蠕而动，东安市场有卖纸制各色小虫者，标题云"苍蝇玩物"，即是同一的用意。我们又把他的背竖穿在细竹丝上，取灯心草一小段，放在脚的中间，他便上下颠倒的舞弄，名曰"戏棍"；又或用白纸条缠在肠上纵使飞去，但见空中一片片的白纸乱飞，很是好看。倘若捉到一个年富力强的苍蝇，用快剪将头切下，它的身子便仍旧飞去。希腊路吉亚诺思 (Luklanos) 的《苍蝇颂》中说："苍蝇在被切去了头之后，也能生活好些时光。"大约二千年前的小孩已经是这样的玩耍的了。

我们现在受了科学的洗礼，知道苍蝇能够传染病菌，因此对于他们很有一种恶感。三年前卧病在医院时曾作有一首诗，后半云：

　　大小一切的苍蝇们，

美和生命的破坏者，

中国人的好朋友的苍蝇们呵，

我诅咒你的全灭，

用了人力以外的

最黑最黑的魔术的力。


　　但是实际上最可恶的还是他的别一种坏癖气，便是喜欢在人家的颜面手脚上乱爬乱舔，古人虽美其名曰"吸美"，在被吸者却是极不愉快的事。希腊有一篇传说，说明这个缘起，颇有趣味。据说苍蝇本来是一个处女，名叫默亚(Muia)，很是美丽，不过太喜欢说话。她也爱那月神的情人恩迭米盎(Endymion)，当他睡着的时候，她总还是和他讲话或唱歌，使他不能安息，因此月神发怒，把她变成苍蝇。以后她还是纪念着恩迭米盎，不肯叫人家安睡，尤其是喜欢搅扰年轻的人。

　　苍蝇的固执与大胆，引起好些人的赞叹。何美洛思（Homeros）在史诗中常比勇士于苍蝇，他说，虽然你赶他去，他总不肯离开你，一定要叮你一口方才罢休。又有诗人云，那小苍蝇极勇敢地跳在人的肢体上，渴欲饮血，战士却躲避敌人的刀锋，真可羞了。我们侥幸不大遇见渴血的勇士，但勇敢地攻上来涨我们的头的却常常遇到。法勃尔（Fabre）的《昆虫记》里说有一种蝇，乘土蜂负虫入穴之时，下卵子虫内，后来蝇卵先出，把死虫和蜂卵一并吃下去。他说这种蝇的行为好像是一个红巾黑衣的暴客在林中袭击旅人，但是他的嫖悍敏捷的确也可佩服，倘使希腊人知道，或者可以拿去形容阿迭修思（Odssyeus）一流的狡侩英雄罢。

　　中国古来对于苍蝇也似乎没有"什么反感。《诗经》里说："营营青蝇，止于樊。岂弟君子，无信谗言。"又云："非鸡则鸣，苍蝇之声。"据陆农师说，青蝇善乱色，苍蝇善乱声，所以是这样说法。

传说里的苍蝇，即使不是特殊良善，总之决不比别的昆虫更为卑恶。在日本的俳谐中则蝇成为普通的诗料，虽然略带湫秽的气色，但很能表出温暖热闹的境界。小林一茶更为奇特，他同圣芳济一样，以一切生物为弟兄朋友，苍蝇当然也是其一。检阅他的俳句选集，咏蝇的诗有二十首之多，今举两首以见一斑。一云：

    笠上的苍蝇，比我更早地飞进去了。

这诗有题曰《归庵》。又一首云：

    不要打哪，苍蝇搓他的手，搓他的脚呢。

我读这一句，常常想起自己的诗觉得惭愧，不过我的心情总不能达到那一步，所以也是无法。《埠雅》云："蝇好交其前足，有绞蝇之象……亦好交其后足。"这个描写正可作前句的注解。又绍兴小儿谜语歌云："像乌豇豆格乌，像乌豇豆格粗，堂前当中央，坐得拉胡须。"也是指这个现象。（格犹云"的"，坐得即"坐着"之意。）

据路吉亚诺思说，古代有一个女诗人，慧而美，名叫默亚，又有一个名妓也以此为名，所以滑稽诗人有句云："默亚咬他直达他的心房。"中国人虽然永久与苍蝇同桌吃饭，却没有人拿苍蝇作为名字，以我所知只有一二人被用为浑名而已。

十三年七月

（1924 年 7 月作，选自《雨天的书》）

280